CW01632088

La vie des Glouk

Nelly Wolf

La vie des Glouk

Rainette Lagrillée p. 175
(Arlette Laguiller) !.

PONT9

ISBN : 979-10-96310-29-6

texte édité par Jean Michel Ollé
illustration de couverture : Hank Blaustein, 2001

Certains chapitres de «La vie des Glouk» ont déjà été publiés sous le titre «Chroniques ashkénazes» par les éditions Terra Nova.

Les AA

— Chères sœurs et chers frères, nous avons le plaisir d'accueillir ce soir dans notre cercle AA deux nouveaux membres : Ety et Victor Glouk. Ils se lèvent et nous les applaudissons bien fort ! Merci, merci mes amis pour ces applaudissements chaleureux. C'est vraiment une très grande émotion que nous partageons tous. Et maintenant, comme le veut la coutume, Ety et Victor vont se présenter. Ils vont nous découper une petite tranche de vie... mmm... qui veut commencer ? Ety ? tu te jettes à l'eau ? Oui ? Nous t'écoutons, Ety... nous sommes tout ouïe...

— Mes parents m'ont prénommée Ethel, d'après Ethel Rosenberg, et ils ont appelé mon frère Vladimir, d'après qui vous savez. Vous l'aurez compris, mes parents étaient d'ardents communistes. Nous sommes très vite devenus des diminutifs, Ety et Vlady. Petite, bien entendu, je portais le nom de mon père : Bel, un nom des montagnes. À l'école, quand on faisait l'appel, cela donnait : « Ethel Bel ? » Et la classe goguenarde, pliée de rire, qui n'attendait que ce moment, répondait en hurlant : « non !!! » Inutile de vous dire que j'ai détesté mon patronyme et que très tôt j'ai eu envie de me marier pour pouvoir changer de nom... Ajoutez à cela que ce patronyme honni m'avait été légué par un père qui avait disparu du foyer dans ma dixième année, et que je ne haïssais pas moins. À l'âge adulte, nous avons déposé une requête, Vlady et moi, pour prendre le nom de notre mère, Marx, en arguant de l'abandon de foyer. Mais notre demande a été rejetée. Notre père nous avait reconnus à la naissance. Comme je rêvais de m'appeler Ety Marx ! Pourtant, j'ai dû attendre. Je me suis mariée tard. J'ai mis du temps à effacer le nom du père. Aujourd'hui, je m'appelle Ety Glouk.

En tout cas, il n'y a jamais eu en moi qu'une part, la part juive. L'ascendance paternelle, le côté français, l'ancrage dans les Alpes, le Vercors, la fondue, la raclette, la tartiflette, tout ça, ça ne m'a jamais intéressée. De toute manière, pour les rabbins, techniquement, je suis juive, puisque ma mère est juive. Dès fois, je me dis que le judaïsme n'est pas si vache que ça avec les femmes... Bref, j'ignore tout de l'histoire des Bel, alors qu'il y a des tonnes d'archives, des actes notariés depuis la fin de l'Empire romain, des registres paroissiaux qui remontent aux premiers campements préhistoriques. Mais je n'ai jamais eu la curiosité d'aller farfouiller là-dedans. En revanche, pour ce qui est des Marx, j'ai traqué les moindres détails. Malheureusement, des détails, il n'y en a pas profusion, vous connaissez le problème : disparition des témoins, effacement des traces, mutisme des survivants.

Alors, voici ce que je sais.

Carla et August Marx, mes grands-parents, ont quitté l'Allemagne le 13 février 1936 en direction de la France, où, en tant qu'originaires de la Sarre, ils avaient reçu l'autorisation de se réfugier. Ils emmenaient avec eux leur fille Gisela, 9 ans, leur fils Hermann, 12 ans, ainsi que Jacob et Johanna Weiler, les parents de Carla... Ils se sont établis à Grenoble, où deux familles de Rachtig les avaient précédés. Lorsque les Allemands ont franchi la ligne de démarcation, ils se sont repliés dans un gros bourg du Dauphiné, du côté de Villars-de-Lans. Un matin, les gendarmes sont venus trouver mon grand-père : « Monsieur Marx, il faut préparer votre valise. Demain, on vient vous chercher. » Mon grand-père a préparé sa valise. Les gendarmes sont venus le chercher, et il est mort à Auschwitz. Après cela, la Résistance s'est occupée des Marx. La vieille Johanna, aveugle, a été cachée dans un couvent. Gisela et sa mère ont trouvé refuge chez les boulangers du village. Carla faisait leur ménage et aidait à la pâtisserie. C'est là qu'elle a appris à confectionner de si bons gâteaux. Hermann a été hébergé par des paysans. Il aidait aux travaux de la ferme. En 1944, il a été dénoncé par le fils de la maison, et déporté à Auschwitz. Le vieux Jacob, lui, était déjà mort. Dans le village voisin s'était réfugiée une autre famille de Rachtig, les Lazar, le père, la mère et six enfants. Le dernier était né en France. On l'avait prénommé Francis ou François, en l'honneur de la nouvelle patrie. Un jour, un gendarme, ou un employé de la mairie, frappe à la porte : demain, Monsieur Lazar, les Allemands viennent vous chercher pour vous emmener en déportation. Cachez-vous ! Sauvez-vous ! Les Lazar se disent : ils ne prennent que les hommes. C'était un bruit qui courait, qu'on ne prenait que les hommes. Le lendemain, les Allemands frappent. Monsieur Lazar se cache dans l'armoire. Toute sa famille est emmenée, déportée à Auschwitz et gazée, sauf le petit François, mort pendant le transport. Voilà le genre d'histoires que ma grand-mère me racontait, les contes d'autrefois qui ont bercé mon enfance.

Monsieur Lazar est devenu fou. Le fils du fermier qui a dénoncé mon oncle est devenu fou, lui aussi.

Voilà. Excusez-moi, mais je crois que je ne pourrai pas aller plus loin aujourd'hui... Personne n'a jamais compris pourquoi mon grand-père avait fait sa valise.

— C'est très courageux, Ety, d'avoir pris sur toi de parler. Nous applaudissons tous Ety bien fort et tous ensemble nous lui disons un grand *barukh haba* ! Béni soit celui qui vient ! Quelqu'un veut réagir aux propos d'Ety ? Oui ? Simon ?

— Oui... euh... Je voudrais dire à Ety que, ici, aux Ashkénazes Anonymes, on a tous plus ou moins la même expérience... euh... je veux dire, la même expérience... euh... pas la même expérience... je veux dire, la même histoire. C'est pour ça qu'on est ensemble. On a besoin de partager un trauma.

— C'est très important ce que tu viens de dire, Simon. Permets-moi une petite critique, malgré tout. C'est un petit peu négatif. Un petit peu négatif. On est là pour partager du positif, aussi. Par exemple, notre vécu que nous avons de notre identité juive dans la République. Oui ? Ety ? Tu voulais ajouter quelque chose ? Nous t'écoutons, Ety. Tes frères et tes sœurs t'écoutent.

— À propos de frères, je suis fâchée avec le mien, et Victor n'est pas au mieux avec le sien. Cela nous attriste. Surtout pour nos enfants. Qu'est-ce que nous leur laissons ? Quel est notre legs ? Une histoire catastrophique. De minuscules familles réduites à la peau de chagrin, où on trouve malgré tout le moyen de se déchirer.

— Oui. En effet. Nous sommes nombreux à souffrir de cette pathologie. Nous l'avons répertoriée. C'est la « mélancolie de l'ashkénaze triste à famille merdique ». Nous apprenons ici à lutter contre cette maladie, de toutes nos forces. Eve-Marie, tu veux raconter ton expérience, pour Ety ?

— Je me suis brouillée avec toute ma famille parce que j'ai fait circoncire mon fils. Si vous cherchez les ennuis, faites une bar-mitsva, une bath-mitzvah une brith-mila, le résultat est garanti.

— Comment as-tu surmonté cette épreuve, Eve-Marie ?

— Les AA m'ont aidée. C'est ma nouvelle famille. Je voudrais dire aussi : j'ai une conduite addictive avec ma messagerie électronique. Quand je suis à la maison, je regarde presque tous les quarts d'heure si j'ai un message. Ma boîte de réception, je l'appelle boîte de déception. Je crois que c'est lié au trauma juif, comme dit Simon. On attend que quelqu'un, quelque part, reconnaisse quelque chose et envoie un message. Je compte beaucoup sur les AA pour sortir de ce mauvais pas.

— Là, Eve-Marie, vois-tu, je pense qu'on s'égare. Les goys sont addicts à Internet tout autant que les juifs. Nous sommes ici pour essayer de soulager les addictions juives uniquement. Je te rappelle la charte des Ashkénazes Anonymes : s'apporter une aide mutuelle pouvant concourir à l'amélioration et au traitement des conduites maniaques ou addictives liées à l'histoire juive : asocialité, hypersocialité, sentiment d'insécurité, d'infériorité, d'hilarité, syndrome messianique, ressassement de la Shoah, dépendance au pastrami. L'addiction à Internet n'entre pas dans ces catégories. Ce n'est pas une judéomanie. Et maintenant, nous allons écouter Victor. Victor, merci de nous avoir rejoints. Tu es venu avec Ety. ELLE t'a aidé à franchir le pas et TU l'as aidée à franchir le pas. À toi, Victor !

— Hier, au lycée, ses copains ont dit à mon fils : ce qui vous est arrivé, le génocide et tout ça, c'est bien triste, mais il faudrait bien que vous compreniez, vous les juifs, que maintenant c'est fini. C'est du passé. C'était il y a soixante ans. Vous n'allez pas continuer à nous bassiner avec cette histoire. Nous, on n'y est pour rien. Et en plus vous faites la même chose aux Palestiniens, aujourd'hui. Arrêtez de vous plaindre !

Voilà. Les juifs ne sont plus à la mode. Le crédit compassionnel est épuisé. On a été chics et intéressants, oh ! pas longtemps ! pendant dix ans peut-être, les dix dernières années du siècle. On a tenu la place des persécutés. On était parés du prestige de la victime. On nous regardait avec des yeux brillants d'attente... d'attention. Shoah ! Shoah ! Shoah ! Trenet avait même écrit une chanson sur nous :

Y a d'la Shoah !
Bonjour, bonjour les hirondelles !
Y a d'la Shoah !
Dans le ciel, par-dessus les toits !

Partout, partout y a d'la Shoah !

C'est fini. Je suis inquiet.

Mes parents sont nés en Pologne, mon père à Varsovie, ma mère à Sokolow, mon père dans une famille pauvre, ma mère dans une famille riche. Quand les Allemands sont arrivés à Sokolow, ils ont fait sortir les juifs des maisons et ils les ont séparés en deux groupes, un pour le travail, un autre pour l'extermination. Ma mère avait été sélectionnée pour le travail et elle regardait, sur le trottoir d'en face, gardés par les soldats, son père, sa mère, ses sœurs. Au moment de la séparation, au milieu des cris, des pleurs, des hurlements, son père l'avait bénie : « Tu vivras, Malka ». Je ne sais pas comment ma mère a survécu. Je ne sais pas ce qu'elle a fait dans les camps pour survivre. Je sais qu'un jour, à l'amicale de Sokolow, ma mère a refusé de serrer la main d'une autre femme. Pendant la guerre, elles travaillaient ensemble à la fabrique de munitions. À la demande des Allemands, le conseil juif avait établi une liste de femmes devant être expédiées à Birkenau. On appelait cela un transport. Cela voulait dire : la mort. Sur la liste, cette femme avait rayé le nom de sa cousine et inscrit, à sa place, celui de Malka.

Je ne sais pas comment mon père a survécu, ce qu'il a fait dans les camps pour survivre. Il est passé d'un camp dans un autre, sept en tout : Maïdanek, Neustadt, Buchenwald, j'ai oublié la suite. Il avait une spécialité, casquettier. C'est ça qui l'a sauvé. Les Allemands avaient besoin de casquettes. À la fin, à Birkenau, il a attrapé le typhus. On l'a entassé avec d'autres cadavres dans un coin du camp... Le soldat russe qui gardait le tas s'est aperçu qu'il respirait encore et l'a sorti de là. Un coup de Glouk.

J'aime la vie, mais j'ai du mal. Il faut dire que j'ai beaucoup bavé, dans ma vie, comme on dit. Papa et maman voulaient qu'on les répare, qu'on les console, Abel et moi. Que peuvent des enfants ? Que pouvions-nous faire ? J'avais moi-même besoin d'être consolé. J'ai toujours besoin de l'être. J'ai eu du mal avec mes enfants. J'étais en concurrence avec eux. Leurs pleurs, leurs cris, leur désir d'affection, leurs demandes d'amour me terrorisaient. Ça me rappelait mes parents. Je criais, je pleurais plus fort qu'eux. Tout m'écorche. Tout me blesse. Je hurle pour que ça s'arrête.

— Eh bien merci à toi, Victor, pour ce magnifique témoignage qui nous a tous beaucoup émus. Est-ce que quelqu'un veut réagir ? Non ? Personne ? Pour lancer la discussion ? Oui, Maurice ! À toi, Maurice, nous t'écoutons.

— Je voulais dire à Victor que nos histoires se ressemblent. Je crie, comme lui. Je perds mes nerfs. À chaque grossesse de ma femme, je suis devenu comme fou. Un matin, j'ai hurlé, j'ai tapé, les voisins ont appelé la police. Je parle trop, aussi. Je ne sais pas m'arrêter. Tous les jours, j'ai besoin de faire le récit de ma vie et de l'adresser, mais à qui ? Pendant quinze ans, je l'ai adressé à un psy. Le pauvre. Maintenant, j'en accable ma femme, la pauvre. Aujourd'hui, en écoutant Victor, j'ai compris d'où provenait ce flot de paroles intarissables. Mes parents sont revenus des camps avec un récit à faire, un récit qu'ils n'ont pu adresser à personne. Pas à cause de l'indicible. À cause de l'inaudible. Ce récit impossible les a empoisonnés, comme une dent incluse infecte la mâchoire, et ils m'ont empoisonné... Je suis confus... Je m'exprime mal...

— Mais non, Maurice. Ce que tu dis est très clair, et très poignant. La parole circule entre nous. Je m'en réjouis. NOUS nous en réjouissons. Une autre réaction ? Oui ? Annette ? Vas-y Annette ! Nous t'écoutons. Tes sœurs et tes frères sont tout ouïe...

— Oui, ben moi ce que je vais dire va peut-être aller à l'encontre du consensus, j'en suis désolée mais je voudrais dire à Victor et à Maurice – ce n'est pas contre eux, hein ! il ne faut pas qu'ils le prennent perso – que... y en a un peu marre d'entendre toujours parler des fils et filles de déportés. Moi je suis nièce de déportés. Ça compte aussi. C'est aussi un trauma.

— Moi aussi ! Mon oncle a été déporté à Auschwitz !

Je suis neveu de déporté !

— Et moi petit-fils, arrière-petit-fils, petit-neveu, oncle et neveu ! Il faudrait que ça soit reconnu, quand même !

— Et moi ! tante et demi-frère !

— S'il vous plaît ! Un peu de calme ! Chers frères et sœurs ! Un peu de sérénité ! Nous avons déjà eu ce débat. J'ai écrit à Maître Serge Klarsenfeld à ce sujet, au nom des AA. Si je n'obtiens pas de réponse de sa part, je proposerai la création de l'« Association des descendants autres que fils et filles de déportés de France... » Oui ? Jean-Charles ? Tu veux nous communiquer quelque chose ?

— Il faudrait distinguer entre les descendants de déportés rescapés et les descendants de déportés morts...

— Chers frères et sœurs, ça dérape, ça dérape. Il nous faut se ressaisir. Il faut que nous nous ressaisissions. Pratiquons l'exercice n° 1. Je vous en rappelle la règle : chacun à tour de rôle doit évoquer les difficultés ou les tentations qu'il a rencontrées pendant la semaine, et comment il les a surmontées. Rapprochons-nous, mes frères et mes sœurs, baissons la tête et donnons-nous la main. À toi de commencer, Caroline. N'oublie pas la formule...

— Je confesse devant mes frères et sœurs que je me suis passé la vidéocassette de *Shoah*. Je suis enceinte. Je ne sais pas si c'est une très bonne idée pour mon bébé. Pour me punir, je suis allée à la bibliothèque de mon quartier et, devant le rayon « Holocauste », j'ai crié :

« Les juifs nous emmerdent avec la Shoah ! »

— Natacha ?

— Je confesse devant mes frères et sœurs que j'ai fait renouveler mon passeport américain, ainsi que celui de ma fille. Pour me punir, j'ai entamé des démarches auprès de l'ambassade de Roumanie afin d'obtenir un passeport roumain. Il paraît que j'y ai droit, en tant que fille de ressortissant roumain.

— Carole ?

— Je confesse devant mes frères et sœurs que, dans le métro, j'ai cru entendre deux Japonais parler yiddish. Renseignements pris, c'est bien le japonais qu'ils parlaient. Pour me punir, je leur ai expliqué la différence entre un Bourgogne et un Bordeaux.

— Maurice ?

— Je confesse devant mes frères et sœurs que j'ai relu *Treblinka* de Steiner. Mon père vient de mourir et le livre traînait sur sa table à la maison de retraite. Pour me punir, j'ai passé tout un après-midi chez Castorama, au rayon quincaillerie.

— Eve-Marie ?

— Je confesse devant mes frères et sœurs que cette nuit, prise de fringale, j'ai mangé deux bagels tartinés de Nutella et j'ai vidé le bocal de rollmops. Pour me punir...

— Alors là, permets-moi de t'interrompre, Eve-Marie. Nous ne sommes pas les Weight Watchers... À mon avis, tu mélanges un peu tout... Jean-Claude ? C'est ton tour.

— Hier je me suis plaint de ma santé à mes enfants. Arthrite. Constipation. Pour me punir, j'avais pris la résolution d'emmener mon petit-fils à Disneyland, quand je me suis rappelé ce que disait mon père : si tu ne te plains pas, alors il risque vraiment de t'arriver quelque chose.

— Bien. Je crois que nous en avons terminé avec notre petit exercice. Je vous rappelle notre objectif : nous débarrasser de nos conduites addictives juives, telles que ressassement de la Shoah, sentiment d'insécurité, pour vivre pleinement notre vie dans la République et dans la nouvelle Europe. Maintenant, jouons ! Que pensez-vous du jeu de la Feuille de Route ? Victor, Ety, je vous l'explique. Ce jeu s'inspire du jeu de l'oie. Chaque joueur lance les dés et avance jusqu'à la case indiquée. Certaines cases sont neutres. D'autres font reculer. Par exemple, « attentat suicide : reculez de trois cases » ; « implantation sauvage : passez deux tours ». Certaines cases vous font gagner du terrain. Ainsi, « négociations » : avancez jusqu'à la case « poursuite des négociations ». Le premier qui arrive à « Création de l'État palestinien » a gagné... Victor, tu veux commencer ? Ah ! Il a lancé le dé et voilà qu'il atterrit sur la case « retrait de la bande de Gaza » ! Ah ! le petit veinard ! Enfin, pas si veinard que ça ! S'il fait un trois au prochain tour, il tombe sur la case « tirs de roquettes/représailles » !

— Oui ? Maurice ? Tu as quelque chose à ajouter ? Nous t'écoutons, Maurice. Le jeu de la Feuille de route attendra...

— Juste, laissez-moi demander à Victor : quelle profession exerces-tu ?

— As-tu compris, Victor ? Maurice te demande quel métier tu fais.

— Je suis sociologue.

— Pourquoi as-tu choisi cette profession ?

— Victor ? Sociologue ? Pourquoi ?

— Ah ! Pourquoi j'ai choisi la sociologie. Ce serait long à expliquer. Et puis, non, finalement, c'est assez simple. Avec les parents que j'ai eus, à vingt ans, j'étais totalement inadapté à la société française. Un Huron transporté à la cour de Louis XIV, et qui ne comprenait rien à l'étiquette. Je me souviens du jour où ma petite amie m'a invité dans la résidence secondaire de ses parents, en Touraine...

— Euh... Victor, et toi aussi, Maurice, je suis désolée de vous interrompre. Il nous reste très peu de temps, même pas le temps pour finir la partie de Feuille de Route. Votre discussion était passionnante, passionnante. Les frères et les sœurs, je les observais, étaient suspendus à vos lèvres. Bien. Et maintenant, nous allons nous diriger vers le buffet, et partager le vin de l'amitié. Lehaïm ! »

Ety se réveilla en sursaut. Elle se leva pour aller boire un verre d'eau à la cuisine. « Tu ne dors pas ? » lui demanda Victor, quand elle revint se glisser dans le lit. « Non. J'ai fait un drôle de rêve. Tu ne dors pas non plus ? » Non. Victor ne dormait pas. Lui aussi avait fait un drôle de rêve. Côte à côte, ils restèrent allongés en silence, attendant l'insomnie. La nuit s'annonçait mal pour les Glouk.

Langue maternelle

Leur langue maternelle n'était pas la langue de leur mère.

Salomon et Malka, les vieux Glouk, parlaient yiddish en Pologne et avaient continué à le parler en France. Ils parlaient même yiddish en français. Oh la la j'ai mal la tête la gorge me brîle les oreilles oye aïe ti sayes tu écrives pour moi avoir comme se dit manageure ? ménageure ?

– Une aide ménagère ?

– Comment tu sayes ? ça ine tête toi ! inntelligintse ! Du coup, Victor ne parlait pas le français à quatre ans, lorsqu'on le mit à l'école maternelle de la rue du Delta. « Pish ! Pish ! » cria-t-il soudain à la maîtresse en se tenant la braguette. Heureusement, le langage des gestes est universel. De cet apprentissage tardif lui était restée une certaine fragilité linguistique qui se manifestait tout particulièrement à l'endroit de ce qu'on appelle les expressions idiomatiques, qu'il déformait selon des lois obscures dont la logique échappait à Ety, mais la plongeait dans une perplexité et une hilarité telles qu'elle avait décidé d'en faire un recueil. Ainsi, il confessait volontiers qu'une de ses activités préférées était de rentrer chez lui après une journée de travail et de se mettre sous la table étant donné qu'il avait énormément bavé dans sa vie. Un repos bien mérité, en somme. Mais oui. Qu'est-ce que tu crois ? Je sais apprécier les bonnes choses. Quand il le faut, je ne mâche pas mon plaisir. Je ne suis pas de ceux qui chient dans la soupe, ah non ! Ety opinait du chef. Il avait raison. Chier dans la soupe, non, vraiment, ce n'était pas un comportement estimable. Mieux valait avaler son plaisir d'un coup, sans le mâcher.

Elle avait malgré tout ressenti une émotion particulière lorsqu'un jour, parlant avec véhémence d'une revue de sociologie à laquelle il venait de soumettre un article, son mari, après avoir affirmé tour à tour que les membres du comité de lecture allaient tout passer au fil du rasoir et qu'il n'était plus temps de faire des calculs de polichinelle, s'était écrié, en guise de péroraison et au comble de l'excitation : « Maintenant, le bébé est dans leur camp ! » En un éclair, elle avait vu un bébé bien potelé sortir de la baignoire et, tandis qu'une main anonyme s'occupait de jeter l'eau du bain, le bébé se catapultait dans une salle de conférences où il atterrissait, encore tout trempé, sur les genoux du secrétaire de rédaction.

Ce genre de fantaisies n'était pas très éloigné des productions de Gisèle, la mère d'Ety. Gisèle avait appris le français vers l'âge de dix ans. Elle aussi raffolait des expressions idiomatiques, où se nichaient le sel et l'esprit de ce beau parler de France qui, pour être devenu sa langue nationale, n'en demeurait pas moins une langue d'adoption. Sa véritable spécialité à elle, c'était les noms propres. Elle avait inventé Don

Quichiotte, Marne la Cocotte. N'empêche, ce qu'elle aimait le plus au monde, c'était de se trouver submergée dans un bon livre, sauf si elle s'était coupé le pain en essayant de trancher du doigt. Bien sûr. Quant à mémé Marx, comme mamie Malka et papy Salomon, elle parlait toujours la langue de là-bas, sauf que pour elle c'était l'allemand, pas le yiddish. Ety se souvenait des lettres qu'elle recevait en colonie de vacances et qu'elle cachait à ses camarades : Je espère tout va pien toi être contente et te faire amis. Je espère aussi il y a une bonne ambition dans ta colonie. Dans l'enveloppe, il y avait toujours un petit billet de cinq ou dix francs, pour acheter bonbons. Oui mémé, l'ambiance à la colo est formidable.

Quand on y réfléchissait bien, la langue maternelle des ancêtres de mémé, mettons, de son arrière-grand-père et de son arrière-grand-mère, avait été le yiddish. Et quand on y réfléchissait mieux, la première langue maternelle de tout ce beau monde avait été l'hébreu, voire l'araméen. Peut-être.

Ety s'était par conséquent inscrite au Goethe Institut, à la Maison de la Yiddishkeyt et au centre Ben Yehouda, où elle avait pris respectivement et alternativement des cours d'allemand, de yiddish et d'hébreu.

Au bout d'un an, elle avait arrêté l'allemand. Décidément, cette langue ne rentrait pas. Elle retrouvait les mêmes obstacles qu'au lycée, lorsqu'elle apprenait l'allemand deuxième langue. Ce qui la rebutait, ce n'était pas la syntaxe. C'était ces histoires de prépositions et de particules détachables-indétachables, comme dans une réclame pour lessive en paquet. Tragen-betragen-vertragen-vortragen-auftragen-übertragen-austragen... Tu te rends compte ? si en français on avait fabriqué du surporter ou du devantporter ou du aprèsporter...

« Vous avez ! Ihr habt ! » se récriait Ursula, l'assistante du Goethe Institut. Elle récitait : porter supporter déporter remporter comporter emporter rapporter exporter importer. Oui, mais, au moins, en français, ça s'appelait des préfixes. On voyait à quoi on avait à faire. Et le sens des préfixes était clair. Re-, con-, on savait où on allait. Tandis qu'en allemand... Tiens ! un exemple ! hören, ça veut bien dire « entendre » ? auf, ça veut bien dire « sur » ? En toute logique, donc, aufhören c'est coller son oreille sur quelque chose ; alors, tu m'expliques pourquoi aufhören ça veut dire « arrêter » ? Y a une manipulation mentale que je ne comprends pas, là. « Ach ! C'est l'esprit de la langue, répondait Ursula. L'allemand est une langue très concrète. Il faut voir, pas comprendre. »

Le yiddish ne lui avait pas mieux réussi. Comme elle savait l'allemand et l'alphabet hébraïque, on l'avait inscrite d'office au cours moyen.

Tous les lundis soir, dans la vieille bibliothèque délabrée de la Maison de la Yiddiskeyt, elle retrouvait le professeur et les huit autres élèves. Il y avait là un peu de tout : des gens de son âge, dont les parents parlaient yiddish mais n'avaient rien transmis à leurs enfants ; des jeunes gens, dont les grands-parents parlaient yiddish mais n'avaient rien transmis à leurs parents ; un Chinois qui rédigeait sa thèse sur la communauté juive de Taiwan ; une Sri lankaise qui voulait apprendre une langue étrangère ; des vieux, qui parlaient yiddish, parce que leurs parents le leur avaient transmis, mais qui ne savaient ni le lire ni l'écrire.

Le professeur, un géant frisé qui portait la barbe des guerriers d'Homère, s'appelait Shimshon Gourfinkel. Émigré en France dans les années quatre-vingt, il avait été élevé à Brooklyn dans une famille hassidique où on avait toujours parlé yiddish et il ne comprenait pas que la langue fût menacée de disparition. Les juifs pouvaient-ils parler autre chose ? Avant de commencer le cours, il leur lisait un poème de Broderson, une page de Sholem Asch. Ety se laissait aller à la caresse. C'était doux, c'était sucré, un peu âpre. Des images lui revenaient, des scènes du passé.

Un jour, mémé Marx l'avait emmenée en visite chez une dame de sa connaissance, une Madame Kouklia, qui venait de perdre son mari. La vieille les avait accueillies avec de grands gestes des bras dans un appartement tout sombre de la rue de Charenton. Il y avait dans un coin une pile de bandes dessinées, des *Alix* dont Ety raffolait. « Prends ma fille ! » lui avait dit la dame dans un français écorché, « mes pitites-enfants aussi eux aimer. » Et elle lui envoyait des baisers du bout des doigts. Ety s'était blottie dans une sorte d'alcôve et, à la lumière d'une lampe basse, dévorait ses albums préférés. Dehors, c'était l'hiver ; ici, il faisait chaud. Ici ? Ety s'était évadée. Elle était à Rome, sur les routes de l'Empire, avec le garçon blond, le jeune Gaulois vêtu de sa courte tunique. La conversation des deux femmes la berçait. C'était de l'allemand. Elle comprenait sans comprendre. Les sons lui étaient familiers. Le sens ne l'atteignait pas. Soudain, elle prêta l'oreille plus attentivement. Oui.

Mémé parlait allemand. Mais Madame Kouklia ? Que parlait-elle ? Elle croyait reconnaître les mots de sa grand-mère, mais au moment où cela allait prendre forme, se couler dans le moule habituel, cela glissait et cela lui échappait. Elle s'appliqua à écouter. Mémé disait : « Ich hab gedacht ». Madame Kouklia disait « Mikh hob gedacht. » Mémé disait : « schön ». Madame Kouklia disait : « Schein ».

De retour, dans le métro, mémé Marx s'agaçait des questions de sa petite-fille. Le yiddish ? Du mauvais allemand, du jargon. La langue de ces pouilleux de Polonais, qui ne connaissaient pas Goethe, ni l'opéra, ni la culture, ni rien. Tu t'imagines le *Freischütz* en yiddish ? Ou *Parsiful* ? Mémé adorait, dans sa jeunesse, aller à l'Opéra. Elle avait même cultivé un joli filet de voix et chantonnait souvent, dans sa minuscule cuisine où ronflait un poêle à charbon, des airs de *Werther*, des *Pêcheurs de perles*, de *Lakmé*. « Pourquoi se réveiller/au souffle du printemps ? » « C'est elle/c'est la déesse... »

« Écoute une fois ! Ta fille aime le yiddish ! Elle trouve joli ! » avait-elle annoncé en ramenant Ety à sa mère. Gisèle avait bien ri.

Quand, bien des années plus tard Ety avait entendu Victor parler yiddish avec ses parents, elle avait retrouvé sa fascination d'enfant.

Elle ouvrait les yeux... Shimshon avait terminé sa lecture. La leçon pouvait débuter. Corrigé des devoirs. Grammaire. Vocabulaire. Lecture à voix haute. Explication de texte. Expression orale.

Ça y est ! Les vieux attaquaient. Les vieux, c'étaient Madame Strudel et Monsieur Filtefish. Ils n'étaient jamais contents. Ils ne reconnaissaient pas *leur* yiddish. Les jeunes massacraient la langue et le professeur parlait comme un livre, la bouche en cul-de-poule serré. *Nu* ? où était le *tam* ? Une jeune femme tentait, en balbutiant, de raconter ses vacances, le film qu'elle avait vu, le livre qu'elle avait lu. Monsieur Filtefish fondait sur elle avec son nez d'aigle et ses cheveux jaunes. *On ne disait pas comme ça*. Un quadragénaire, bredouillant, résolvait un exercice de grammaire. Madame Strudel l'interrompait, pointant sur lui ses sourcils broussailleux. On ne conjuguait pas comme ça. C'était *faux*.

Maintenant, il fallait lire.

Chacun son tour, on s'appliquait. Les deux vieux bougonnaient, reprenant chaque mot, chaque phrase. On ne prononçait pas comme ça. La lecture se faisait en canon, comme à la yeshiva. À la fin, énervé d'entendre toujours cet écho derrière soi, on laissait tomber. Le professeur, c'est moi, rappelait Shimshon d'une voix douce. *Nu* ? Peut-être que nous, on ne s'y connaît pas en yiddish ? Ils menaçaient de partir. Mais ils revenaient toujours, et c'était les autres élèves qui abandonnaient. Dès le mois d'avril, Shimshon Gourfinkel donnait ses cours dans une classe désertée où trônaient seuls Madame Strudel et Monsieur Filtefish, ronchonnant, mais au fond satisfaits. Cette année encore, ils avaient réussi à empêcher les autres élèves d'apprendre la langue. Le yiddish, *nu*, ça ne se partage pas.

Comme ça se trouve ! Victor avait retrouvé ces deux malfaisants au groupe de conversation en yiddish. La maison de la Yiddishkeyt avait en effet décidé de proposer à ses membres et adhérents cette nouvelle activité. Ety en avait informé Victor.

Au début, il avait jugé l'idée grotesque. Quand ils s'engueulaient le soir à table, les Glouk, ils ne faisaient pas un groupe de conversation en yiddish. Et quand sa mère venait l'embrasser le soir dans son lit, et qu'il lui racontait toutes ses petites misères, ses rêves, ses folies ? C'était un groupe de conversation en yiddish ? lui et sa mère ? Laissez-moi rire. Ils avaient une langue, une langue maternelle, et ils s'en servaient, voilà tout. Ils communiquaient dans leur langue maternelle. Sans groupe. Renversant, non ? Ah ! Ils n'avaient pas besoin qu'on leur donne des thèmes, des canevas, pour communiquer dans la langue maternelle. Ils les trouvaient tous seuls, les thèmes et les canevas. Tiens, le mariage ! ça c'était un thème de conversation qu'ils aimaient bien, les Glouk. Le mariage et les camps. En yiddish. Ça marchait bien. Ils démarraient au quart de tour, là-dessus, les Glouk. Ça les faisait bien réagir, ce thème et ce canevas. « Victor, si tu ramènes une *shikse* à la maison, on te maudit et on te déshérite ».

« À Bergen-Belsen, je ramassais les cadavres pour les amener au four ». En yiddish, tout ça, dans la langue maternelle !

Et puis Malka était morte, quatre ans après le vieux Salomon. Victor avait ressenti le vide atroce de la langue. Ses parents disparus, il n'avait plus personne avec qui parler yiddish. Abel, avec qui il aurait pu échanger quelques bouts de phrases, préférait s'exprimer en français. En yiddish, il se sentait comme gêné aux entournures. De toute manière, les deux frères ne se voyaient qu'en de rares occasions.

Alors, il s'était mis à fréquenter le groupe de conversation. Oh ! il ne s'y montrait pas très assidu.

Il faut dire qu'en fait de conversation, personne n'ouvrait la bouche. Même Monsieur Filtefish et Madame Strudel n'osaient pas piper mot. Pourtant, Arlette, l'animatrice, ne ménageait pas ses efforts. Elle lançait des sujets de conversation tous plus alléchants les uns que les autres. Démocrate et pédagogue, elle consultait sa base. De quoi voulez-vous discuter ? Thème culturel ? Vie familiale ? Actualité politique ? Pour ou contre l'État d'Israël ? Le mariage mixte ? La cuisine chinoise ? Rien ne rebondissait. Ils avaient avalé leur langue, c'est le cas de le dire. Et quand, enfin, la discussion démarrait, après quelques borborygmes en yiddish, on retournait au français dare-dare avec des soupirs de soulagement et en s'épongeant le front, comme qui vient enfin de regagner la terre ferme après avoir échappé à la noyade.

Que se passait-il ? Ils savaient le yiddish, ils le comprenaient, ils le parlaient dans leur tête. Mais impossible de le faire sortir. « Pendant la guerre, disait Jacques, on a vécu caché dans une école de curés. Avant de nous confier à la dame de la Croix-Rouge, nos parents nous ont fait promettre de ne jamais parler yiddish entre nous. Si on parlait yiddish, on était morts. » « Le yiddish, disait Raymonde, c'est la langue des morts ».

« C'est une langue morte », renchérissait Maurice. À quoi bon s'acharner ? À ce moment-là, David élevait la voix. Il n'était pas d'accord. Le yiddish n'était pas mort. On était là pour le faire revivre. Sinon, martelait-il en pur français de Ménilmontant, cela signifiait que les nazis avaient gagné. Victor, dans le brouhaha général, parvenait malgré tout à se ménager de longs échanges avec Arlette, l'animatrice. Elle usait d'un savoureux yiddish galicien, presque identique à celui de ses parents. Ah ! volupté de la *mame loshen* !

Malheureusement, Arlette, guettée par la dépression nerveuse, avait abandonné le groupe peu avant les vacances d'été. On avait eu un remplaçant, puis un autre. Le *turnover* était important à ce poste, comme disait le directeur.

Ils s'étaient rabattus sur l'hébreu. Là au moins, ils pouvaient compter sur un État, sur un stock de locuteurs vivants renouvelables, sur un corps professoral made in Israël, solide comme la tour de David, inaccessible à la dépression nerveuse.

Depuis six ans, ils s'accrochaient.

Pour rien au monde, ils n'auraient manqué leur cours hebdomadaire à l'Institut Ben Yehouda. S'ils étaient tristes en arrivant, ils étaient gais en sortant. Ça les regonflait. Ma foi, ça leur servait de thérapie.

Oh ! bien sûr les maniaques ne manquaient pas.

Il y avait ceux qui bavardaient en recouvrant la voix du professeur ; ceux qui essayaient de décourager tout le monde ; ceux qui protestaient à chaque nouvelle difficulté – non vraiment, on exagérait ! le *po'al* ça suffisait amplement ! pourquoi s'embarrasser d'un *pi'el* ? Il y avait ceux qui savaient tout mieux que tout le monde et se chargeaient d'expliquer la grammaire au professeur, ceux qui venaient faire leur sieste là plutôt qu'à la maison et piquaient du nez au bout du premier quart d'heure. Bref il y avait là tous les ridicules des classes d'adultes où de vieux écoliers, dans leur costume et leur laideur de grande personne, rejouent les comédies de l'enfance.

Au moment de la deuxième Intifada, le cours de Tamar s'était transformé en psychodrame, en défouloir collectif. On venait y déverser sa rancœur, ses frustrations, accumulées pendant toute une semaine. On s'étranglait de rage contre les médias, qui prenaient systématiquement le parti des Palestiniens. On décortiquait les articles. On refaisait les reportages radiotélévisés. Vous avez vu ? Les journalistes ? Ils parlent toujours des soldats israéliens mais de l'autre côté il n'y a que des Palestiniens ! Sous-entendu : une armée contre des civils désarmés. Comme si les Palestiniens n'étaient pas armés ! Pourquoi alors ils parlent de combats ? Et le petit-Mohammed-qui-est-mort-dans-les-bras-de-son-père-frappé-par-des-balles-israéliennes ? Il était pas pris dans un échange de tirs, le petit Mohammed dans les bras de son père ? Avec quoi ils tiraient, les Palestiniens ? Avec des carabines à air comprimé ? Non ! Avec des fusils d'assaut, que ces imbéciles de travaillistes leur avaient eux-mêmes livrés en application de ces lamentables accords d'Oslo ! Pourquoi lamentables accords d'Oslo ? Parce que. Quelle naïveté de croire que les Arabes vont accepter Israël ! Et l'Égypte et la Jordanie ? Ah ! ça les arrange pour l'instant ! mais attendez voir ! Nous les Arabes on les connaît ! On a vécu avec ! Et nous ? On a vécu avec les Allemands, les Polonais. On a bien fini par faire la paix avec eux...

Bref, cela avait failli dégénérer. L'Intifada gagnait le centre Ben Yehouda, avant d'enflammer les collèges de la petite couronne. Puis, ça c'était tassé. On était revenu à l'hébreu. L'hébreu d'abord. *rak ivrit* !

Et le français, dans tout ça ? se demandait parfois Ety. Sa langue maternelle avait été, autrefois, sa grande passion. Cela lui tenait lieu d'identité, de patrie, de sol. Elle frissonnait aux vers de Racine :

« Oui, Prince, je languis, je brûle pour Thésée/ Je l'aime... » Quelle mesure ! quelle noblesse ! quelle émotion ! quelle pureté ! Et cet enjambement... ce rejet... une merveille ! Elle s'enflammait aux phrases de Proust. Quelle virtuosité ! Elle frémissait aux périodes de Hugo. Quel souffle ! Bon. Elle avait obtenu son agrégation de lettres. Soit. Elle détenait un brevet de langue et de culture française, le plus haut qui soit dans la république des lettres. Munie de ce viatique, elle était partie enseigner un temps dans les banlieues. Elle ne comprenait pas ses élèves, même les Terminales qui préparaient leur bac en apprenant par cœur des explications de texte qu'elle leur avait dictées. Elle surchargeait leurs copies d'annotations à l'encre rouge : que voulez-vous dire ? Charabia ! C'est confus ! incompréhensible ! orthographe ! syntaxe ! où est le verbe ? où est le sujet ? « M'dame ! on parle français, quand même ! » protestaient ses élèves qui ajoutaient aussi : « on se comprend dans notre tête. » Ety reprenait alors un extrait de leur prose, dissertation ou commentaire de texte : « La première affirmation concerne la société. Il nomme les problèmes de la société dans laquelle il vit, d'abus. » Même dans votre tête, c'est difficile à comprendre. Pourtant, m'dame, on se comprend.

Sortie du lycée, elle ne trouvait pas mieux. Elle allait au cinéma, en version originale. Elle lisait les sous-titres, en français. « Otan pour moi », affirmait l'héroïne, fataliste. « Arrêtons là cette discussion » répliquait son partenaire. En effet, cela ne menait à rien, cette discussion. Elle regardait, à la télévision, un reportage sur une brigade de déminage. On redoutait des attentats terroristes à Paris. Le démineur expliquait qu'ils intervenaient au moindre appel signalant un objet suspect. « Dès qu'il y a doute, on effectue une levée de doute. » Il avait bien raison, cet homme. Rien ne valait une bonne levée de doute, dans la vie.

Tout cela la ramenait au sabir de mémé Marx, de mamie Malka... Je espère toi être bonne ambition. Il n'y avait pas de langue maternelle. Il y avait des langues sous les langues, qui se dévoraient les unes les autres, et vivaient les unes dans les autres.

Dans sa chambre, Jeremy parlait avec un copain au téléphone. « C'est trop d'la balle... attends... ce keum il est trop trop... Quoi ? Trop quoi ? Trop tout. J'suis trop mort... »

Le plus mauvais conteur de witz

Depuis quelque temps, Victor Glouk travaillait à une Sociologie du witz yiddish. Le witz yiddish, pensait-il démontrer, était un puissant révélateur non seulement des rapports sociaux au sein de la yiddishkeit mais des conflits et des accommodements du monde juif avec la société gentilice. Partie du XIXe siècle, son étude remontait jusqu'à l'époque contemporaine. « On peut s'interroger, écrivait-il dans ses notes préparatoires, sur la fonction du witz yiddish dans un monde ashkénaze soumis à une sécularisation et à une assimilation galopantes, et qui, en fait, ne parle plus yiddish ». Pour cette partie de son travail, sa principale source documentaire provenait du *Blatt-Blatt*, un hebdomadaire en yiddish auquel il s'était abonné. Unique survivant en son genre d'une presse autrefois florissante, Le *Blatt-Blatt* était publié à New York et possédait une rubrique humoristique. C'est là que Victor puisait, semaine après semaine, les histoires drôles, les *vitsn*, qui nourrissaient son enquête. Mais à vrai dire, s'il attendait avec impatience la livraison de son *Blatt-Blatt* hebdomadaire qui, malheureusement, arrivait irrégulièrement dans sa boîte aux lettres (il en recevait parfois trois d'un coup, après avoir attendu en vain pendant plusieurs semaines), c'est parce que ces historiettes lui procuraient, outre un répertoire et un réservoir d'hypothèses sociologiques, un grand plaisir de lecture. Elles le faisaient bien rigoler. Quand enfin le titre en épais caractères hébraïques dépassait de sa boîte aux lettres, une légère excitation s'emparait de lui. Il se saisissait du journal, et vite, se précipitait sur les witz.

Le soir, au repas, il tenait à en faire profiter sa femme et ses enfants.

« Les enfants, je vais vous raconter une histoire drôle. Ecoutez-bien. Toi aussi, Ety, sors un peu de ta cuisine et viens m'écouter. »

Les enfants, installés au salon en attendant le dîner, levaient la tête, légèrement inquiets. Ety, à contrecœur, interrompait sa vinaigrette et demandait :

« Tu as reçu ton *Blatt-Blatt* ? »

Tout le monde se figeait, cherchait à se concentrer, en soupirant intérieurement. On avait beau s'appliquer, on avait du mal à rire aux histoires de Victor. Était-ce la traduction du yiddish en français ? l'excitation du conteur ? sa maladresse ? sa distraction ? on ne savait jamais quand il fallait rire ni pourquoi.

— Alors, voilà. Le pape arrive à New York et on le promène dans une limousine. Il est très impressionné. À un moment, il n'y tient plus, et il demande au chauffeur s'il peut conduire à sa place. Le chauffeur hésite un peu, mais il lui laisse le volant. Le pape conduit très mal, si mal qu'il se fait arrêter par la police. Évidemment, le policier le reconnaît. Très embarrassé, il téléphone à ses supérieurs : « Qu'est-ce que je fais ? C'est une haute personnalité. Je verbalise ? »

« C'est vraiment quelqu'un de si important ? » « Oui. Imaginez-vous ! C'est le pape et il est au volant ! »

— C'est fini ?

— Oui. Elle est bonne, non ?

— Je ne vois pas ce qu'il y a drôle.

— Je ne saisis pas la pointe.

— T'as dû zapper quelque chose, papa.

Ah ! tu crois ? Oui... non... plutôt... ah ! oui, je me suis trompé... en fait, à la fin, le policeman dit : « Le chauffeur est assis à l'arrière ».

— Toujours pas drôle.

— En plus c'est absurde.

— T'as dû te mélanger les pinceaux, Victor.

Victor reprenait son numéro du *Blatt-Blatt* et le feuilletait fébrilement.

— Ah ! oui ! non ! je me suis trompé. En fait le policier dit : « S'il est important ? le pape est son chauffeur ! »

— Ah ! bon ! là c'est drôle !

— Pas mal !

— Dommage que t'aies cassé l'effet, papa.

Ensuite, Ety cherchait à consoler son mari, tout penaud d'avoir raté son effet. T'en fais pas Victor, c'était drôle quand même.

À vrai dire, elle-même était bien incapable de mener une histoire drôle à son terme. Les rares fois où elle s'y était risquée, cela avait été un échec lamentable. Ah ! Si on avait ouvert un concours du plus mauvais conteur de witz, elle l'aurait emporté devant son mari, haut la main !

Quand elle était jeune, elle passait souvent du temps dans les cafés avec une bande de copains. Les garçons jouaient au flipper, et elle aussi avait pris goût à ce jeu. Elle avait de bons réflexes. Elle faisait des scores honorables. Mais jamais assez pour décrocher une partie gratuite. Jamais, pour elle, le mot *winner* n'avait clignoté triomphalement sur le fronton bariolé où des filles affriolantes se déhanchaient. Car l'émotion l'empêchait toujours d'atteindre le nombre de points décisifs. Dès qu'elle s'en approchait, son cœur se mettait à battre follement, toute lucidité la quittait. La petite boule lui échappait, courait comme une folle sur le plan incliné, se faufilait entre les bumpers et disparaissait dans le bas du plateau. *You lost* ! lui annonçait la machine en claironnant sa déconfiture sur une musique d'harmonium. Et bien, raconter une histoire drôle, c'était comme jouer au flipper. Son cœur se mettait à battre de plus en plus fort, elle gâchait tout en se précipitant vers la fin, elle manquait les détails essentiels, et la chute. La petite bille disparaissait dans le trou. Adieu, *vis comica* ! adieu, *pintele yid* ! L'effet était raté, la pointe était perdue. Les amis riaient poliment.

N'allez pas croire que, dans le giron familial, elle retrouvait l'art de raconter qui la trahissait dans les circonstances publiques. Un jour, à table, au dîner, elle essaya de répéter une histoire belge qui l'avait fait mourir de rire quelques heures auparavant. Vous écoutez ?

— Bonjour Monsieur. On dit Waterloo ou Vaterloo ?

— Je ne sais pas, Monsieur, je suis en vacances.

— Il faut rire ?

— Mais oui. « Je suis en vacances » Ah ! non. En fait, le bonhomme, il dit : « je suis en ouacances », pas « en vacances ».

— Bonjour Monsieur, on dit Ouaterloo ou Vaterloo... Je suis en ouacances... C'est ça qui est censé me faire rire ?

— Ben, oui, c'est drôle.

— Je ne vois pas ce qu'il y a de drôle, toujours pas.

— Ah ouais, je comprends, dit Jeremy pour faire plaisir à sa mère.

— Qu'est-ce que tu comprends ? demanda Lou. C'est quoi Waterloo ? Pourquoi y a Waterloo dans ton histoire, maman ?

— Le type se promène à Waterloo, il visite le champ de bataille, tu vois, et il demande...

— ... si on dit Ouaterloo ou Vaterloo... c'est hilarant, en effet.

Ety se leva et desservit la table en grommelant. Victor ne ratait jamais une occasion de l'humilier. Qu'est-ce que tu parles d'humilier ? Ton witz est nul, c'est tout. Le ton était monté. La séance d'histoires drôles avait dégénéré en scène de ménage. Jamais Ety n'avait subi un tel fiasco.

Quelques jours plus tard, elle s'était souvenue.

— En effet, j'avais oublié des détails importants. Voilà l'histoire, en fait... Bonjour Monsieur, on dit Ouaterloo ou Vaterloo... ? On dit Ouaterloo, Monsieur. Vous êtes de la région, sans doute ? Non Monsieur, je suis en ouacances...

— Ah ! là c'est drôle...

— Oui, mais c'est trop tard. Maintenant, ça ne fait plus rire personne.

De toute manière, Ety préférait les calembours et les contrepèteries. Pas ceux qu'on fabriquait laborieusement, guettant comme un animal de proie les mots que lâchaient les autres pour, au moment opportun, s'en emparer et leur retourner la peau. Non, ceux qui fusaient sans qu'on y pense.

Un soir, on mangeait grec. Victor, ou une des filles, avait réclamé de la pita pour saucer le tarama et le houmous. Ety s'était mordu les lèvres, prise en faute. Elle avait oublié d'en acheter. Aussitôt, le witz avait jailli : « Mangez ! la pita vient en mangeant ! » Ce n'est pas pour se lancer des fleurs, mais voilà ce qu'elle appelait un vrai witz : un éclair qui jaillit de la situation ; tout est déplacé, les mots, les conflits, et dans ce déplacement, tout est dit, et le rire dénoue tout.

Raconter des witz est un art difficile. Savoir les écouter aussi. Au demeurant, les histoires drôles l'avaient toujours ennuyée. Il fallait faire un effort, on n'était jamais sûr qu'on allait bien comprendre, qu'on allait saisir la pointe. Il fallait rester attentif. Si on ratait un détail, parfois, on perdait le sel de l'histoire. Or son esprit, souvent, vagabondait. Car l'histoire drôle venait interrompre une conversation, ou se substituer à une conversation moribonde. Elle redoutait, dans les repas de famille, les réunions amicales, le moment de l'histoire drôle. Ou ça cassait l'ambiance, sous prétexte de l'entretenir, ou ça l'exterminait définitivement, en prétendant la réchauffer.

D'ailleurs, il existe des spécialistes de ce genre de sabotage. Parmi les amis des Glouk, justement, figurait Claude Schmann. Ne me demandez pas d'où venait son patronyme. C'était un witz administratif. Le grand-père avait émigré en France dans les années vingt.

Il s'appelait alors Fleischmann, Freischmann, ou Yidishman. Bref, à la préfecture, le fonctionnaire qui délivrait les titres de séjour avait fait une tache sur le Flei, le Frei, le Yid. À l'époque, on écrivait encore à l'encre dans les administrations.

Surdéterminé par ce witz originaire, Schmann était devenu un esclave du mot d'esprit. Il ne s'exprimait que par calembours, saillies witziques et pointes fines. Dans le même temps, sa femme, Odette, lacérait son interlocuteur à coups d'assertions désobligeantes, de propos agressifs. De l'anti-witz, en quelque sorte. À eux deux, ils formaient un tandem redoutable. Ils massacraient toutes les conversations. Aucune atmosphère conviviale ne leur résistait.

Deux fois par an, les Glouk étaient convoqués par les Schmann à l'ouest de Paris. Ils gravissaient un petit escalier en pierre, en humant l'odeur de l'herbe et des feuilles. Schmann leur ouvrait la porte. Sur un corps d'enfant malingre, il promenait une tête de scarabée triste, chargée de paupières trop lourdes et de lèvres trop charnues, comme si sa peau avait été destinée à un autre corps. Tapie au fond du couloir, Odette surgissait, leur tendait une main molle. La maison semblait assez vaste, entourée d'un grand jardin et disposée sur deux étages, mais jamais Victor et Ety n'avaient pu la visiter. Les Schmann les confinaient à l'étage du bas, dans le salon d'abord, puis, de là, pour le repas, dans l'étroite salle à manger. Tout était agencé pour le huis clos, le vis-à-vis, tout prenait des allures de guet-apens. La maison était froide, peu chauffée. Une faible lumière éclairait les pièces. Peu de décoration, pas de tableaux aux murs, pas d'affiche ni de reproduction, pas de photos d'enfant. Les quelques objets posés sur les meubles détenaient une valeur ethnographique, émettaient un message culturel : un collier ramené du Laos, un rouet acheté à une tribu berbère. Au salon, trônaient quatre fauteuils, pas un de plus, on n'attendait personne. À table, quatre places également. Les Schmann avaient-ils d'autres amis que les Glouk ? Ou ne recevaient-ils que des couples, dans un souci de parfaite symétrie ? En tout cas, la soirée virait rapidement à l'interrogatoire. Prisonniers de leurs fauteuils, les Glouk étaient soumis à un feu roulant de questions. Chacune de leurs réponses, donnée obligeamment mais avec ce souci tout humain de faire bonne figure et de ne pas apparaître comme des perdants de la vie, entraînait immédiatement, telle une salve de mitraillette lâchée par un impitoyable peloton d'exécution, un commentaire malveillant d'Odette Schmann, suivi d'un witz poussif de Claude.

— Alors ? Quoi de neuf, depuis la dernière fois ? Les enfants vont bien ?

— Oh ! ce ne sont plus des enfants ! le petit dernier entre en terminale, figurez-vous !

— Rappelez-moi son nom. Je l'oublie toujours.

— Jeremy.

— Ah, oui. Ils s'appellent tous Jeremy, aujourd'hui... C'est la grande mode. Qu'est-ce qu'il y a, Claude ?

Schmann levait le doigt d'un air docte, et feignant la confusion (il était désolé de déranger l'assistance pour si peu de chose) :

— Juste : maintenant tu peux dire : « J'ai remis Jeremy ».

Personne n'avait compris. Schmann baissait chastement ses lourdes paupières pour masquer son triomphe. La conversation repartait.

— Vous avez passé de bonnes vacances ?

— On était en Finlande.

— Quand même, on est mieux au soleil. D'ailleurs, vous avez l'air pâlichons. Nous, on était dans le Sud-ouest, comme d'habitude. Claude, tu veux dire quelque chose ?

Schmann relevait ses lourdes paupières. Une étincelle witzique brillait au fond de ses yeux noirs. Sa bouche lippue se tordait dans une petite grimace pudique et satisfaite. Il était désolé de parasiter le discours d'autrui, mais celle-là, elle était trop bonne pour la garder pour soi...

— Non. Juste. Je voulais dire. Vous avez vu des Finlandais, et nous, on a vu des fines landaises.

On passait à table. La nourriture était aussi malveillante que les propos d'Odette, aussi fade que les calembours de Schmann. Après l'habituel pâté de campagne ramené du Sud-ouest, auquel les Glouk ne touchaient pas, puisqu'ils s'abstenaient de manger du porc, arrivait, du Sud-ouest également, le cassoulet de canard tout juste déposé de sa boîte de conserve.

— Et toi, Victor, sur quoi tu travailles en ce moment, Victor ?

— Je prépare un nouveau livre, une sociologie du witz yiddish.

— Ça a déjà été fait, non ? Freud ? Claude ? Qu'est-ce que tu en penses ?

— Non. Juste. Une devinette. Quel est l'endroit où on rigolait le plus pendant la guerre ?

— Dis-nous

— Les camps d'extermination. On y faisait tout plein d'Ausch-witz.

Les Glouk étaient en train de se crisper. Ety, prise d'un torticolis soudain, ne parvenait plus à tourner la tête ni à droite ni à gauche. Justement, Odette l'attaquait.

— Tu enseignes toujours la littérature en banlieue ? tu n'en as pas marre ? Avec une agrégation, tu mérites autre chose, non ?

Ety pivotait vers Odette. Elle adorait son métier, ses élèves. Elle avait monté un atelier de pratique théâtrale. C'était passionnant. Mais Claude levait la main.

— Ety leur parle en verlain.

Là, à nouveau, personne n'avait compris et Schmann avait dû expliquer un peu : non, je disais ça parce que dans ta banlieue, ils parlent en verlan, et toi, tu leur fais étudier du Verlaine, alors, verlan, Verlaine, tu leur parles en verlain...

Ah ! ouais ! très fin ! Aussi fin que les pruneaux d'Agen qu'on leur avait servi au dessert, trempant dans un jus sombre.

— ... de petits pruneaux pour lâcher le ventre, ironisa Ety.

— Molière, *Le malade imaginaire*, acte III, scène V ! hurla Claude.

— Mais non, scène X.

Schmann se leva pour aller vérifier dans sa bibliothèque. Ety avait raison, scène X. Schmann cherchait désespérément un ultime calembour pour masquer sa défaite. Ses gros yeux noirs roulaient de droite à gauche, fouillant son cerveau en quête d'une contrepèterie, d'un mot d'esprit qui lui donnerait le dernier mot. Les Glouk en profitèrent pour prendre congé. Ils en avaient assez de se faire sadiser. Allez ! hop ! Rayés de la liste, les Schmann.

Cela dit, à propos d'Auschwitz...

Dans son enquête, Victor avait dépouillé des archives, lu des centaines de témoignages. Il avait fait un relevé systématique des mots d'esprit. Puis il les avait classés par catégorie : witz au travail, witz dans les lieux publics, witz en réunion, witz en famille, witz en situation extrême (ghetto, camps nazis, goulag), etc. Il avait aussi interrogé beaucoup de vieux juifs, et parmi eux, bien sûr, il y avait pas mal de rescapés des camps. Dans leurs récits, une même histoire revenait toujours, une espèce d'invariant du récit de survie. On avait rassemblé les juifs sur une place, avant la liquidation du ghetto. Ou bien on avait aligné les prisonniers devant les baraques du camp, avant une sélection. Un officier SS criait : « Les tailleurs et les cordonniers vont à droite, les autres, à gauche ! » Ou bien : « Ceux qui sont charpentiers restent assis. Les autres montent dans les wagons. » Et Berkowitz, qui ne savait même pas enfiler une aiguille, et qui croyait que Singer désignait un chanteur et non une machine à coudre, s'était rangé à droite. Et Meyersohn, qui ne savait pas distinguer un clou d'une vis, était resté assis. Et Grinberg, qui était géomètre, avait levé la main. Et Schlomo Glouk avait prétendu qu'il était piqueur de tiges. Et Samuel Pisar, qui était encore lycéen, avait inventé qu'il était *Knopflochmachinist*, mécanicien de trou de bouton. Quelle blague ! Et ils s'en étaient sortis. On les avait envoyés au travail, et les autres au gaz. Oui, vraiment, quelle blague ! Quelle bonne blague juive ! Car tous ceux qui avaient sauvé leur peau en se faisant passer pour terrassier ou casquettier, tous ces faux experts, tous ces spécialistes de parodie, n'avaient-ils pas fabriqué ensemble un énorme, un gigantesque witz ? n'avaient-ils pas dénoué la stupide rigidité des mots ? *Nu* ? On n'allait pas mourir parce qu'un tailleur est un tailleur...

Allez, encore une dernière, mais vraiment la dernière.

— Shimon Perès, l'ancien Premier ministre israélien, propose au pape un match de golf, pour déterminer qui, des juifs ou des catholiques, sont les meilleurs joueurs. Le pape se fait du souci, il n'a jamais joué au golf.

— Ne vous inquiétez pas, lui dit un des cardinaux... On va appeler Jack Nicolaus en Amérique, le faire cardinal et c'est lui qui jouera contre Perès... Comme cela, nous allons sûrement gagner. Très honoré, Nicolaus donne son accord.

Après le match, Nicolaus appelle le pape : « Désolé, mais j'ai perdu. »

— Quoi ?, s'étonne le pape. Vous avez perdu contre Shimon Perès ?

— Non contre le rabbin Vuds. Elle est bonne, non ?

— Euh... Je ne vois pas ce qu'il y a de drôle.

— Moi non plus, papa.

— À mon avis, il nous manque des éléments. Sans doute Nicolaus est-il un joueur de golf très connu aux *States*. Et ailleurs.

— Ah ! Ouais... Et Vuds aussi.

— Voilà.

— Au fait, Vuds, ça ne serait pas Woods, en yiddish ?

— Tiger Woods ! Ah, ouais...

— Voilà.

— Ah, maintenant, c'est drôle !

En voiture !

Malgré son profond dédain pour les tâches typiquement masculines, il y avait une prérogative virile à laquelle Victor n'entendait pas renoncer : la conduite automobile.

Victor Glouk aimait, non, il n'aimait pas, il *devait* conduire la voiture. Il *voulait* conduire la voiture.

Un rituel s'était établi. Victor prenait le volant à l'aller, Ety au retour. Ou, si c'était un long trajet, lui conduisait d'abord, elle ensuite. *Gentlemen first*. On pouvait interpréter de deux manières opposées cette immuable disposition. Soit Victor voulait s'assurer que, quoi qu'il arrive, il aurait droit à son temps de conduite ; soit il voulait s'en débarrasser au plus vite. En tout cas, ce serait fait.

Voilà, c'est fait, se disait Ety quand venait enfin son tour d'accéder aux commandes du véhicule. Et les enfants, à l'arrière, s'ils ne dormaient pas, poussaient un soupir de soulagement.

Car on ne se sentait pas parfaitement en sécurité quand Victor conduisait.

Au fait, que recouvrait pour lui ce verbe : conduire ? Appuyer sur les pédales et tourner le volant, comme sur les autos tamponneuses de son enfance. Le reste... Ah ! il ne fallait pas le persécuter avec ça.

Le feu de direction, vulgairement appelé *clignotant* était un prolongement de son corps, comme le genou du motard qui s'ouvre du côté du virage pour accompagner le mouvement de la machine, ou comme le mors aux dents qui fait tourner la tête au cheval. Actionné au moment même du changement de direction, le clignotant ne servait pas à prévenir les autres conducteurs d'une manœuvre à venir, il la soulignait. C'était des italiques. *Je tourne*. Ou les guillemets du discours direct : « — Que faites-vous là ? — Je suis en train de tourner. » Les autres automobilistes répondaient par des klaxons furieux, que Victor n'entendait pas.

Il poussait un petit 80 sur l'autoroute, rêvassait, l'œil fixe, plongé dans ses pensées. On perdait encore de la vitesse, frôlant maintenant les 70 kilomètres à l'heure. Les enfants dormaient à l'arrière, emmêlés comme une portée de chatons. Ety piquait du nez. La voiture elle-même semblait sur le point de sombrer dans un sommeil enchanté... Derrière eux, une cohue se formait. De tous les côtés, sur la gauche, sur la droite, les véhicules se bousculaient pour les dépasser. Parvenus à leur niveau, passagers et conducteurs tordaient le cou en direction de Victor, curieux d'observer le phénomène ; certains portaient leur doigt à leur front et faisaient signe d'y visser ou dévisser quelque chose... Soudain, Victor se ressaisissait. 90, 100, 120, 130. On fonçait. Apparaissaient bientôt en ligne de mire la cohorte des camions qui les avaient doublés dix minutes auparavant. À son tour, Victor les doublait, grisé par sa propre audace, l'œil exorbité. Parvenu à ce point, il se rabattait sagement sur la droite et décélérait. On perdait à nouveau de la vitesse. 120, 90, 80. Tout était à recommencer.

En dehors de ces moments d'ivresse, il attendait, pour doubler, que dans son rétroviseur, les poursuivants aient totalement disparu, et que la route derrière lui semblât parfaitement vide, ce qui n'arrivait jamais avant Verdun, si on allait vers l'Est, avant Vierzon, si on allait au Sud. Parfois, cependant, il fallait bien se décider, quand une charrette à bras surgie brusquement devant soi imposait le rythme de la marche à pied. Alors il déboîtait brusquement, écrasait l'accélérateur avec une résolution panique, s'agrippait au levier de vitesse. La voiture s'élançait avec des hennissements de cheval débridé, vibrait, puis, prise à rebrousse-poil par des manœuvres contradictoires, se cabrait. Dans le rétroviseur, les enfants, brusquement réveillés, ouvraient des yeux inquiets.

— Mais qu'est-ce que tu fais ? criait Ety

— Je passe en cinquième

— Mais non, tu es passé en troisième

— Comment je pouvais savoir, moi ?

— En principe, tu devrais savoir où est la troisième, par rapport à la cinquième.

— Tu es sûre que je suis passé en troisième ? Je ne suis pas en cinquième ?

— De toute manière, il fallait rester en quatrième.

— Ce que tu peux être désagréable !

Un jour, il avait fallu prendre des mesures.

On était dans la banlieue de Madrid, errant sur un de ces gigantesques échangeurs urbains où les autoroutes, croisant les périphériques, surplombent les voies de chemin de fer et traversent les aéroports. Victor avait encore raté la sortie. À nouveau, on allait vagabonder sans fin sur l'infernal enchevêtrement des anneaux de béton. Ety n'en revenait pas. Cela faisait trois fois qu'on passait devant le panneau indiquant Xeres de la Frentera. Là ! en gros ! en gras ! en vert ! Tu ne l'as pas vu, le panneau ? À force ? À force de quoi ? À force de passer devant ! Ah non, là, c'était trop injuste, ces reproches ! Pour le coup, il s'était rebellé. Qu'est-ce qu'elle s'imaginait, Ety ? Que c'était facile ? Je ne peux quand même pas *conduire* et regarder *la route* en même temps !

Certes, conduire est une chose, regarder la route en est une autre. Conduire est un art, regarder la route, une distraction. C'est clair, on ne pouvait pas tout mélanger. On devait se répartir les tâches. On laisserait Victor tenir le volant, actionner les manettes, appuyer sur les pédales, comme dans ces rutilantes voitures de manège vers lesquelles les garçons se précipitaient toujours en courant ; Ety s'occuperait du reste.

Désormais, la veille d'un départ, voire plusieurs jours avant, à plat ventre sur la moquette du salon, elle étudiait soigneusement les plans et les itinéraires, notait, tel un navigateur de bord, les points de passage, les courbes, les sorties d'autoroute, les accès d'autoroute, les distances entre les étapes. Pendant le trajet, elle égrenait les informations et débitait les injonctions d'une voix de monitrice d'auto-école. Prends la file de droite, la file de gauche ; j'ai dit la file de gauche, pas la file d'extrême gauche, celle-là, c'est pour les véhicules lents, tu es un véhicule lent ? Traversée de biches, ralentis ; rabats-toi ; dos d'âne : ralentis ; pour t'insérer harmonieusement – et en toute sécurité — dans la circulation, accélère ; mets ton clignotant, non, pas celui-là, l'autre ; rétrograde, oui, ça veut dire passe en seconde, là tu es en cinquième dans un embouteillage, on va caler... non, le camion là-bas au loin ne klaxonne pas pour toi, il klaxonne contre un chauffard qui vient de lui faire une vilaine queue de poisson, pas la peine de freiner comme ça parce que là, oui, tu vas te faire klaxonner, oui, ça y est, tu te fais klaxonner, la Pinault XL derrière est furieuse...

Cependant, ces précautions ne suffisaient pas à écarter tous les malentendus. Chacun, chez les Glouk, gardait ainsi en mémoire l'histoire de l'embranchement de Seattle. Cela se passait pendant les vacances en Oregon. La maison était à la campagne, mais en vingt minutes on rejoignait Portland. Au retour, c'était plus long. Pendant plusieurs jours, on était revenu par la 99 West, qu'on attrapait devant les gratte-ciel du Tom McCall Waterfront Park. On suivait la Willamette River en rêvant aux Indiens, puis on s'enfonçait dans la campagne américaine, on traversait des champs de blé, croisant, ici et là, les cabanes rouges des fermiers venus vendre leurs fruits sur le bord de la route. Au sortir d'une forêt d'érable, on arrivait à Sherwood. Le voisin, Bob, une bière à la main, s'était gentiment moqué d'eux. On pouvait gagner une demi-heure par la Highway 5 ! Oui, Ety le savait bien, mais il fallait prendre l'échangeur au bout de Broadway, et, sur la carte, cela avait l'air d'un nœud inextricable, avec la 26 qui partait d'un côté, la 94 de l'autre, et la 5 qui se mélangeait à la 405. Ces Français ! *so romantic*, *so* apragmatiques, *so* inefficaces et *so* compliqués ! Bob, avait posé sa bière pour mieux déployer son rire de fermier américain. Lui, à deux ans, évidemment, conduisait déjà sa poussette sur toutes les highways et freeways de la côte Ouest, s'arrêtant quand il le fallait pour changer une roue défectueuse ou remonter un ressort cassé. Il avait sorti un crayon de la poche de sa salopette et leur avait fait un croquis. Victor s'était éloigné. Ety s'était rapprochée. Seattle, à gauche, Eugene, à droite. Il fallait prendre la direction de Seattle, rouler un peu sur la Highway 5, puis tourner vers Sherwood. Surtout, il ne fallait pas se laisser embarquer dans la direction de Seattle. Eugene, à gauche ; Seattle, à droite. Eugene, oui ; Seattle, non...

Le lendemain, les Glouk avaient expérimenté le nouvel itinéraire. Bien que ce fût le retour, Victor conduisait, allez savoir pourquoi. Je crois qu'Ety avait laissé son permis de conduire à la maison. Toujours ses histoires de sac ! Bref, Victor conduisait et Ety tenait sur ses genoux, telle une relique de saint, le croquis de Bob. Sur l'échangeur, elle avait fait rapidement le tri entre les écussons bleu et rouge qui indiquaient les autoroutes principales, et les inscriptions blanches sur fond vert, qui signalaient les autoroutes secondaires. Elle se sentait rassurée, presque euphorique. Tout correspondait au croquis de Bob. Ils arrivaient à l'entrée de la fourche qui séparait la 5 West de la 5 East. « À gauche ! » ordonna-t-elle. Victor tourna le volant à droite. « À gauche ! tourne à gauche ! » répéta-t-elle, dans un début de panique. Mais la voiture, obéissant sans doute à quelque incantation magique, glissait toujours sur la droite. Projetant son corps sur la gauche, comme pour essayer de redresser le cours inexorable du véhicule, elle se mit à hurler. « À gauche ! À gauche, bon sang ! Là tu tournes à droite ! mais qu'est-ce que tu fabriques ? mais attention ! on va s'embarquer... on va se retrouver... ça y est ! c'est trop tard ! on est sur la route de Seattle ! Pourtant je t'ai dit de tourner à gauche. »

— *Ce n'était pas clair* répondit Victor.

On avait roulé vingt *miles* avant de trouver la première sortie, et encore vingt *miles* pour revenir à l'échangeur de Portland. Les enfants, derrière, commençaient à s'agiter. Ety avait exigé de prendre le volant. Tant pis si un *policeman* les arrêtait. Sur l'échangeur, elle avait pris l'embranchement d'Eugene, à droite, ce coup-ci.

Quand, quelques années plus tard, le navigateur GPS était apparu sur le marché, elle avait songé à en acquérir un. Mais non. Cela ne résoudrait rien. Elle imaginait le dialogue entre Victor et la voix de synthèse.

— Dans deux cents mètres, tournez à droite !

— Que voulez-vous dire par « première à droite » ?

— Dans cinquante mètres, tournez à droite !

— Ah, vous, vous n'êtes pas claire. On dirait ma femme.

— Fausse route ! *Game over* !

Elle-même n'aimait pas particulièrement conduire. Avec sa myopie, elle avait du mal à apprécier les distances. Quant à sa vision latérale, même avec des lentilles, elle laissait à désirer. Surtout, elle ne voulait pas conduire la nuit. Elle n'y voyait rien. Les phares des autres l'aveuglaient, les siens ne l'éclairaient pas assez. Parfois, hélas ! il fallait bien s'y résoudre. Tenez, par exemple, toujours pendant ces vacances en Oregon. À vrai dire, le résultat avait été fâcheux.

Les Glouk, qui avaient visité Seattle (la destination interdite étant, par la force des choses, devenue une destination convoitée, sans compter que Bob, le voisin, leur avait chanté les louanges de cette *most fascinating city*) roulaient depuis la fin de l'après-midi. Ils venaient de quitter le Washington quand la nuit était tombée. Avec cela, un déluge de pluie avait commencé à s'abattre du ciel sur la terre. En Amérique, tout est plus grand ; même les gouttes de pluie sont obèses. Et les camions sont énormes, avec leur capot carré et leur tuyau d'échappement en forme de cheminée. Ils fonçaient dans la nuit, leurs gros yeux jaunes inondaient le bitume d'une lumière méchante ; ils dépassaient la frêle embarcation des Glouk en actionnant leur klaxon qui résonnait comme une trompe marine. La petite voiture tremblait, soulevée du sol par le souffle du monstre, puis un paquet d'eau frappait violemment le pare-brise. Les essuie-glaces s'affolaient, au bord de la noyade. Victor était fatigué. Pourquoi ne pas chercher un motel ? Non. On avait déjà trop dépensé à Seattle. Ety, la mort dans l'âme, la peur au ventre, avait proposé à son mari de le remplacer. Ils s'arrêtèrent dans une *gas station*, où, après avoir fait le plein, ils procédèrent au changement de conducteur.

Ety s'installa au volant, mit le contact, embraya, accéléra doucement, engagea l'auto dans une petite contre-allée derrière la station. Quelle buée dans la voiture ! On n'y voyait vraiment rien, ni dedans, ni dehors. Le menton écrasé sur le volant, elle trifouilla à l'aveugle dans le tableau de bord, à la recherche de l'antibuée. Son geste déclencha une sorte d'affolement général dans l'habitacle. Qu'est-ce que tu cherches ? L'antibuée. Sous le clignotant, non plus bas. Lou, on ne t'a rien demandé. C'est pas moi, c'est Coraline. Le temps de jeter un coup d'œil, la Ford avait dévié de sa trajectoire, était sortie de l'allée et s'était plantée, nez en avant, dans le fossé en contrebas. Bravo ! s'écria Victor, en s'extirpant précipitamment de la voiture. Ety se retourna, pensant : « pourvu que les enfants n'aient rien ! »

Les enfants n'avaient rien. Simplement, ils avaient pris de la hauteur, juchés sur le siège arrière comme au sommet de la Grande Roue. Victor leur ouvrit la portière, et ils sautèrent à terre. Courant sous la pluie, ils allèrent se réfugier dans la station essence, où la caissière, qui avait tout observé derrière son comptoir, avait déjà appelé une dépanneuse. Sous l'éclairage au néon, ils s'attablèrent devant une boisson chaude (café pour les parents, chocolat pour les enfants). La dépanneuse arriva presque immédiatement. Derrière la vitre, ils observèrent le bras mécanique, que le mécanicien dirigeait avec une précision millimétrique comme s'il se fût agi de son propre membre, refermer sa pince sur le pauvre esquif naufragé et le hisser jusqu'à la terre ferme, tandis que, surgi de la nuit profonde, un policeman botté et casqué, dont le blouson de cuir arborait un écusson où on pouvait lire « higway patrol », les soumettait à un questionnaire et à un alcotest, tout en essayant de leur soutirer des informations touristiques sur Paris qu'il comptait visiter à l'automne avec sa femme. Et eux, les Glouk, qu'est-ce qu'ils étaient venus faire en Oregon, ce trou-du-cul du monde, ce *middle of nowhere* ? Et pourquoi ils avaient choisi de s'embourber dans un fossé à dix heures du soir alors que toute l'eau du Pacifique se déversait sur l'Etat ? *These French assholes !*

Malgré leurs handicaps, les Glouk avaient sillonné les routes des deux continents. Quand ils échangeaient leur appartement pendant les vacances, on leur laissait la voiture, ils laissaient la leur, et alors, en route pour de nouvelles aventures !

Derrière, les enfants, semblables à tous les enfants véhiculés du monde, témoins impuissants des disputes et des bévues de leurs parents, attendaient des jours meilleurs. On était embarqué, on était coincé entre le coffre à bagage et la banquette avant, celle des adultes, avec qui, pendant tout le voyage, on n'avait plus le droit de communiquer, parce que c'était dangereux, parce qu'il ne fallait pas détourner l'attention du conducteur, parce qu'on risquait d'attraper un accident. On passait le temps comme on pouvait. On dormait beaucoup. On se murmurait des chansons dans sa tête. On mettait son casque et on branchait sa musique, mais les parents n'aimaient pas, ça fait autiste, ça te coupe du monde. On s'inventait des histoires.

Coraline notait de mémoire les phrases de son père et de sa mère. Elle en ferait un recueil, plus tard. À coup sûr, ça serait un best-seller. « Victor, si tu arrêtais d'appuyer en même temps sur la pédale de frein et sur l'accélérateur, on aurait peut-être une chance d'avancer. » « Ety, nous sommes en Angleterre, le volant est à droite, et la conduite à gauche. Là, tu es assise devant la boîte à gants. »

Quand il serait grand, Jeremy conduirait sa voiture avec dextérité et précision. Il ne se tromperait jamais de route. Il ne se disputerait pas avec sa femme.

Lou imaginait un système qui permettrait de dialoguer avec les autres voitures. Car ce qui rend les automobilistes si agressifs, n'est-ce pas ? c'est d'être privés du langage articulé ; ils en sont réduits au klaxon, ce cri primitif, et à la gestuelle. Donc, voilà : grâce à un ordinateur de bord on ferait défiler, sur la lunette arrière, différents messages du conducteur poursuivi à l'attention du conducteur poursuivant ; par exemple : « Je suis très myope » ou « Ne me klaxonnez pas, je suis fils de déportés » ou « Nous sommes une sympathique famille française peu habituée à la signalisation finlandaise. En fait, nous venons juste de comprendre que Uusikaarlepy et Nykalerby ne désignaient pas deux villes différentes mais la même ville en finnois et en suédois. D'où nos hésitations, nos atermoiements et notre allure ralentie, dus également au fait qu'il nous a fallu du temps pour déchiffrer chacun de ces deux mots. »

Ce dernier message, il est vrai, était un peu long.

N'empêche qu'un tel système aurait été bien utile en Allemagne.

Chacun sait que là-bas, sur autoroute, il n'y a pas de limitation de vitesse. Les grosses cylindrées s'en donnent à cœur joie, traversant le territoire germanique à l'allure d'un Blitzkrieg. Avec leur Berlingot XS, les Glouk avaient l'impression d'être un caillou dans un champ de météorites. Impossible de doubler ; dans le rétroviseur il y avait toujours une Mercedes qui se rapprochait, elle-même talonnée par une

BMW, elle-même filée au train par une Porsche. 180, 190 à l'heure. Cela faisait penser à ces films d'animation du Palais de la découverte où, pour expliquer aux enfants l'évolution des espèces, on montrait un dinosaure gigantesque brouter paisiblement des buissons d'épines dans la campagne préhistorique quand jaillissait un brontosaure de la deuxième génération à côté duquel le dinosaure de la première génération apparaissait soudain minuscule et se trouvait d'ailleurs écrasé au passage par le monstre distrait, qui lui-même n'allait pas tarder à être avalé comme un cachou par un monumental tyrannosaure.

Prisonniers de la file de droite, encadrés par une armée de mastodontes sans visage, les Glouk n'en menaient pas large. C'était le tour de conduite de Victor, et on sentait qu'il perdait son sang-froid. D'autant que, depuis quelque temps, on était entré dans une zone de travaux, et qu'on roulait souvent sur une file. Derrière les Glouk, vous pensez bien ! les bolides piaffaient ; devant, la route était libre. Victor faisait ce qu'il pouvait, freinant, accélérant, rétrogradant bravement. Mais il commençait à s'emmêler les pédales. Ety, crispée, tentait de tromper son malaise en observant le paysage allemand, des vaches, des vallons, des toits de tuile rouge, des maisons ventrues. Soudain, sur la droite, elle aperçut un panneau bleu.

« Tiens, Bergen-Belsen. C'est pas là que ta mère était ? »

Alors, Victor était devenu hystérique. Où ça ? où ça ? répétait-il sur le point de faire demi-tour. Il secouait le levier de vitesse, se soulevait sur son siège, confondait la cinquième et la marche arrière, heurtait le bras du clignotant qui s'allumait à droite, puis à gauche. Les enfants suppliaient. Ety criait : « attention ! » Gagnée par ce désordre, la voiture multipliait à son tour les symptômes somatiques. Les essuie-glaces se mirent en marche, puis l'avertisseur sonore, puis les feux de détresse. Puis, plus rien.

Dans un hoquet d'agonie, la Berlingot s'était arrêtée. Un camion les évita de justesse, dans un effroyable crissement de pneus. Un concert de klaxons s'éleva du train de véhicules immobilisé derrière eux. La meute hurlait.

Heureusement, il n'y eut pas d'accident. Ety prit la place de Victor, et le voyage continua.

Derrière, Lou élaborait un message.

CHERS AUTOMOBILISTES D'OUTRE-RHIN.

VEUILLEZ EXCUSER LE COMPORTEMENT DE MON PÈRE.

SA MÈRE, MAMIE MALKA, A ÉTÉ DÉPORTÉE À BERGEN-BELSEN. PREMIÈRE SORTIE À DROITE, SUR L'AUTOROUTE.

Retour à Rachtig

Cela faisait plusieurs années que Gisèle, la mère d'Ety, parlait de retourner à Rachtig, le village allemand où elle était née, où elle avait grandi.

Elle demandait à Ety et Vlady de l'accompagner.

« Vous connaîtrez vos racines » leur disait-elle.

Ety n'était pas vraiment tentée.

Elle avait sa propre expérience de l'Allemagne.

À dix-huit ans, avec une amie mi-juive mi-raisin, comme elle, mais d'origine sépharade, elle avait visité l'Allemagne en auto-stop. C'était un vieux rêve qu'elle réalisait. Elle voulait montrer aux Allemands qu'ils s'étaient lourdement trompés au sujet des juifs. Elle déploierait son esprit, sa gentillesse, sa culture, son don pour les langues, et ils comprendraient qu'ils avaient eu tort d'exterminer un peuple dont les représentants manifestaient de telles qualités. Sac au dos, les filles prirent le train jusqu'à Strasbourg. Là, elles se postèrent à l'entrée du pont de Kehl, brandissant un carton où elles avaient écrit Deutschland en grosses lettres noires. Deutschland, c'était leur destination.

Elles n'attendirent pas longtemps. Après avoir refusé un camion dont le chauffeur leur semblait avoir des intentions libidineuses, elles embarquèrent dans une Mercedes qui les emmena à Sarrebruck. Elles firent ensuite escale à Freiburg, Aix-la Chapelle, Nuremberg, Ulm.

Le pays était propre, verdoyant, bien rangé.

Sur la route, où elles rencontraient d'autres auto-stoppeurs, dans les auberges de jeunesse, où elles s'arrêtaient pour dormir, dans les magasins où elles se ravitaillaient, dans les Mercedes opulentes, dans les modestes Coccinelles qui les convoyaient d'une étape à une autre, Ety ne manquait jamais d'aborder le sujet qui lui tenait à cœur. « Que pense-t-on des juifs aujourd'hui, en Allemagne ? » Et, par loyauté, elle précisait qu'elle l'était, elle-même, juive. On lui répondait avec une indifférence bougonne. La plupart n'avaient pas l'air de saisir de quoi ni de qui elle parlait. L'Allemagne prospérait. Les Allemands n'avaient jamais entendu parler des juifs. Certains avaient visité Paris en 1940, par là. Très jolie ville. En Bavière, un jeune stoppeur lui assura, à tout hasard et d'un air pénétré, que les juifs étaient très respectés maintenant en Allemagne. *Viel respektiert*. Il avait un visage d'ange, des cheveux blonds et bouclés, des yeux bleus. Il portait un tee-shirt en coton fin qui moulait son torse d'éphèbe. Ety, vaguement amoureuse de ce Siegfried rééduqué par le plan Marshall, se sentit flattée. Très respectée, elle était. Là-dessus, son amie, une beauté, l'avait laissée tomber pour un automobiliste suisse qui les avait embarquées à la sortie d'Augsbourg.

N'osant continuer seule, Ety était rentrée à Paris, via Munich, où elle avait acheté toutes sortes de saucisses pour sa mère et mémé. Une bonne idée, les saucisses.

Les deux femmes en avaient rosi de plaisir. En plein mois d'août, elles vous avaient mijoté une de ces choucroutes royales de derrière les fagots... Je ne vous dis que ça ! Le tout arrosé d'un petit vin de Moselle, en souvenir du pays...

Finalement, cette choucroute fumante dans la chaleur de l'été, c'était le meilleur souvenir qu'Ety avait gardé de son périple en terre germanique.

Ensuite, Ety avait oublié l'Allemagne.

Elle aimait l'Italie, Israël, l'Angleterre, la Creuse. Plus tard, alors qu'elle s'installait avec Victor, une petite annonce providentielle lui avait donné l'occasion de régler une fois pour toutes la question allemande. C'était, affichée à l'entrée de la supérette du quartier, une proposition rédigée en ces termes :

« Thomas, bricoleur allemand, tous travaux à domicile, tarifs raisonnables. »

Ils s'étaient attaché les services de Thomas, un superbe gaillard blond qui, en d'autres temps, aurait remporté le concours de la race aryenne. Ils l'appelaient pour un oui, pour un non, pour les petits comme pour les grands chantiers, un clou à planter, l'appartement à repeindre, un tableau à redresser, la moquette à changer... Quand on a quatre mains gauches, il faut bien se débrouiller.

Bref, pour une somme modique, les deux Glouk se payaient les réparations d'un Allemand. Thomas, de son côté, très habile à travailler le bois, adorait leur fabriquer toutes sortes de meubles, des étagères, des coffres, des boîtes, des caisses en sapin.

Chacun jouait le jeu, faisant semblant de rien. N'empêche, le Thomas devait avoir des fantômes juifs qui se baladaient dans sa tête. Un jour qu'Ety lui avait demandé si sa fille faisait de la gymnastique, il lui avait répondu précipitamment : « Oui. Bien sûr qu'elle fréquente des juifs. Sa meilleure amie est juive. »

Mémé Marx était morte depuis longtemps, sans avoir jamais remis les pieds chez les « Boches », comme elle les appelait.

Gisèle à son tour s'était mise à vieillir. Ses enfants lui avaient donné des petits-enfants. Sa santé se dégradait. Elle était passée, brusquement, de l'adolescence dans laquelle elle s'éternisait, à l'impitoyable décrépitude de l'âge. C'était une âme de jeune fille dans un corps exténué. L'idée d'un retour à Rachtig la taraudait.

L'occasion se présenta, vers la fin du deuxième millénaire. De Boston, la cousine Selma téléphona un soir à Gisèle. Elle venait en Europe avec sa fille, Judy, fraîchement divorcée. Après un bref passage à Paris, elles iraient à Rachtig.

Comme Gisèle, Selma était née à Rachtig. Les deux cousines avaient grandi ensemble, fréquenté la même école. Au temps du nazisme, les juifs avaient dû partir, comme on sait. Les parents de Gisèle avaient choisi la France, pays des droits de l'homme, patrie de Victor Hugo. Ceux de Selma avaient opté pour les Etats-Unis, où ils avaient de la famille. Cousine Gisèle, j'aimerais beaucoup qu'on fasse ensemble ce pèlerinage à Rachtig. Gisèle sauta sur l'occasion.

Ety accepta, finalement, de se joindre à la caravane. Victor l'avait convaincue : elle partagerait, pour une fois, quelque chose avec sa mère, peut-être. De toute manière, cela tombait bien, c'était les vacances de la Toussaint.

Vlady, lui, ne pourrait pas venir. Il avait trop de travail à son cabinet, et de toute manière, les équipées commémoratives dans les ghettos de la vieille Europe, merci, très peu pour lui. Tant mieux, on resterait entre filles.

Un moment, Ety avait envisagé de traîner tout son monde à Rachtig. Ce serait instructif pour les enfants d'aller renifler leurs racines en Moselle ? Non ? Non. D'après Victor, c'était n'importe quoi. Il s'occuperait des enfants. Il se débrouillerait. D'ailleurs la santé de sa mère à lui n'était pas brillante non plus. Il préférait rester à proximité.

Par un beau matin d'automne, on se retrouva à la gare de l'Est. Ety constata que Selma et Judy étaient obèses toutes les deux. Selma l'attira sur sa poitrine énorme, qu'on distinguait d'ailleurs mal de son ventre et de ses hanches, et la serra longuement dans ses bras. Elle était si heureuse, si heureuse. Au bord de l'asphyxie, Ety se dégagea, et recula d'un mètre pour saluer Judy.

Dans le train, on se casa tant bien que mal, une grosse à côté d'une maigre. La conversation s'engagea, très animée. Les deux mères étaient épouvantablement bavardes, les deux filles plutôt taciturnes. Gisèle s'empara donc de l'oreille de Judy, Selma prit celle d'Ety, chacune supposant, non sans raison, que la fille de l'autre se montrerait plus attentive à un monologue qu'elle entendait pour la première fois. À Metz, on devait louer une voiture. Ety insista pour qu'on prenne un véhicule spacieux, voire une camionnette.

On roula jusqu'à Trèves.

Au syndicat d'initiative, Gisèle et Selma se chargèrent des négociations, en allemand, ravies de retrouver la langue de leur enfance. On leur proposa trois chambres communicantes dans une *Gasthaus*. Judy entraîna Ety dans un coin. Voulait-elle partager une chambre avec elle ? Cela serait sympathique. Non. Ety était désolée. Elle avait un mauvais sommeil et craignait de gêner Judy par ses déambulations nocturnes. À vrai dire, elle redoutait que sa cousine, vu son surpoids, ne ronfle terriblement. Elle eut donc une chambre pour elle. Judy et Selma dormaient de l'autre côté de la cloison. Ety avait vu juste. Les deux Américaines ronflaient terriblement. Toute la nuit Ety écouta le vrombissement alterné de leurs respirations.

Le lendemain, on se mit en route pour Rachtig.

Judy conduisait – elle adorait conduire. Ety consultait les cartes. Sur la banquette arrière, leurs mères jacassaient, excitées comme des puces. De temps à autre, Ety jetait un coup d'œil à ses compagnes de voyage. Elle avait l'impression d'un trio forain sillonnant les routes sarroises : deux obèses en tricot jersey et, entre elles, Gisèle, toute frêle, mais le ventre enflé et la peau desquamée par la maladie.

Le paysage était magnifique. On longeait la Moselle. Les vignes dorées dévalaient les collines jusqu'aux boucles du fleuve. Des villages roses et gris se serraient autour du bulbe de l'église. Au bord de l'eau, des familles attablées dégustaient leur pique-nique en profitant du soleil d'automne. C'était vraiment *heimlich*.

Enfin, on arriva devant le panneau qui indiquait l'entrée de Rachtig. Les deux vieilles hurlèrent d'excitation en battant des mains. Judy se gara sur le parking en face de la mairie. Soufflant et trottinant, la troupe foraine se répandit dans les rues du village. Judy et Gisèle reconnaissaient tout, s'arrêtaient à chaque pas. Ici la synagogue, ici la fabrique de matzot, ici le bain rituel. Mais il n'y avait plus rien ! Ety voyait une boulangerie, une annexe bancaire, une maisonnette où quelqu'un, derrière une fenêtre, les épiait. Bien sûr, il n'y avait plus rien, maintenant ! Mais avant... Et c'était reparti : ici, il y avait la maison des frères Kohen, ici la mercerie de Mme Feuerbach, là, l'école du dimanche où les garçons préparaient leur bar-mitsva.

Ety était bouleversée. Pour la première fois de sa vie, sa mère lui semblait à la bonne place. Pas décalée. Pas déphasée. Pas bizarre. Là. Et pourtant, de là, elle avait été chassée. « Intéressant » murmurait Judy qui prenait des photos. Intéressant. Ça lui rappelait un peu son voyage au Mexique, juste avant son divorce. Ces maisons en torchis, ces enfants pieds nus dans la rue, c'était vraiment différent, *quite an experience*.

Cependant, les deux vieilles étaient tombées en arrêt devant une grande bâtisse blanche surmontée d'un toit de tuiles noires.

C'était là. Là qu'elles avaient vécu.

La famille de Gisèle, les Marx, occupait la partie droite du bâtiment, tandis que la partie gauche appartenait aux parents de Selma, les Kaufmann. « Notre porte donnait sur la rue », dit Gisèle. « La nôtre donnait sur le jardin » reprit Selma. « On se séparait ici, en rentrant de l'école. Tu devais contourner la maison et prendre le petit chemin en impasse, à gauche. »

« On ressortait tout de suite jouer dans le jardin. »

« Hermann ouvrait la fenêtre et nous criait dessus. »

« On l'empêchait d'étudier. On faisait trop de bruit.

« Il préparait sa bar-mitsva. » « Grand-père traversait la rue. Il nous apportait des tranches de saucisson casher pour notre goûter. » « Il les piquait à la boucherie, pendant que papa avait le dos tourné. » « Hé, oui, Ety Glouk ! Ton arrière-grand-père et ton grand-oncle étaient bouchers... Hi ! hi ! » Intéressant...Intéressant... répétait Judy, qui commençait à s'ennuyer, se demandant si on allait se décider à chercher un restaurant, car il était déjà midi, et elle avait faim. Mais les cousines repartaient de plus belle dans l'évocation de leurs souvenirs, aux anges, se tapant mutuellement les omoplates avec de grands éclats de rire, mélangeant l'anglais, le français, l'allemand, un peu de *Hochdeutsch*, un peu de *Plattdeutsch*... « Tu te souviens, cousine ? Quand les SS ont défilé à Rachtig ? Ils sont venus à la boucherie, je ne sais plus pourquoi... embêter grand-père Marx et l'oncle Kaufmann, j'imagine... » « Mais rappelle-toi ! Ils badigeonnaient tous les magasins qui appartenaient aux juifs. » « Oui. Et pendant que deux petits abrutis en casquette noire s'appliquaient à écrire à la peinture blanche *jüdisches Geschäft* sur la vitrine de la boucherie... » «... comme si l'inscription «boucherie casher» qui s'y étalait depuis un bon demi-siècle ne suffisait pas à signaler que c'était un négoce juif... ! »

« Oui. Et le chef SS restait planté là, les bras croisés, le menton levé, à monter la garde devant le salami juif. L'opération était interminable. Les deux gosses, à moitié analphabètes, avaient du mal à tracer les lettres gothiques... » « Il faisait chaud. C'était l'été. Le chef SS transpirait. Sa chemise brune était auréolée de sueur. » « Alors, grand-père Marx a traversé la rue. Il est ressorti de la maison avec une chaise qu'il est allé porter au chef SS. Herr Hauptführer, qu'il lui a dit, asseyez-vous donc. Vous serez plus à l'aise. » « Ah ! ah ! ah ! ah ! quel farceur ce grand-père ! ah ! ah ! »

Intéressant... Depuis un moment, on les observait de l'intérieur de la maison. Gisèle se demandait qui habitait là, désormais. Les Kaufmann étaient partis en septembre 1935, peu après le défilé nazi. Ils avaient vendu à bas prix leurs meubles et leurs murs à un voisin aryen.

Les Marx avaient attendu janvier 1936, et avaient cédé leur part pour une somme plus modique encore au même voisin aryen, qui avait fait une bonne affaire, vraiment. « Sonnons ! décida Selma. C'est chez nous, après tout ! »

Un petit homme apparut, la soixantaine avancée, court sur pattes, yeux bleus étroits enfoncés dans un visage poupin. La conversation s'engagea de part et d'autre de la porte prudemment entrouverte. C'était bien son père qui avait racheté « la maison des juifs ». Il était mort depuis. Et sa mère, la pauvre vieille, elle n'avait plus sa tête, on l'avait mise à l'asile. Mais lui, il avait les titres de propriété. La transaction était légale. Il pouvait leur montrer les papiers. Non, non ! Qu'il se rassure ! Elles n'étaient pas venues pour cela. Elles n'avaient pas l'intention de réclamer quoi que ce soit. Le passé était le passé. Elles avaient refait leur vie, étaient à l'aise dans leur nouveau pays, n'avaient besoin de rien, merci. Un peu de nostalgie, rien de plus, les avait ramenées à Rachtig... et puis elles voulaient montrer à leurs filles... Judy, journaliste dans un grand magazine féminin du South Dakota... Ety, professeur agrégé de lettres... le village de leurs ancêtres. Le petit homme se détendit, ouvrit plus largement la porte : « Enchanté. Moi, c'est Werner Gut. Vous savez, j'étais un tout petit mioche à l'époque, à peine si je marchais, trois, quatre ans, pas plus. Mais je crois que je me souviens un peu quand même. Les Marx, les Kaufmann, mes parents en parlaient à la maison. Et j'avais une grande sœur, Bertha Gut, peut-être que vous avez été en classe avec elle... Entrez donc, venez boire quelque chose. »

Gisèle et Selma eurent un mouvement de recul. Non. Elles n'y tenaient pas. Judy non plus. Il était temps de s'inquiéter du repas, plutôt que de s'éterniser à bavasser avec les autochtones. Mais l'autochtone insistait. Qu'est-ce qui leur ferait plaisir, à ces femmes ? Vraiment, il regrettait ce qui s'était passé... Même si, bien sûr, il n'y était pour rien... Eux aussi avaient beaucoup souffert. Son frère aîné avait été enrôlé de force à la fin de la guerre. Il était mort à quinze ans dans un uniforme trop grand pour lui, tué par une balle française sur la route de Trèves. Et, oui, tout ça était bien triste ! Sale époque !

Tout bien réfléchi, les cousines avaient très envie de revoir le cimetière juif de Rachtig, celui où leurs parents n'étaient pas enterrés. Werner connaissait le chemin. C'était assez loin du village, là-haut, au milieu des vignes. Il allait les y conduire, volontiers. Peut-être pourrait-on manger avant ? suggéra Judy. Selma sortit des sandwichs du cabas qu'elle traînait avec elle depuis le début du voyage. Ce matin, à l'hôtel, elle avait chipé des tranches de pain, du fromage, du jambon, sur la table du petit-déjeuner. Au cas où on aurait besoin d'un en-cas, justement. Werner apporta une bouteille d'eau et des gobelets, et on avala les tartines, là, debout, devant l'ex-demeure familiale.

Et maintenant, en route pour le cimetière !

Un cimetière vraiment magnifique, lové dans une clairière derrière un taillis d'herbes folles. Le soleil ruisselait sur les tombes. C'était propret. On sentait que la mairie entretenait le site. Les Allemands s'occupaient bien des juifs morts. Rien à dire. Ety se promenait parmi les dalles. Elle s'approchait, déchiffrait les noms, les inscriptions en hébreu, les dates. Il y avait beaucoup de Marx qui dormaient là. C'était la région, après tout. Des Sanders, aussi, des Wolf et des Wendel, et bien sûr des Levy, des Cohen. Un vent léger, chargé du parfum sucré de la vigne, caressait son visage.

Elle souriait toujours avec un brin de condescendance quand les gens formulaient devant elle des vœux pour leur villégiature post-mortem : qu'on m'enterre dans mon jardin ; face à l'océan que j'ai tant aimé ; dans le carré des chiens du cimetière de Montmartre, avec les animaux qui furent ma seule compagnie et ma seule consolation... Et voilà qu'elle se surprenait à murmurer : « j'aimerais bien être enterrée ici, dans le vieux cimetière juif de Rachtig... »

Le soleil commençait à décliner sur la colline. Il était temps de rentrer.

La Polo rouge de Werner, gémissant sous le poids de ses passagers, dévala jusqu'au village le chemin poussiéreux.

Revenus devant la demeure familiale, on s'échangea des fétiches. Werner parcourut les étages et en ressortit avec des cadeaux : trois verres à prune aux couleurs de Rachtig, une bouteille du vin du crû, une monographie sur les juifs de Rachtig, Soltig et Saint-Wendel réalisée par les lycéens de la région, sous la direction de leurs professeurs d'histoire. Qu'est-ce qu'on aimait les juifs ! Tout disparut dans le cabas de Selma.

Les quatre femmes fouillaient leurs poches dans l'espoir d'y trouver quelque chose à offrir à Werner. Évidemment, on n'avait pas prévu qu'on sympathiserait avec l'habitant, on n'avait rien emporté. Judy donna son adresse et les trois autres l'imitèrent. Selma rajouta au lot son stylo-bille qui portait l'inscription « New York city ». Werner semblait ravi. Ety aurait bien voulu ajouter quelque chose elle aussi. En tâtonnant dans son sac, sa main effleura une feuille de papier grumeleux. Qu'est-ce que c'était ? Ah ! oui, ça ! Elle l'avait complètement oublié. C'était un document qu'elle avait retrouvé après la mort de mémé Marx en triant ses papiers. La lettre, adressée à sa grand-mère, était datée du trente mai 1946, et signée du maire de Rachtig. Elle la tendit à Werner. Ça pouvait l'intéresser, à titre de témoignage historique. Qui sait ? cela avait peut-être un prix, pour les collectionneurs, ou le musée de Rachtig.

Werner se mit à lire.

« Bien chère Madame Marx, écrivait le maire, *Werte Frau Marx* ! Je suis heureux de pouvoir satisfaire votre requête et vous donner des nouvelles de votre famille restée dans la commune de Rachtig. Votre belle-mère Frau Johanna Marx est morte vraisemblablement à Theresienstadt. Votre beau-père Ludwig Marx – commerçant – est mort avec sa deuxième femme et Emma Baum sa belle-fille à Cologne. Votre frère Gustav Marx et sa femme sont morts à Lublin. Arthur Marx et sa femme ainsi que leurs fils Erwin, Herbert et Heinz sont morts à Lublin. Werner Marx, leur fils aîné, est mort à Dachau, après avoir tenté de fuir vers le Luxembourg. Chère Madame Marx, vous êtes la première héritière des Marx à vous manifester, et si vous pouviez vous déplacer jusqu'ici pour régler les problèmes de succession, je vous en serais très reconnaissant. Votre dévoué Burgermeister, Ernst Pfeiffer. »

Werner releva la tête. Non, il ne connaissait pas ce Pfeiffer. Cela faisait si longtemps... Lui n'était qu'un gamin à l'époque. Et tous ces Marx dont on parlait... il ne s'en souvenait pas. Même le petit Erwin, qui avait juste son âge et avait dû être dans sa classe pendant un bout de temps ? Non. Il rendit la lettre à Ety. *Vielen Dank*, mais il préférait qu'elle la garde.

On se sépara enfin, en se promettant de se donner des nouvelles.

À Trèves, il était trop tard pour visiter les arènes et le cirque romain. Tant pis. Les cousines s'installèrent dans un restaurant où elles se gavèrent de gibier en sauce. Judy et Selma riaient et parlaient très fort, à l'américaine. On les regardait avec curiosité. Puis ce fut Metz à nouveau, le train, Paris, la fin du voyage.

« Alors ? C'était bien ? demanda Victor. « Oui, répondit Ety, le regard encore illuminé du soleil de Rachtig. On a été très bien reçues. Les gens ont été adorables. Et puis, la région est magnifique. J'aimerais me faire enterrer là-bas. »

Pâques à Berlin

Tous les guides qu'ils avaient consultés étaient formels : une vie juive renaissait à Berlin.

Le voyageur sans peine évoquait une communauté forte de cent mille âmes. Grâce à l'apport des immigrés russes et à la présence de nombreux Israéliens, le judaïsme allemand reprenait des couleurs.

Cette information avait un peu rassuré Ety.

Ce voyage ne lui disait rien qui vaille. C'était Victor qui, aiguillonné par la lecture du livre de Régina Robinsky, *Berlin Parpaing*, avait insisté. Ce fut donc décidé. Les Glouk passeraient Pâques à Berlin. Ils trouvèrent, sur un site Internet, un couple de Berlinois désireux d'échanger leur appartement avec eux.

Tout s'enchaîna, ensuite, de façon satisfaisante. Ulrich et Beate Brandesberg les attendaient à l'aéroport, où ils leur remirent les clés de leur logis, avant de s'envoler à leur tour pour Paris. Les Brandesberg avaient fait bonne impression aux Glouk : des gens attentifs, chaleureux, de grande taille. Ils espéraient que leur appartement serait à leur image, surtout en ce qui concernait le dernier point.

Le taxi les déposa dans la Schillerstrasse, non loin du Kurfürstendamm. L'immeuble avait belle allure, mais Ulrich et Beate les avaient prévenus : il n'y avait pas d'ascenseur. Ils montèrent donc les cinq étages d'un escalier monumental, soufflant et traînant leurs valises. Comme d'habitude, Victor s'entêta à vouloir ouvrir la porte. Le nez sur la serrure, Ety et Jeremy lui prodiguaient leurs conseils : « enfonce plus, enfonce moins. » Enfin, la manœuvre réussit, et on put entrer dans un vaste appartement, aux sols recouverts d'une moquette blanche et profonde. C'était propre, c'était élégant. C'était confortable. C'était parfait. Jeremy prit possession de sa chambre. Ety et Victor s'installèrent dans la leur. Chacun déballa sa valise en chantonnant. Le séjour commençait bien.

Pendant que Victor faisait un brin de toilette, Ety étudia les cartes, plans et documents touristiques divers que les Brandesberg avaient laissés à leur intention sur la commode du salon. Quelle chance ! Le Jüdisches Gemeindhaus, la maison de la communauté juive, était à deux pas ! Sorti de la salle de bains, Victor décida qu'on devait s'y rendre sur le champ afin de réserver des places pour le premier seder de Pessah.

Aussitôt dit, aussitôt fait.

Les trois Glouk firent leurs premiers pas dans la capitale allemande, à la recherche du centre juif. Ils le trouvèrent facilement, sous les rails du métro aérien, en face d'un terrain vague où une grue stationnait déjà, attendant, vraisemblablement, qu'un obscur fonctionnaire municipal voulût bien délivrer à quelqu'un un permis de construire quelque chose, quelque part.

En revanche, accéder au bâtiment ne fut pas tâche aisée. Ils restèrent coincés assez longtemps dans le sas de sécurité, où ils avaient eu le tort de se présenter tous les trois ensemble, alors qu'il aurait fallu avancer chacun son tour et séparément. Un micro leur cracha des instructions, mais ils n'y comprenaient rien. Enfin un agent de la sécurité vint les délivrer manuellement. Victor essaya d'entamer la conversation en yiddish avec lui, mais c'était un jeune Israélien, qui les regarda avec commisération. Au secrétariat, une grosse femme vendait les tickets du seder. Victor s'adressa à elle en yiddish mais elle lui répondit en français. Elle était ukrainienne, et parlait surtout le russe et l'hébreu. Un responsable de la communauté qui passait par là fit mine de s'étonner. Comment ! Ils ne s'inscrivaient qu'au premier seder ? Et le deuxième, alors ? Ils devaient célébrer aussi le deuxième ! Les Glouk échangèrent un regard complice. Un seul, ça suffisait ! *Ein ist genug* !

Il était temps, maintenant, d'entamer la visite de la ville.

Ety avait, comme d'habitude, la charge des instruments de navigation. Relevant de temps à autre la tête pour vérifier *in situ* les informations recueillies dans le plan de ville et le plan de quartier qu'elle consultait simultanément, elle avançait par à-coups. Victor s'impatientait à ses côtés. Tu es sûre que c'est la bonne direction ? Tu es sûre que tu ne veux pas demander ? Jeremy décrivait des cercles autour d'eux. Les Berlinois, pressés, indifférents, les dépassaient. Non, Ety ne voyait pas comment elle pourrait en arrêter un... Autant stopper une Panzerdivision avec une allumette.

Au bout du Kurfürstendamm, ils débouchèrent sur une place. Au milieu d'un trafic frénétique se dressaient les vestiges de l'église de l'Empereur Guillaume, flanqués d'une tour moderne qui leur collait comme un chancre.

Ety ouvrit son guide et lut à voix haute : « Tour en ruine. Le clocher du toit effondré dresse haut dans le ciel un symbole des ravages de la guerre. »

Ils mangèrent du hareng, du goulasch.

Ils virent l'Hôtel de ville rouge, la tour de la télévision, le Reichstag. Ils s'arrêtèrent devant les statues de Marx et Engels, solitaires et boudeurs au milieu d'une vaste esplanade. Ils virent la maison du peuple en ruine. Ils mangèrent du hareng, du goulasch.

Le printemps arriva. Il se mit tout à coup à faire très chaud.

Heureusement, prévoyante comme à son habitude, Ety avait emporté cinq paires de chaussures : des bottines pour la neige, des ballerines pour la canicule, des escarpins pour les soirées mondaines, des mocassins pour les jours ordinaires, et des baskets en cas de détresse podologique extrême. Elle chaussa ses ballerines.

Ils prirent le *U-bahn* et le *S-bahn*. Ils passèrent à l'Ouest et à l'Est. Ils se perdirent ; ils errèrent entre les chantiers. Ils visitèrent le musée moderne, le musée ancien, Checkpoint Charlie, une exposition sur les crimes nazis.

Ils décidèrent qu'un peu de frivolité leur ferait du bien.

Ils se dirigèrent vers le Ke-De-We, le grand magasin berlinois. Il y avait une plaque à l'entrée. Victor s'approcha, déchiffra : Buchenwald – Oranienbourg

– Dachau – Bergen-Belsen. Rappelez-vous les camps sur le sol allemand !

Ils se rendirent à la nouvelle synagogue. Il n'y avait plus de nouvelle synagogue. Seule demeurait la façade, « miraculeusement conservée ». À l'arrière, on avait aménagé un musée où étaient exposées des maquettes de l'édifice détruit, des photographies des juifs qui avaient fréquenté les lieux, détruits eux aussi.

On leur recommandait chaudement le cimetière juif. Ils y allèrent. Il n'y avait plus de cimetière juif. Un petit parc avait pris sa place, parmi les HLM. Les mères y promenaient leurs enfants. À l'entrée, on avait posé une statue à la mémoire des victimes de l'Holocauste. Cinq juifs de bronze montaient la garde devant leur vieux cimetière détruit.

Les Glouk eux-mêmes commençaient à se demander s'ils étaient encore vivants. Ils se sentaient devenir des juifs de bronze. Ils s'attendaient à voir leur effigie se dresser soudain devant eux, des plaques commémoratives signaler leur passage dans la ville. « Trois juifs ont traversé hier cette place. Souvenez-vous ! »

Ils se promenèrent à la nuit tombée dans les courettes des Hackesche Höfe. Les cafés étaient pleins. La bière coulait à flots. Des jeunes gens attablés devant des pizzas refaisaient le monde. Ils visitèrent le musée juif, le chef-d'œuvre de Daniel Libeskind. Ils plongèrent dans deux mille ans de judaïsme allemand, depuis la naissance des communautés rhénanes jusqu'aux lumières de la Haskala, jusqu'à l'apogée du XIXe siècle, jusqu'à l'âge d'or. Jeremy s'amusa à des jeux interactifs : le colporteur Mendel part en tournée ; que doit-il emporter dans sa hotte pour être sûr de manger casher et de célébrer le saint shabbat loin de chez lui ?

Ah ! c'était la bonne vie, le bon temps, la symbiose judéo-allemande ! Mais attention ! Ça n'allait pas durer éternellement ! Cette histoire se terminait mal, très mal. Voilà que les Glouk descendent d'immenses escaliers, interminablement. Ils traversent des espaces vides. « Ces salles vides symbolisent la part de la culture juive à jamais disparue ». Ils pénètrent dans le néant de l'Holocauste, ils bifurquent dans les jardins de l'exil. Des photos. Des lettres. Des vêtements. Des objets. Des graphiques et des cartes. Et pour eux, ce sentiment d'accablement.

Allons manger !

Le restaurant du musée se vante de préparer des plats ashkénazes. Le renouveau de la vie juive, bien sûr ! Ils rêvent d'un bon sandwich au pastrami, avec des cornichons sucrés. On leur sert un mélange de houmous, de fromage blanc, de pommes de terre à l'eau, de chou râpé. C'est infâme.

Rien ne pourra donc les consoler ! Le soir, ils vont au théâtre yiddish. Victor est tout émoustillé.

Ety et Jeremy craignent de ne pas comprendre grand-chose.

La représentation a lieu dans une salle minuscule, mais comble. Ils s'installent au premier rang. La lumière s'éteint. Les acteurs arrivent sur scène, et prononcent leurs premières paroles. C'est de l'allemand. Attendons un peu, le yiddish va venir. Le yiddish ne vient pas. Tout est en allemand, même les chansons. De temps à autre, on entend un « oï », un « voï », pour la couleur locale. Deux acteurs se donnent la réplique. Le premier, la main en visière, les yeux sur l'horizon lointain, déclame : « Siehst du ? » Vois-tu ? « Was denn ? » « Quoi donc ? » lui demande son compère, l'air tout aussi pénétré. « Drei Juden ! » « Echte ! » Dans la voix de l'acteur, c'est l'extase. Trois juifs !!! Des vrais !!!

Les Glouk s'en vont à l'entracte, rasant les murs. Cette fois, c'est sûr, on va les capturer et les mettre au musée. *Drei lebende Juden, echte.* Trois juifs vivants, des vrais.

Heureusement, ils firent la connaissance de Mathias et Waltraud, des amis des Brandesberg. Ils passèrent chez eux des moments mémorables, célébrant la réconciliation judéo-allemande.

Mathias et Waltraud, des musiciens, organisaient à leur domicile des petits concerts entre amis, suivis de petits goûters conviviaux.

Ety, Victor et Jeremy furent invités trois fois. Ils firent savoir qu'ils étaient juifs. Ils n'avaient pas à le cacher, après tout. Ety avoua même que sa mère était une juive allemande. Elle s'excusa de son mauvais allemand. Sa mère n'avait jamais voulu lui parler dans cette langue. Les convives hochèrent la tête, l'air peiné. Quelle époque atroce ! Les langues s'étaient déliées. Chacun raconta son histoire. Les parents de Mathias avaient résisté au régime nazi, puis avaient fui en Suède. Un professeur de droit en blazer bleu marine apporta son témoignage, un verre de champagne à la main. Il était encore enfant pendant la guerre ; chaque jour, des trains de déportés traversaient leur village. Les portes des wagons s'ouvraient et on jetait des cadavres sur le quai. La vie n'avait aucune valeur. La mort n'avait pas de sens. Les gens pensaient : ce que nous faisons aux autres, les autres nous le ferons un jour.

Les Glouk firent la paix avec l'Allemagne innocente et avec l'Allemagne coupable. Ils se sentaient accueillis. On prenait soin d'eux comme jamais on ne l'avait fait en France. « Ils ont besoin de notre pardon et nous avons besoin de leur sollicitude » dit Victor.

Cependant, Pessah approchait.

Avec le renouveau de la vie juive, on n'avait pas de souci à se faire : l'approvisionnement en matzot ne poserait pas de problème. Ils dénichèrent l'adresse d'une épicerie casher, du côté du Kurfürstendamm.

Hélas ! la nuit précédant leur expédition, le lit s'effondra sous Ety et Victor. Le lendemain, Victor se réveilla avec un lumbago.

Il prit rendez-vous chez un certain docteur Mengele, qui immédiatement brandit une seringue et lui fit une piqûre. Victor n'en éprouva qu'un léger soulagement, et la recherche des matzot tourna au chemin de croix, d'autant qu'Ety, se fiant aux indications du plan, avait mal apprécié les distances. C'était très loin. Victor l'accablait de reproches. « Avec ta manie de ne vouloir jamais demander. » Il souffrait le martyre, à cause d'elle. Exterminatrice ! Liquidatrice ! Wehrmacht !

Enfin, on arriva au magasin Mazel Tov. C'était une bicoque confinée au fond d'une cour où trois bocaux de gefilte fish se battaient en duel avec quatre boîtes de cornichons. On se serait cru en Roumanie du temps de Ceausescu, en plein règne de l'économie de survie. Des clients commandaient à voix basse, avec des airs de conspirateurs, la totalité du stock, dont les vendeurs, une mère et son fils, obèses l'un et l'autre, mettaient un temps infini à débarrasser les deux étagères de l'entrepôt. Les Glouk réussirent à intercepter le dernier paquet de pain azyme.

Ce soir avait lieu le seder.

Ils arrivèrent trop tôt au centre communautaire. L'immense salle à manger était encore déserte. Trois rangées de tables, dressées sur des tréteaux, y étaient alignées, recouvertes des nappes blanches réglementaires. Des nappes ou des draps ? Ety avait un doute.

Les plateaux du seder étaient déjà installés. Ils s'assirent au hasard.

Lentement, par petits groupes, les convives arrivaient à leur tour. Avec espoir, avec appréhension, les Glouk observaient ceux qui entraient. Qui prendrait place à leur côté ? Non ! pas cette famille de névrosés ! Non ! pas cette femme épaisse qui s'est taillé une robe dans les rideaux de sa salle à manger ! Son mari a des mâchoires de primate. En revanche, cet autre couple a l'air sympathique. Et ils ont un fils de l'âge de Jeremy. Venez, venez vous asseoir près de nous ! Mais personne ne les connaissait et on hésitait à partager leur table.

Les places libres autour d'eux finirent cependant par trouver preneurs.

Ils mesurèrent rapidement l'ampleur du désastre.

Les Russes les cernaient !

En face de Victor et de Jeremy s'étaient assis deux couples, vulgaires et épais, la cinquantaine bien entamée.

D'emblée, les hommes débouchèrent les bouteilles de vin casher et s'en versèrent une bonne rasade. Jeremy roulait des yeux courroucés. « Ils pourraient attendre le kiddouch. » Victor leur adressa quelques mots en yiddish, histoire de les tester. Ils répondirent, gênés, dans un mauvais allemand. Ils parlaient russe, uniquement russe. Un peu d'hébreu aussi. Ils avaient séjourné en Israël quelques mois. Le pays ne leur avait pas plu. Ils ne s'étaient pas adaptés. Ils étaient venus s'installer ici, à Berlin. Ils faisaient du commerce. Ils étaient dans les affaires. « Justement, pourquoi à Berlin ? » demanda Victor, qui pensait que cela n'allait pas de soi, pour des juifs, de venir vivre en Allemagne.

Il espérait que sa question servirait de point de départ à un échange de vues vif et profond sur la condition juive.

Mais le Russe se leva et le menaça du poing. De quoi se mêlait-il, ce merdeux de Français ? Lui, il habitait où il voulait. On n'avait pas à lui poser cette question. Sa femme le fit rasseoir. L'autre Russe haussait les épaules, désabusé. Pour se calmer, ils se rabattirent sur le pain azyme et, sans attendre le korekh, se firent des petits sandwichs : une tranche de matza, un peu de harosset, quelques herbes amères, une pincée de sel, un autre morceau de matza, c'est succulent, je vous assure. Jeremy ouvrait des yeux exorbités. « Ils font vraiment n'importe quoi. » Mais les autres avaient déjà attaqué l'œuf dur.

Ety contemplait le jeune homme qui était assis en face d'elle. Un moujik. Elle ne trouvait pas d'autre mot, un moujik. Avec ses pommettes saillantes, son nez plat, ses cheveux blonds en épis de blé, ses yeux vagues, il sortait tout droit d'un film de propagande soviétique sur la collectivisation des campagnes. En plus, il portait un habit de moujik, une blouse blanche sans col, serrée à la taille. Accablé et passif, il ne bougeait pas, ne parlait pas, fixait un point indéterminé sur le mur d'en face, un peu au-dessus de la tête d'Ety, qui s'était évertuée en vain à établir un contact oculaire avec lui, et avait fini par renoncer.

N'empêche, son regard revenait toujours vers lui, ce jeune paysan mélancolique. Comment avait-il réussi à atterrir là ? Une arrière-grand-mère juive violée par un gardien d'oies ? Un certificat de judaïté acheté au marché noir ? Elle essayait de deviner son nom. Ephraïm Popov ? Mais un rabbin passa et tapa sur l'épaule du jeune homme. « Tout va bien, Vassili ? » Il s'appelait Vassili !

Les officiants, installés à la table des notables, très loin, au fond de la salle, avaient prononcé un petit discours, mais personne n'y avait prêté attention. Malgré tout, un mot d'ordre semblait circuler. Tout le monde se levait et se dirigeait vers les toilettes : c'était l'heure d'aller se laver les mains.

Au retour, la cérémonie commença. Il fallait prendre un verre de vin, s'accouder sur le côté gauche, boire un peu, tremper le persil dans l'eau salée, réciter la bénédiction. Personne n'écoutait. Les conversations allaient bon train. On se hélait en russe d'une table à l'autre. Salut Ivan ! Salut Tania ! *Spassiba* ! De toute manière, on avait lampé tout le vin blanc, on attendait le repas pour ouvrir la bouteille de rouge. Quant au persil, on l'avait brouté depuis belle lurette. Jeremy dressa l'oreille. Il lui semblait qu'une voix fluette, quelque part, avait entamé le *ma nishtana*. Pourquoi cette soirée se distingue-t-elle des autres soirées ? Parce qu'elle est ratée, répondit Jeremy à voix basse. Mais les questions se perdaient dans le brouhaha. On les abrégea.

On apporta le potage. Les boulettes d'azyme, les *kneidler*, avaient coulé au fond. On apporta le poisson. Le voisin de Victor pérorait sans discontinuer, d'une voix de plus en plus sonore, de plus en plus criarde. Manifestement, il était complètement saoul.

Victor se leva. Il allait aux toilettes. Ety le suivit, puis Jeremy. Ils n'en pouvaient plus. Tant pis pour le bœuf aux carottes. De toute manière, il serait trop cuit. Ils partaient. Ils n'avaient pas la force d'endurer plus longtemps cette mascarade. Ah ! Il était beau, le renouveau de la vie juive !

En descendant les escaliers, ils aperçurent, par une porte entrouverte, une pièce joliment décorée. Une petite assemblée y était attablée. On entendait parler hébreu, allemand, anglais. C'était le seder des importants, des éminences, les Israéliens et les notables judéo-allemands. Eux, on les avait collés avec les ploucs, les juifs de carnaval, les Russes. « Judenrat ! » siffla Victor en passant.

Dans la nuit berlinoise, sous la pleine lune, ils discutèrent. Ce seder, vraiment, jamais ils n'avaient connu pire. Même les seders communautaires en France valaient mieux. Dieu sait pourtant s'ils avaient eu à s'en plaindre : des rabbins sans autorité, des assistances sans ferveur. À l'avenir, ils réfléchiraient à deux fois avant de s'y laisser prendre à nouveau. L'an prochain, suggéra Ety, il faudrait qu'on se fasse inviter chez des amis, des gens qui font ça bien. « On verra » dit Victor.

Le lendemain, ils rentraient à Paris.

À la plage

— Tiens ! Dis donc, Sarkozy passe ses vacances au Lavandou.

— Fais voir !

Victor tendit le journal à Ety.

— Ah ouais, Sarkozy passe ses vacances au Lavandou.

Ça alors !

Les Glouk eux-mêmes, plusieurs années auparavant, avaient fréquenté cette petite station balnéaire de la côte varoise. Et ils se sentaient flattés que le Président et son épouse Carla aient choisi, pour leur repos estival, la même destination qu'eux. Un peu d'étonnement se mêlait à cette satisfaction d'amour-propre. Car dans leur souvenir, Le Lavandou n'avait rien d'un endroit chic. Des villas modestes, quelques petits hôtels en front de mer, des plages familiales, une atmosphère bon enfant, des restaurants sans chichi qui servaient du poulet frites à midi, de la bouillabaisse le soir, telles étaient les images qu'ils en avaient gardées.

Ety parcourut rapidement l'article qui occupait toute la première page du journal et se poursuivait en page intérieure. La famille de Carla possédait au Lavandou une somptueuse villa nichée dans une pinède surplombant la mer. Dans son enfance, la première dame de France y venait aux vacances scolaires. « C'est que je l'ai connue toute gamine, moi » affirmait Dino, le propriétaire de *L'aïoli*, un restaurant où le couple présidentiel était attendu à dîner le soir même. « Je les invite. Vous comprenez, ce sont des amis, pas des clients ». À son tour, Carla expliquait qu'après une année harassante « Nicolas » avait besoin de repos et que la résidence d'été des présidents à Brégançon, un bâtiment officiel malgré tout, ne lui paraissait pas être la destination idéale pour ça, alors que sa somptueuse villa nichée dans une pinède surplombant la mer était un havre de paix, elle était bien placée pour le savoir. Au programme, donc : calme et détente dans l'intimité, avant le retour aux harassantes affaires de l'État. Afin d'apporter une preuve de ce désir d'intimité, le rédacteur de l'article indiquait que, quoique postés « vingt-quatre heures sur vingt-quatre » aux abords du luxueux domaine, les photographes n'avaient réussi à prendre aucun cliché du couple présidentiel. Illustrant ce propos, on voyait, sur une photo, deux reporters bredouilles, portant sur leur ventre leur appareil inutile où le téléobjectif saillait à la place du nombril. Sur un autre cliché, on apercevait, devant une grille, deux hommes en costume masqués par leurs lunettes noires : « Les gardes du corps veillent » disait la légende. Une troisième photo montrait un petit homme chauve en chemise à fleurs, tongs et bermuda, prenant la pose à la terrasse d'un restaurant : « Dino, propriétaire de *L'aïoli*, où les Sarkozy ont réservé une table ce soir. » Ety scrutait avec minutie une quatrième photographie qui représentait la somptueuse villa nichée dans une pinède surplombant la mer. Ce devait être du côté de Cavalaire... ou de Cavalière. Elle confondait toujours les deux noms, qui, malgré leur sonorité proche, désignaient, l'un une plage populaire, l'autre un quartier riche réservé aux privilégiés...

— En tout cas, nous, on n'allait pas du côté des somptueuses villas. On n'avait pas les moyens, à l'époque... On ne les a toujours pas, d'ailleurs... Tu t'en souviens ?

— Si je m'en souviens ! La première fois, nous avions loué un triplex en centre-ville. C'était clair, lumineux, peut-être un peu bruyant... Jeremy apprenait à marcher...

— Non, dans celui-là, c'est Lou qui a fait ses premiers pas. Pour Jeremy, c'était dans une espèce de HLM, un trois-pièces au cinquième étage, assez bruyant lui aussi. Je me souviens. C'était quelques jours avant son premier anniversaire. Il était debout sur ses pattes arrière et, pour attraper ses cubes, il a lâché le fauteuil auquel il s'agrippait. À mesure qu'il avançait, les filles reculaient les cubes. Tout chancelant, tout jubilant, château tremblant, il jetait ses jambes devant lui, le petit bonhomme, tandis que nous l'encouragions : « et hop ! et hop ! encore un ! Vas-y Jeremy ! » C'était très gai.

— Mais non, dans le triplex, Lou avait déjà deux ans... rappelle-toi ! On m'avait volé mon sac à main, et elle montait et descendait les escaliers en répétant « camain ! camain ! »

Oui, même s'ils n'avaient pas été logés à la même enseigne que les nantis et les puissants, les Glouk gardaient de bons souvenirs de ces vacances en bord de mer. Sauf des dernières, où ils avaient invité la fille de Jeanne-Marie et Vlady, la petite Claire, leur nièce. C'était avant la brouille, bien entendu.

Cet été-là, Grand-mère Gisèle avait décidé d'emmener Coraline, l'aînée, visiter l'Italie. Elle avait dix ans, onze peut-être ; à cet âge, on est mûr pour la chapelle Sixtine et le musée des Offices. Ma foi, une offre pareille, cela ne se refuse pas, et d'ailleurs Coraline sautait de joie. Mais Lou avait commencé à pleurnicher. Qu'est-ce qu'elle allait faire toute seule avec Jeremy ? Bien sûr que si elle l'aimait son petit frère et même des fois elle l'adorait tellement il était mignon et rigolo, même que maintenant, il parlait il disait des choses drôles et tout le monde rigolait et il gribouillait des dessins aussi, n'empêche ça restait un bébé, elle s'ennuierait toute seule avec lui. Et les larmes s'étaient transformées en torrent. « Et si on invitait Claire ? » avait alors proposé Ety. Le petit visage brouillé de pleurs s'était un peu éclairci, tandis que celui de Coraline s'était rembruni. Ah non, c'était pas juste ! Elle allait rater sa cousine ! Victor avait mis fin aux récriminations en expédiant tout le monde au lit. On ne peut pas tout avoir dans la vie, fallait qu'elles commencent à s'en rendre compte.

Des négociations délicates s'étaient par la suite engagées avec les parents de Claire. Jeanne-Marie ne s'était jamais séparée de ses enfants. « Non ! » s'exclamait-elle avec une emphase déplacée, « je ne conçois pas qu'on puisse les laisser à des étrangers ! » Par étrangers, elle entendait les mercenaires de la petite enfance, moniteurs, animateurs, baby-sitters, et autres titulaires du BAFA ou du CAFA, pas son beau-frère ni sa belle-sœur, bien sûr, cela dit, est-ce qu'ils sauraient s'occuper de Claire, elle avait ses allergies, ses traitements, sans compter que Victor lui faisait peur, un peu bizarre le tonton, non ? Et est-ce qu'il n'allait pas lui interdire de manger du porc ? Il ne manquerait plus que cela...

Vlady, le frère d'Ety, avait dû déployer tout son talent rhétorique, et même quelques arguments d'autorité pour la convaincre.

— On ne la met pas à la DDASS, quand même.

Claire observait le match avec prudence et neutralité. Finalement, son père l'avait emporté. Elle partirait au Lavandou. Ça lui ferait du bien, avait dit papa. En plus, elle préférait la mer, et cette année, on avait prévu de partir dans la Creuse, alors...

— Ne sois pas trop triste ! répétait maman. Un mois est vite passé. Et puis, tu es quand même contente de retrouver Lou. Tu t'amuses bien avec elle, non ?

Oui, c'est vrai, Claire s'amusait bien avec Lou, on pouvait la commander ; quand on jouait au papa et à la maman elle était toujours d'accord pour faire le papa ou la belle-mère ou le médecin qui vient pour constater la mort du demi-frère et la belle-mère s'effondre en larmes tandis que Claire faisait la maman ou des fois l'enfant mais pas celui qui meurt celui qui guérit. Mais on a beau avoir dix ans, on n'est pas idiot, on devine sans peine si les parents ont envie d'entendre ceci ou plutôt cela.

— « Je suis pas obligée d'y aller, si je veux pas. »

— Hélas ! mon cœur, il faut être bien sage, et obéir à papa. Si tu as trop de chagrin, appelle-moi. On se fera un câlin à distance, un gros câlin d'amour. Tiens, voilà une carte téléphonique que j'ai achetée pour toi. Ne la perds pas !

— Ah ouais ! Quand je joue dehors avec Lou, je vois une cabine, et hop ! je t'appelle !

Finalement, est-ce qu'on avait eu raison d'insister ? Le doute avait saisi Ety lorsqu'elle avait vu Claire, flanquée de ses parents et de ses petits frères, dans le hall de l'aéroport d'Orly le jour du départ. Elle avait noté, par habitude, que la gamine ressemblait de plus en plus à sa mère : mêmes yeux noisette, même museau d'écureuil, même chevelure trop fine glissée sous un bandeau. Ce jour-là, elle traînait à deux bras une grosse valise rouge dont les coutures craquaient et qui semblait faire trois fois son poids. La taille du bagage avait indisposé Victor.

— Pourquoi elle a pris une malle ? Elle émigre ou elle part en vacances ?

On avait pris l'avion jusqu'à Toulon. Là, on avait attendu longtemps un taxi, personne ne voulait les prendre en charge, vous pensez bien, cinq passagers et tous ces bagages, ça ne rentre pas n'importe où, si encore il n'y avait pas cette valise rouge... Arrivés à la résidence d'été, il avait fallu hisser le maudit bagage jusqu'au troisième étage sans ascenseur. Ety criait qu'elle n'était pas une mule ; Victor qu'il allait encore se choper un lumbago. Enfin, on avait atteint l'appartement, inspecté les lieux, ouvert les compteurs, et, tandis que Victor filait dans la salle de bains se refaire une beauté, Ety avait rejoint les enfants pour les aider à ranger leurs affaires. Sur le seuil de la porte, elle avait retenu un cri. La valise de Claire ouverte, exposait ses entrailles, des piles d'étoffes et d'objets alignées avec un soin maniaque. Elle s'était laissé tomber par terre auprès de sa nièce et avait entrepris de dresser l'inventaire du trousseau. Il y avait en tout 21 tee-shirts à manches courtes (4 rouges, 4 bleus, 4 verts, 2 roses, 2 oranges, et 5 imprimés frappés de sigles divers tels que Titi Team ou Las Vegas Princess), 21 petites culottes, 5 shorts, 5 bermudas, 5 jupes, 5 pantalons, 5 robes, 10 sweaters, 5 gilets dont 3 en coton et 2 en laine, 6 maillots de bain (2 deux pièces et 4 une pièce), 21 paires de chaussettes, 5 pyjamas et 5 chemises de nuit, 1 paire de tennis, 1 paire de sandalettes en plastique (pour affronter les galets), 1 paire de tongs (pour marcher sur le sable fin), 2 bobs et 1 casquette à visière (on perd si facilement son chapeau), quelques paires de lunettes de soleil, et enfin 3 trousses de toilette remplies l'une de crèmes solaires correspondant à différents niveaux de protection, l'autre d'objets de toilette ordinaires, la troisième, de médicaments accompagnés de leur ordonnance respective en vue d'un éventuel réapprovisionnement.

Quelque chose, cependant, chiffonnait Ety. Une absence, un trou, une béance. Elle se retourna vers sa nièce :

— Il manque un imperméable !

— Maman a dit qu'il ne pleut jamais...

— Je plaisante, ma puce.

Claire fit la moue.

— Explique-moi, Clarinette : pourquoi 21 tee-shirts ? Pourquoi pas 19 ou 44 ?

— Parce qu'on reste trois semaines et maman a dit qu'il faut que je change de tee-shirts tous les jours.

— Mais j'ai une machine à laver.

— Maman a dit qu'elle ne veut pas que je te donne du travail.

— Bah ! une lessive, quand y en a pour quatre, y en a pour cinq.

Derechef, une moue sur le petit visage. Ety eut envie d'effacer toute cette contrariété.

— Ta maman est très gentille et elle s'occupe bien de toi.

Oh, oui ! Elle m'a même donné un habit à elle.

Et Claire avait sorti de son petit sac à dos de voyage un vingt-deuxième tee-shirt, d'un tissu soyeux et chatoyant, qui évoquait une tenue de soirée.

— Elle te l'a prêté pour le bal du 14 juillet ?

— Non. C'est pour si je me languis d'elle. J'ai un doudou avec son odeur.

Ety leva les sourcils. Elle avait entendu quelque chose comme cela à propos de veaux et de vaches. On frottait du foin sur la vache, et on le donnait à renifler au veau afin qu'il s'habitue à l'absence de sa mère, ou c'était le contraire, la mère qui s'habituait à l'absence de son veau en reniflant le foin... Est-ce que ça marchait aussi pour les humains ? C'est plutôt le contraire, avait prévenu Victor. Ça va entretenir la nostalgie et elle n'arrivera pas à se séparer de sa mère.

Ils étaient logés à La Favière, loin du centre-ville et de la plage, dans une petite résidence paisible sous les pins. L'appartement se composait d'une chambre parentale et d'une chambre d'enfant, d'un salon-salle-à-manger, d'une cuisine équipée, d'une salle de bains, et d'un balcon où toute la famille pouvait prendre ses repas. Dans le parc, il y avait deux piscines, un court de tennis, des aires de jeux.

On installa la routine des vacances. Plage le matin. Retour à la résidence à treize heures. Repas (un poulet frites acheté à la rôtisserie du centre commercial). Sieste. Plage l'après-midi. Glaces pour tout le monde à cinq heures. Retour à la résidence et repas du soir préparé par Ety. Deux fois par semaine, elle se levait à sept heures pour aller faire les courses au supermarché du centre commercial. Elle remplissait un grand chariot qu'on lui livrait dans la soirée. Victor en profitait pour se détendre tandis que les enfants dormaient encore.

On vint à bout des premiers jours sans trop de peine. La route était fastidieuse pour arriver à la mer, mais la récompense était au bout. Après une demi-heure de marche, on découvrait la plage. En juillet, on n'avait pas à redouter la foule. Quelques parasols étaient plantés de loin en loin. Des corps bronzaient aplatis sur des serviettes. Bientôt, les vendeurs ambulants pousseraient devant eux leur voiture à bras et l'air serait rempli de leurs cris tentateurs : maïs ! pastèque ! boissons fraîches ! crèmes glacées ! Pendant qu'Ety et Victor déroulaient les serviettes et les tapis de plage, les trois cousins couraient vers l'eau, revenaient en hurlant, elle est froide elle est bonne elle est chaude j'y vais vite vite ma bouée vite vite mon masque de plongée ! On ne les voyait plus. De temps à autre, ils surgissaient auprès de leurs parents, claquant des dents, violets d'être trop restés dans l'eau ; grelottaient sous la serviette, les coudes entre les genoux, les yeux vagues, le sourire flottant ; réclamaient un gâteau, un goûter. Restaurés, réchauffés, ils repartaient vers d'autres jeux. On va faire un château fort ! Ouais ! On va chercher de l'or dans le sable ! Ah ! Ouais ! On va couler Jeremy ! Ouais !

Ouais ! Heureux sous leur parasol, Victor lisait le *Blatt-Blatt*, Ety, le dernier Modiano.

Le soir de leur arrivée, Claire avait appelé chez elle. Elle avait embrassé tout le monde, papa, maman, Philippe, Frédéric, puis elle avait rejoint le reste de la famille, qui l'attendait devant la cabine, et on était allé voir la mer. Allons ! Les craintes n'étaient pas justifiées ! La petite s'adaptait.

Et bien, non ! La petite ne s'adaptait pas. Car tous les jours, pour obéir à Jeanne-Marie, elle changeait de tee-shirt. Or ces tee-shirts, tels une tunique de Nessus enduite de l'amour maternel, l'empoisonnaient lentement. Quand, après avoir usé les verts et les bleus, elle enfila l'un des deux rouges, assorti à un bermuda blanc, tout entrain l'avait quittée.

Maman n'était pas là.

Le chemin vers la plage devint un long calvaire. Claire traînait les pieds, l'œil morne, la bouche incurvée. Elle était fatiguée. Fatiguée à son âge ? Elle avait mal dormi. La plage était trop loin. Avec papa et maman, on aurait pris la voiture, au moins.

Sur la plage, elle marchait vers l'eau comme vers son tombeau, nageotait près du bord, l'air compassé, et revenait vite se blottir à l'ombre du parasol. Là, le dos mou, elle passait des heures à ratisser le sable entre ses jambes. Lâchés par leur leader, privés de l'inspiratrice de leurs jeux, Lou et Jeremy ne tardaient pas à s'abattre à leur tour sous le parasol. Et la petite troupe, apathique et crevant d'ennui, finissait par s'envoyer du sable à la figure. « Allez donc jouer plus loin ! » disait Ety. « Mais on n'a rien à faire ! » se plaignait Claire. « On vous a acheté un matelas pneumatique ! » « Il se dégonfle tout le temps ! » Victor haussait alors le ton. Fichez-moi le camp ! Allez vous amuser !

Claire s'éloignait, l'oreille basse, Lou et Jeremy lui emboîtaient le pas, et les trois se promenaient tristement sur la plage, petits spectres désœuvrés qui hantaient le champ visuel de Victor et d'Ety. Impossible de se concentrer sur le *Blatt-Blatt* ou le dernier Modiano. De guerre lasse, Ety proposait une partie de raquettes. Le visage de Claire s'illuminait. Le match s'engageait. Ety courait, sautait, plongeait, s'exténuait à redresser la trajectoire de la balle pour la servir sur la raquette de Claire, qui, jetant ses bras d'un côté, ses jambes de l'autre, ratait invariablement la réception. Au dixième échange, Ety agonisait d'ennui. Du coin de l'œil, elle voyait Lou rongée par la jalousie, et Jeremy, qui avait échappé à la surveillance de son père, se rapprocher dangereusement de la route. « Tu viens me remplacer ? » lançait-elle à Victor. Aussitôt Lou bondissait : « C'est mon tour ! C'est moi qui joue avec papa ! » Les filles commençaient à se disputer. « J'ai presque pas joué. » « Ben moi, j'ai pas joué du tout. » Victor consultait sa montre. « C'est l'heure de rentrer ! On remballe tout ! »

Maintenant, Claire demandait l'heure toutes les dix minutes. Et voilà qu'à quatre heures et demie précises, elle se rhabillait. « Mais c'est trop tôt ! disait Ety. Et si tu veux retourner dans l'eau ? » Oh ça non ! Il n'y avait pas de danger qu'elle y retourne, dans l'eau. Elle avait déjà pris son bain. C'était fait et pas à refaire. Elle se rhabillait, comme ça, au moment de partir, elle n'aurait pas de sable dans ses habits. Et elle restait là désormais, immobile sur sa serviette, retenant ses gestes de peur de soulever la poussière.

On dirait une petite vieille ! Quelle horreur ! pensait Ety.

— Tu devrais peut-être en parler à Vlady. C'est pas normal, comme comportement.

Non, elle n'oserait pas en parler à son frère. Il se vexerait, et les choses étaient déjà suffisamment fragiles entre eux... Oui, c'est vrai, Claire était en train de leur gâcher les vacances, mais après tout, c'est elle qui avait proposé, qui avait insisté, sa belle-sœur Marie-Jeanne n'était pas chaude, et peut-être que, oui, tout compte fait, la plage, sans aucune autre activité, c'était ennuyeux pour une gamine de dix ans. Elle avait besoin de s'autonomiser, de rencontrer d'autres enfants, pas toujours ses cousins.

Ils lui offrirent des leçons de canoë, des séances de natation, des cours de voile.

Claire remerciait, s'appliquait, mais les cours, ça dure quoi ? Au maximum une heure. Et au bout d'une heure elle était de retour sur sa serviette. Bien sûr, ça lui avait plu, n'empêche que non non, elle n'avait pas envie de continuer.

On lui laissa son indépendance. Elle pourrait rester seule le matin dans la résidence. La piscine et les aires de jeu étaient surveillées. Il n'y avait rien à craindre. Peut-être se ferait-elle des amis ? Elle traîna un peu sous la pinède, vit une guêpe et trois araignées, et courut se réfugier dans l'appartement où elle passa le reste de la matinée à plier ses tee-shirts.

Tout se détraquait. Elle réclamait du jambon, des côtes de porc, parce qu'elle avait le droit, mais si Ety avait préparé des avocats aux crevettes, elle refusait d'en manger à cause de ses allergies. Une sorte de cacherout médicale. Lou pouffait : « Le contraire de nous ! » C'est pratique, pensait Ety. D'ailleurs, elle perdait patience. La veille, déjà, elle s'était traînée chez le pharmacien, parce que sa nièce était à court de Gratex. Maintenant, on devait courir chez le médecin pour renouveler l'ordonnance de Rhinox. Sinon ? Sinon, je fais une crise.

Ce fut donc sans regret qu'on accueillit la fin des vacances. On monta dans l'avion avec allégresse. À Orly, Vlady et Jeanne-Marie avait recueilli leur fille comme si elle avait été exfiltrée d'un pays en guerre ou sauvée d'un tremblement de terre. Ils la palpaient, la caressaient, cherchant sur son corps à la fois des traces de blessure et des preuves de son intégrité physique. Ils posèrent peu de questions. Tout le monde était soulagé. On dit que les vacances s'étaient bien passées, sans rentrer dans les détails.

Le lendemain, au petit-déjeuner, dans leur cuisine, Victor et Ety tiraient les leçons de leur échec. Il faudrait réfléchir l'an prochain, trouver une autre formule, la montagne, peut-être, ou des vacances à l'étranger. Ety allait dire qu'elle préférait la montagne lorsque le téléphone sonna. Victor alla répondre. C'était Vlady. Jeanne-Marie demandait s'ils n'avaient pas retrouvé un tee-shirt blanc, parce que dans la valise de Claire, il en manquait un.

La crise d'Elisheva

Ce matin-là, la sonnerie du téléphone avait réveillé les Glouk à huit heures.

C'était bien tôt pour un dimanche.

Pressentant le désastre, Victor avait répondu en maugréant. C'était son frère Abel qui appelait. La veille au soir, en rentrant de la synagogue, il avait trouvé sa femme dans un état semi-comateux. Elle s'était allongée au début de l'après-midi. Les filles ne pouvaient rien dire de plus. La table n'était pas mise et les bougies de *motzi shabbat* n'avaient pas été allumées.

Les secouristes du SAMU avaient cru d'abord à une tentative de suicide. Puis, apprenant qu'Elisheva ne mangeait pratiquement plus rien depuis des mois, ils avaient diagnostiqué une déshydratation sévère, aggravée par les fortes chaleurs qu'on avait connues en ce début d'été. La température du corps était montée à plus de quarante degrés.

À l'hôpital, le personnel débordé avait dit à Abel qu'on n'arriverait peut-être pas à récupérer sa femme. L'interne de garde, son stéthoscope autour du cou, était sorti de la salle de réanimation pour le réprimander. Sa femme mourait de faim sous ses yeux, et il n'avait pas levé le petit doigt ? Et on était au début du XXIe siècle ! En France !

Encore un antisémite, avait pensé Abel. Il avait rapproché ses yeux myopes de la blouse du docteur et avait déchiffré son nom : Docteur Alain Chiche. Un sépharade. Un impie. Pire qu'un antisémite. Il était à moitié nu sous sa blouse blanche d'où jaillissait, par l'ouverture du col, un bouquet de poils noirs. Quelle bestialité ! *Apikoïres* ! Pourceau d'Epicure !

« Il a raison ! » hurlait Victor au téléphone. « Tu as laissé crever ta femme ! Comment as-tu pu ? Tu es complètement irresponsable ! Toi et ta secte ! »

Abel s'était mis à pleurnicher. Il ne comprenait pas ce qui était arrivé à Elisheva. Depuis la mort de sa mère, elle n'était plus dans son assiette. Elle avait, comme qui dirait, perdu sa joie de vivre. Le Rav l'avait pourtant rappelée à l'ordre. Il ne convenait pas qu'elle prolonge son deuil au-delà de la période prescrite. Depuis deux ans que sa mère était morte, Elisheva avait largement dépassé les délais. Qu'est-ce qu'elle s'imaginait ? que cela faisait plaisir à Hashem, peut-être ? béni soit Son Saint Nom ?

Victor haussa les épaules. « Si elle s'en sort emmène-la voir un psy, mon pauvre vieux. » Abel promit. D'ailleurs le Rav lui-même en avait parlé. Il y avait, paraît-il, des psychiatres spécialisés dans les maladies mentales des juifs ultraorthodoxes. En attendant, il avait un service à demander à Ety. Elle s'était toujours bien entendue avec sa belle-sœur. Est-ce qu'elle ne voudrait pas lui rendre une petite visite à l'hôpital et discuter un peu avec elle ? Si elle s'en sortait, bien entendu.

Victor avait ricané. Le rav ne suffisait pas ? Justement, c'était le rav qui avait conseillé. Elisheva avait besoin d'une amie, d'une confidente, pas forcément dans son milieu. Un cœur généreux suffisait. Au fond de son lit, le cœur généreux émit un soupir et essaya de se rendormir. Ce dimanche ne commençait pas bien.

Abel et sa femme s'étaient rencontrés chez les Bobovitchs, un groupe de juifs religieux qu'ils fréquentaient l'un et l'autre. Depuis quelque temps déjà, Abel cherchait une épouse conforme à ses vœux.

On lui avait arrangé plusieurs *chidou'hs* ; il y avait toujours quelque chose qui clochait. Pourtant, le temps pressait. Il approchait de sa vingt-cinquième année. À cet âge-là, en principe, on met en route son troisième enfant. Autant dire qu'il avait pris un sacré retard !

Un jour on lui avait parlé d'Elisheva Kantorowicz. Elle avait bien commis quelques frasques dans sa prime jeunesse, allant jusqu'à passer trois mois en Israël dans un kibboutz de l'Hachomer Hatzaïr. On chuchotait même qu'elle avait mangé du porc.

Mais depuis, baruch Hashem ! tout était rentré dans l'ordre. Elle vivait dans la lumière de la Torah, en fille juive respectueuse des commandements. Elle avait vingt-trois ans (pas jeune elle non plus) et possédait des diplômes universitaires. Les parents d'Elisheva étaient pieux et rescapés des camps, comme ceux d'Abel. Les deux familles étaient faites pour s'entendre.

Abel l'avait épousée et de fil en aiguille – baruch Hashem ! – lui avait fait onze enfants, six garçons et cinq filles : Yankel, Tévier, Moishe, Perel, Faïvl, Leibush, Soura, Yachet, Zlatelé, Rivkelé et Levana. Victor avait beau faire des efforts, il ne parvenait à retenir ni leurs noms, ni leurs âges, ni leurs visages.

Les deux ménages se fréquentaient de temps à autre.

Un jour, Ety avait insisté pour inviter Abel et sa famille. L'essai s'était révélé globalement infructueux. Les onze enfants étaient restés blottis tout l'après-midi au pied du fauteuil où leur mère avait pris place. Jeremy et ses sœurs leur avaient proposé de venir dans leurs chambres découvrir leurs jouets, faire une partie de Monopoly, une partie de Cluédo, un Mille-bornes, un Pendu. Ils avaient refusé, baissant les paupières et secouant les oreilles, comme si on avait cherché à les entraîner dans l'arrière-salle d'un magasin pornographique pour leur refiler en douce des accessoires sado-maso. Ils avaient refusé aussi de manger et de boire. Pourtant, Victor était allé tout spécialement leur acheter des gâteaux et des sodas casher beth-din dans une épicerie de la rue Richer.

On se retrouvait donc chez l'aîné des Glouk, à l'occasion de Pourim ou pour l'anniversaire d'un enfant, ce qui laissait, il faut l'avouer, pas mal de possibilités dans l'année.

Au début, la rencontre des deux mondes s'était avérée plutôt rude.

Ety se souvenait de sa première soirée chez Abel, lorsque, peu après leur rencontre, Victor avait voulu la présenter à son frère et à sa belle-sœur.

Ils avaient invité d'autres couples, des religieux comme eux. On avait séparé les deux sexes. Ety s'était retrouvée dans une chambre à part avec cinq ou six femmes en perruque. Malgré leur jeune âge, toutes étaient mariées et déjà mères d'un ou deux rejetons, voire plus. On les sentait engagées dans une compétition féroce qui avait pour enjeu à la fois leur fertilité, leurs compétences maternelles et leur orthodoxie religieuse. Pendant un bon moment, elles avaient parlé couches-culottes, circoncision, cashérisation des petits pots. Est-ce qu'il fallait prononcer la prière des nouveau-nés avant ou après le rot ? Areu-areu venait-il de l'hébreu ? Ety qui, quoique plus âgée que la plupart d'entre elles, n'avait pas encore d'enfant, se taisait. Puis Elisheva veillant à l'édification de ses compagnes, leur avait rendu compte de son voyage à Toronto auprès du rabbi et de la rabbanout. Car tel était le but, rien moins que frivole, de cette petite réunion : non pas papoter, mais propager et méditer la parole de ces saintes personnes, les maîtres des Bobovitchs.

Dans le salon, les barbus en habit noir n'avaient pas l'air de rigoler non plus.

En partant, Ety avait voulu serrer la main des invités, par politesse, comme il est d'usage quand on prend congé. Les femmes lui avaient abandonné une main molle, réticente. Les hommes s'étaient détournés.

« Chez nous, lui avait gentiment expliqué Elisheva, les hommes et les femmes ne se serrent pas la main. »

Chez nous !

Victor avait fait des remontrances à Abel. Ils n'étaient pas des Bobovitchs, eux. Il n'avait pas à leur imposer ça ! Quoi, ça ? ça ! ce cirque !

Les choses, peu à peu, s'étaient assouplies. Les séances de quasi-yeshiva avaient cédé la place, tant bien que mal, à de petites cérémonies qui ressemblaient peu ou prou à des repas de famille.

« Ce soir, on va manger chez Abel et Tatisheva ! » Les enfants prenaient un air pénétré.

Aller chez l'oncle Abel et la tatie Sheva, c'était autre chose que passer simplement une bonne soirée à jouer avec ses cousins. C'était maintenir un lien. Dans les familles ashkénazes il fallait à tout prix maintenir les liens, si on pouvait. Jeremy, Coraline et Lou se sentaient investis d'une mission.

Et en effet, à part maintenir le lien, ils n'avaient pas grand-chose à faire chez leurs cousins. Dans un grand immeuble de Belleville, ils prenaient l'ascenseur jusqu'au neuvième étage. Elisheva venait leur ouvrir, un enfant dans les bras, un ou deux autres accrochés à ses jupes. Elle les accueillait avec son grand sourire douloureux, leur paraissant toujours plus petite, plus menue, comme si elle rétrécissait après chaque grossesse et se ratatinait à mesure que ses enfants naissaient. Elle faisait la bise à Ety, aux filles, à Jeremy. Tant pis si c'était interdit. D'ailleurs, ça n'était pas vraiment interdit. Fallait pas exagérer. Elle s'exclamait sur la bonne mine de ses neveux. Comme ils avaient grandi ! En quelle classe étaient-ils ? Déjà ! Ils étaient en avance, des génies tous les trois, pas comme les siens, ah non !

C'est vrai que les siens avaient l'air... comment dire... dévitaminés. Les tout-petits toujours un peu enrhumés, le visage barbouillé de morve. Les filles portaient des robes à manches longues, des bas blancs en coton, qui tire-bouchonnaient sur les chevilles des deux plus jeunes, Rivkelé et Levana. Les garçons avaient tous une petite kippa sur la tête, et les tsit-tsit qui dépassaient de leur chemise boutonnée de travers. L'aîné, qui avait déjà fait sa bar-mitsva, était habillé en pingouin de yeshiva, avec le costume noir, la chemise blanche et le chapeau rond. Une moustache naissante mettait une ombre sur son visage blême.

On passait au salon, qui paraissait minuscule et gardait une légère odeur de lait vomi et d'urine de nourrisson.

On s'asseyait autour de la table.

Les onze petits Bobovitchs s'installaient sur les canapés, un peu en retrait.

Le spectacle commençait.

Ils regardaient avec une attention passionnée ces êtres étranges venus d'ailleurs, ces émissaires du monde goy, leur oncle, leur tante, leurs cousins. Parfois, Victor les apostrophait, de là-bas. Alors les filles pouffaient, rougissantes et confuses. Les garçons esquissaient un discret sourire. Et ils retournaient à leur contemplation. Heureusement, Elisheva apportait des paquets de saumon en tranches, des barquettes de salade en plastique, jetait le tout sur des assiettes en carton. Abel marmonnait une prière, et on mangeait. Cela faisait une diversion.

Quand les grands-parents vivaient encore, c'était pire.

Sachant que les hommes plafonnaient à un mètre soixante, les femmes à un mètre cinquante, on aurait dit un quatuor de nains maléfiques. Enfoncés dans leur fauteuil, plus figés que des momies, les vieux Kantorowicz, fixaient un œil hébété sur Victor et Ety, ces Français que leur fille avait ramenés dans la famille. Papa et maman Glouk, tout aussi interloqués, observaient leur fils travesti en pingouin. Ils assistaient à la reconstitution d'un ghetto imaginaire, qui n'avait jamais existé. Là-bas, en Pologne, chez eux, dans leur rue, déguisé comme ça jamais on n'avait été. On était moderne, moderne. Et on parlait yiddish.

Tout le monde regardait tout le monde. Personne ne reconnaissait personne.

La mère de Victor et d'Abel, Malka, était la première à se détraquer. Ce théâtre de figurants, où son passé grimaçait, la plongeait dans une angoisse sans nom. La pauvre vieille succombait à une agitation maniaque. Elle se levait, s'asseyait, repartait, trottinait de l'un à l'autre, harcelait Ety de questions, et finissait par répandre une atmosphère d'hystérie dans l'assemblée.

Il était temps de lever son camp.

Souvent, on se disputait sur le chemin du retour. Ety affirmait qu'elle avait passé une bonne soirée. Victor, lui, une soirée exécrable. « C'est mon frère, comprends-tu. Ça me fait mal de le voir dégénérer comme ça. » Ety disait qu'elle comprenait, mais qu'on avait sans doute du mal à juger. Il y avait mille manières d'être juif. Les Bobovitchs bénéficiaient à tout le moins du label de la tradition, représentaient une formule éprouvée par les âges, en somme. Comme s'il n'avait rien entendu, Victor l'attaquait au sujet de sa famille à elle. Elle avait un frère altermondialiste, ça valait bien un frère bobovitch. Ety ne voyait pas le rapport. Ta famille. Ma famille. On n'était pas gâté.

L'interne Chiche et son équipe réussirent à sauver Elisheva. D'ailleurs on avait surestimé le danger. Elle sortit de la salle de réanimation et on l'installa dans une chambre de l'hôpital, où, intubée et perfusée, elle recevait chaque jour la quantité d'éléments liquides et semi-liquides nécessaires à son rétablissement.

Abel n'était pas rassuré. N'avait-on pas subrepticement glissé du jus de porc ou de la farine de calamar dans les solutions injectées à sa femme ? Il exigea des preuves, mais on l'envoya balader.

Bientôt, les visites furent autorisées. Ety se rendit au chevet de sa belle-sœur.

L'hôpital, un ensemble de pavillons vieillots disposés autour d'un jardin fleuri, se trouvait dans la banlieue sud de Paris. Il fallait prendre le métro, puis un bus.

À l'accueil, Ety se fit indiquer la chambre d'Elisheva. Elle était située au quatrième étage du pavillon de médecine générale. À l'intérieur, cela sentait le désinfectant et la tristesse. Devant la chambre d'Elisheva, un chariot stationnait. On était en train de lui distribuer des soins.

« Il faut manger, Madame Kantorowicz ! » articulait la voix technique de l'infirmière. « Sinon, quand est-ce que vous allez revoir vos enfants ? » Enfin, l'infirmière sortit. Ety entra

Elle appréhendait un peu cette visite. Comme tout le monde, elle n'aimait pas trop les hôpitaux, ni les malades. On ne savait jamais s'il fallait s'asseoir ou rester debout, parler ou se taire, aborder les sujets douloureux de la souffrance et de la maladie ou bien aborder des sujets légers et rafraîchissants, comme la pluie et le beau temps. En général, avait-elle remarqué, les malades hospitalisés n'étaient pas très en forme. C'était difficile d'avoir une conversation intéressante et soutenue avec eux.

Elisheva était allongée sur son lit, dans une blouse d'hôpital, d'où sortaient deux jambes variqueuses et squelettiques, grosses comme deux allumettes. Son visage avait pris une teinte grise. Sans perruque, elle exhibait ses cheveux ternes, qui grisonnaient déjà, tout poisseux de sueur dans la chaleur étouffante de la chambre. Ses bras maigres étaient couverts d'ecchymoses violacées provoquées par les piqûres et par les perfusions.

Elisheva... Elisheva... Elishava pas du tout, en fait, pensait Ety, qui s'en voulait de faire des jeux de mots en pareille circonstance.

Cependant, en la voyant, Elishava s'anima. « C'est vraiment gentil, gentil d'être venue me voir. » C'est normal, c'est normal, répétait Ety, qui faute de mieux, en panne d'inspiration, aborda de front le sujet douloureux de la souffrance et de la maladie. Qu'est-ce qui se passait avec Elisheva ? Abel leur avait dit qu'elle se laissait mourir de faim. Pourtant, il fallait qu'elle mange. Elle avait onze enfants. La foi ne la soutenait donc plus ?

Alors Elisheva éclata.

Pendant une heure, ce fut un flot d'imprécations, de plaintes, de récriminations.

Elle en avait assez des Bobovitchs. Oh mais ! plus qu'assez. C'était quoi, sa vie ? Pondre des enfants. Les torcher. Les conduire à l'école. Les ramener. Leur faire à manger. Toujours dans les cris, les pleurs, les bobos, les otites, les eczémas. La saleté. C'est qu'elle voulait une vie normale, elle ! Sortir, aller au cinéma, lire des romans, s'instruire. Voir des gens. Exercer un métier. Elle avait un diplôme de bibliothécaire. Elle aurait pu travailler, monter dans la hiérarchie. Quelle erreur elle avait faite ! Ô comme elle enviait sa belle-sœur ! Comme elle aurait voulu avoir son style de vie ! Un appartement coquet, des vacances à l'étranger, où se mêlaient culture et détente. Non, elle ne le lui avait jamais dit, eh bien ! elle le lui avouait maintenant. Quelque chose de plus religieux, quand même, Ety et Victor étaient malgré tout un peu faibles de ce côté-là. Si elle trouvait du réconfort dans son milieu ? Tu rigoles ! Il n'y avait pas pire que les Bobovitchs. Les bonnes femmes, un ramassis d'idiotes. Les mecs, des fils à maman, complètement infantiles. Ils ne pouvaient pas s'arracher un poil du nez sans demander au Rav l'autorisation. Partout, des médisances, de la jalousie. À la synagogue, on s'épiait. Une mèche qui dépassait sous la perruque, et on jasait pendant des mois. Et qu'à la Bar-Mitzvah du fils Strumpfberg il y avait moins de monde qu'à celle du fils Machinsky.

Ety n'en revenait pas.

Elisheva continuait à se déverser.

Ce qu'elle ne se pardonnait pas, c'était d'avoir entraîné ses enfants là-dedans. Le petit Tévier, à onze ans, elle l'avait retiré du collège Hanabi pour le mettre à la yeshiva. Comme ça. Parce que les garçons devaient entrer à la yeshiva. Alors qu'il marchait très bien à l'école. Non. Vraiment, elle était folle. Bien sûr que si, elle croyait toujours en Dieu. Elle y croyait tellement qu'elle avait dans l'idée qu'il la punissait. Pourquoi ? Parce qu'elle ne s'était pas bien occupée de sa mère. Sa mère avait souffert toute sa vie, elle avait compté les cadavres autour d'elle dans les camps, elle était morte dans des souffrances atroces, et elle Elisheva, n'avait rien fait pour la soulager. Même, c'était elle qui s'était sentie soulagée à la mort de sa mère. C'était pour ça qu'elle ne mangeait plus. Pour se punir. Parce que Dieu la punissait. Son mari ? Laissez-moi rire. Toujours à la boutique, jamais à la maison. Avec lui, t'as toujours une solution dans la Torah. Il suffit de trouver le bon passage. T'as un problème ? T'as envie de te pendre ? Cherche le bon passage. T'as envie de noyer tes enfants dans la Seine ? Trouve la bonne prière.

À ce stade, il sembla à Ety que l'argumentaire d'Elisheva sombrait quelque peu dans la confusion.

Il se faisait tard. Il était temps qu'elle parte. Elle était très touchée, vraiment, qu'Elisheva lui ait accordé sa confiance, l'ait jugée digne d'une telle confidence. Toutefois, toutefois, elle craignait de ne rien pouvoir faire pour elle. Elle avait été capable de s'exprimer, de vider son sac, c'était très positif. Oui. C'était bien. Elle avait envie de changer de vie, certes ; le modèle Bobovitch tout d'un coup lui semblait critiquable, rien de plus légitime. Mais elle n'était pas seule. Cela engageait aussi ses enfants, son mari. C'est vers eux qu'elle devait maintenant se tourner, à eux qu'il fallait s'ouvrir.

Ety se fatiguait elle-même, à parler comme une assistante sociale. Elle sortit brusquement de la chambre.

Le soir même, Ety fit son rapport à Victor. Ils commentèrent longtemps les propos de leur belle-sœur. Elle était dans une belle impasse. Il y avait de quoi être inquiet.

Les vacances passèrent. Abel les laissa sans nouvelles.

À la rentrée, à l'occasion des vœux de Roch Hachana, ils reçurent une carte d'Elisheva. J'ai fait ma crise, disait-elle. Je suis désolée d'avoir importuné Ety avec mes petites misères. Qu'elle se rassure. Maintenant, je vais parfaitement bien. Je mange à nouveau normalement. J'espère avoir repris d'ici quelques mois le poids que j'avais avant la mort de maman. Que vous soyez inscrits sur le Livre ! que cette année vous soit douce ! Pour tous réussite et bonheur !

La crise d'Elisheva était terminée.

Les deux pigeons

Cette année-là, pour les vacances, ils avaient décidé d'innover. Les enfants avaient grandi. Ils partaient chacun de son côté, Coraline avec son ami, Lou en Afrique avec une mission humanitaire, Jeremy avec des potes. Victor et Ety se retrouvaient seuls, en amoureux, comme aux premiers temps.

— Et si on louait une maison à la campagne ?

Dès le début, Ety s'était méfiée de cette proposition. Cela sentait le piège. Victor détestait la campagne, il le lui avait assez souvent répété. La France profonde l'angoissait. La nature ne pansait pas ses blessures. Il aimait bien un bois, un pré, comme ça, en passant, à condition qu'il y ait au bout un bistrot sympa et un kiosque à journaux où on pouvait acheter *Le Monde*. Pour Ety au contraire, c'était un idéal. Elle rêvait de grand air, de coulées vertes, d'une maison confortable mais solitaire au milieu des champs. La vue des feuilles, de l'herbe la rendait euphorique. Dans le train, en voiture, quand le tissu urbain se trouait et laissait apparaître les prémisses d'une forêt, elle écrasait son nez à la fenêtre, s'agitait sur son siège, comme un chien tirant sur sa laisse à l'annonce de la promenade. Sans doute un héritage des vacances chez mémère, quand elle était petite. Ces divergences éthiques avaient amené de nombreuses disputes entre les époux Glouk. Mais à présent, Victor n'en démordait pas. Cet été, on allait louer un gîte rural. Il se sentait prêt. Tu es sûr ? insistait Ety. Oui, oui. Il était sûr.

— J'amènerai ma collection de journaux yiddish...

— Toute ta collection ? Ça va pas faire beaucoup ?

— Tu crois ? Alors je prendrai seulement mes *Blatt-Blatt*. J'avancerai mon livre sur la sociologie du *vits* yiddish. Tu verras, ça nous fera du bien de nous mettre au vert.

De toute manière, on n'avait pas le choix, puisqu'ils en avaient assez des échanges d'appartement, et qu'en août, la mer, la montagne, les grandes capitales, les circuits à l'étranger, tout était pris d'assaut, tout était impraticable...

Ety avait longuement étudié les offres de location sur Internet. Sa recherche s'était concentrée sur les maisons indépendantes, trois épis au moins, animaux non acceptés. Au bout de plusieurs jours de labeur, elle avait proposé à Victor une sélection de gîtes ruraux répondant à leurs exigences de confort et de tranquillité. Ensemble, ils s'étaient décidés pour un pigeonnier restauré et aménagé par les propriétaires. La bâtisse élancée, avec son toit pyramidal, avait un air plaisant de donjon médiéval. C'était au sud de la Loire, du côté de la Gascogne, donc, en principe, on aurait du beau temps. Un détail, cependant, avait inquiété Ety. Sur la carte routière, on voyait nettement que le village était traversé par une route nationale. Mais, au téléphone, l'agence de réservation se montra rassurante. Le gîte n'était pas situé *sur* la nationale, mais *en retrait* de la nationale, à 500 mètres. 500 mètres, c'est abstrait. Ety sortit faire des tests dans son quartier, pour se rendre compte. Elle remonta la rue de Rochechouart jusqu'au boulevard Barbès. De là, on n'entendait plus du tout le bruit de l'avenue Trudaine ; et pourtant, elle n'avait pas marché plus de cinq minutes. Or si en une heure, soit soixante minutes, un marcheur moyen parcourt cinq kilomètres, en cinq minutes, soixante divisé par douze... oui, enfin, en gros, c'est bon, à cinq cents mètres, on est assez loin... le bruit s'estompe. Satisfaite, Ety avait envoyé des arrhes, et, en juin, elle avait réglé le solde.

En lui-même, le voyage vers le pigeonnier ne s'était pas bien passé. Ils avaient pris la voiture, bien sûr, car comment faire à la campagne ? Mais, manquant d'expérience, ils avaient réalisé trop tard qu'ils participaient à une vague de grand départ. La journée était classée « noire » par Bison futé. Quand ils avaient appris la nouvelle sur leur autoradio, ils étaient déjà coincés dans leur premier bouchon, sur le périphérique, un peu avant la porte de Saint-Cloud. Jusqu'à Vierzon, Victor fit preuve d'une bonne humeur remarquable. « Il suffit de prendre son mal en patience », répétait-il. « On finira bien par arriver. » Le trafic était souvent ralenti. On en profitait pour se dévisager, d'un véhicule à l'autre. Des chiens passaient la tête à la fenêtre. Des autoradios hurlaient. Les conducteurs bavardaient avec leurs passagers. Certains passagers avaient basculé leur siège et voyageaient les pieds sur le tableau de bord. À l'arrière, des enfants jouaient aux cartes ou se disputaient un paquet de gâteaux. Tous les automobilistes buvaient de l'eau minérale dans des bouteilles en plastique qu'ils jetaient ensuite sur la chaussée. C'est qu'ils suivaient les conseils de Bison futé, en cas de grande chaleur, pensez à vous hydrater régulièrement. Les Glouk, eux, souffraient. Leur voiture qui n'était pas climatisée avait chauffé comme un four à pizza. Leur eau avait chauffé aussi. En boire les répugnait. D'ailleurs, c'était risqué ; on ne savait pas, à cette allure, quand on atteindrait la prochaine aire de repos. Mieux valait ne pas se remplir la vessie. Ety ne décolérait pas. Comment avaient-ils été assez bêtes pour se laisser prendre au piège ! En s'y prenant à l'avance, ils auraient pu mettre la voiture sur le train...

À la sortie de Vierzon, alors qu'Ety conduisait, Victor commença à émettre ses premiers doutes quant à la pertinence de leur choix de vacances. Ils venaient de prendre leur repas dans un restaurant autoroutier où, après avoir patienté une demi-heure pour s'asseoir (la file d'attente qui s'étirait peu auparavant au poste de péage s'étant reconstituée dans la station-service), ils n'avaient pu manger que des sandwiches au thon mal décongelés. « Je me demande si c'est une si bonne idée que ça » dit Victor, écoeuré par une remontée de mayonnaise. Comme sa femme, décidément mal lunée, ne répondait pas, il s'endormit. Quand il se réveilla, on était dans un bouchon, du côté de Limoges. « Les vacances à la campagne » reprit-il, « ça ne me réussit pas, en général. » Ety proposa, entre ses dents, de faire demi-tour et de rentrer à Paris. Non, bien sûr, ce n'était pas ce qu'il voulait. Il voulait simplement attirer son attention sur le fait que c'était difficile pour lui, en général, les vacances à la campagne. Ety attendait qu'il lui raconte, encore une fois, ses vacances dans la Creuse avec Michelle. Elle connaissait l'histoire par cœur. Le gîte était humide, la chambre à coucher était dans la cave, il avait plu tout le temps, ils n'avaient pas arrêté de s'engueuler, ils étaient quand même restés ensemble, ils avaient même failli se marier. *Et cœtera... et cœtera... s'il me le raconte encore une fois je le dépose sur la bande d'arrêt d'urgence.* Mais Victor se tint coi et se contenta de plisser le front.

Heureusement, en été, les jours sont longs. On y voyait encore assez clair quand ils arrivèrent enfin à destination, après douze heures de voyage. Au moins, pour une fois, ils ne s'étaient pas perdus ! De la route, Ety avait instantanément reconnu le pigeonnier. C'était le même donjon pyramidal que sur la photo, *fièrement campé face au village*, comme il était dit dans le descriptif. Madame Arsac, la propriétaire, les attendait. Elle les accueillit très chaleureusement, avec toute la gentillesse et la faconde des gens du midi. Les lits étaient faits. Les vélos avaient été révisés. Les chaises longues avaient été revissées et le barbecue dégraissé. Il y avait pour eux, dans la corbeille, des melons, des pêches, des courgettes et des tomates, et bien sûr de l'ail, la spécialité locale. Il y avait aussi sur la table deux verres, un tire-bouchon et une bouteille de vin. Pour assaisonner leurs plats, les plantes aromatiques du jardin étaient à leur disposition ; thym, menthe, sarriette, ils pouvaient se servir à volonté. Abrutis de fatigue, sales, épuisés, sentant la sueur et l'essence, les Glouk se demandaient quand cette jolie petite femme brune, toute menue et toute vive, allait consentir à se taire. Ranger leurs affaires, prendre une douche, se détendre en sirotant un verre de ce vin dont on leur faisait l'offrande, voilà tout ce à quoi ils aspiraient, là, à l'instant, dans l'immédiate immédiateté. Mais l'intarissable pipelette gasconne poursuivait son aimable babil, énumérant à présent les sites à visiter et les sentiers à explorer. À Barsac, une petite chapelle surprenante, du XVII° siècle ; à Marsac, un escalier à vis dans un château du XVI° siècle ; un musée de la noisette tout à fait intéressant sur la route de Narcejac ; et, ah, oui ! un lac, ravissant. À découvrir ! absolument ! Entre Foutrac et Sarsac. Un peu confus, Victor crut l'entendre parler d'une synagogue à roulette à Polacs, mais il s'agissait d'une fermette rigolote à Bellac.

Quelques jours plus tard, à midi, les Glouk étaient assis à la terrasse de l'Auberge de la dent creuse, un restaurant qu'on leur avait chaudement recommandé. Ils avaient décidé de s'accorder ce moment de détente autour d'un bon repas, car depuis leur arrivée en Gascogne, ils avaient rencontré plus de sujets d'irritation que de contentement. Oh ! rien de bien grave ! Le gîte lui-même était propre et agréablement aménagé. Ety avait immédiatement pris possession du troisième étage, une vaste chambre aménagée sous la haute charpente ouvragée, où elle se réfugiait après la sieste, pendant que Victor, ayant installé son ordinateur sur une table du jardin, travaillait dehors à la lumière du jour. Mais il avait fallu se rendre à l'évidence : il n'y avait rien au village, ni commerce, ni café. Aussi tous les matins, vers onze heures, partaient-ils chercher un peu de vie sociale à Saint-Marsan, le gros bourg à quinze kilomètres de là. On devait se hâter car tout fermait à 12 h 30. On achetait la presse locale et la presse nationale. On sirotait un citron pressé à la terrasse du Saint-Marsan, sous les arcades, face à la halle, au milieu de quelques touristes anglais attablés devant leur pinte de bière, tandis que les Gascons, souriants mais distants, bavardaient entre eux accoudés au comptoir à l'intérieur du bistrot. Au retour, on s'arrêtait à l'Intermarché pour faire les courses. Tout cela agaçait Ety. Elle était venue à la campagne pour respirer l'air pur, et voilà qu'on passait la moitié de son temps en voiture ! D'ailleurs, à propos de voitures, ce qui l'agaçait encore plus, ce qui l'énervait prodigieusement, c'était le bruit de la Nationale. Car, évidemment, on leur avait menti. Le gîte n'était pas éloigné de 500 mètres de la Nationale, mais de 200 mètres, pas plus ! Et on entendait parfaitement le bruit ! Et non seulement on entendait le bruit, mais on voyait distinctement le défilé des véhicules, puisque le jardin était en surplomb de la route. Aux pétarades des motos succédait le chuintement des autos, puis le vacarme des camions faisant trembler leur chargement. Et cela sans fin, avec juste une accalmie la nuit et le dimanche, qui rendait plus douloureuse la reprise du lundi matin. Le lendemain de leur arrivée, bien décidée à profiter de l'air (on n'était pas venu à la campagne pour rester enfermé !) Ety s'était étendue dans une chaise longue, avec un livre, derrière une haie de tournesols. Quand elle s'était relevée, la tête vibrante, elle avait l'impression d'avoir passé deux heures dans un garage.

Qu'importe ! Elle se rattrapait avec les balades. Vers cinq heures, sa journée commençait enfin. Victor éteignait son ordinateur et on allait faire un tour, parfois jusqu'à la nuit. À pied, à bicyclette, ils traversaient un beau paysage de coteaux et de vallons.

Les champs de maïs alternaient avec les pièces de tournesols, qui tournent la tête, boudeurs, dès que le soleil se retire. Ils marchaient au milieu d'arbres dont ils ne connaissaient pas les noms, croisaient un moulin, la tour pointue d'un élégant pigeonnier. Sur le bord de la route, devant leurs maisons, des femmes vives, brunes, menues et avenantes les saluaient. Des vaches tendaient vers eux leur mufle baveux. Ety s'enivrait d'odeurs fraîches.

Mais Victor vivait un calvaire. Un essaim composite de taons, de moustiques, de moucherons, libellules et autres lucioles l'escortait depuis ses premiers pas sur le sentier jusqu'à la fin de la promenade. Une sorte de halo bourdonnant se déplaçait avec lui. « Pourquoi moi ? gémissait-il. Pourquoi m'ont-ils choisi ? Pourquoi tant d'épreuves, mon Dieu ? » « Mets des manches longues » lui conseillait Ety. « Mets des chaussettes, des pantalons. » Elle l'aspergeait de citronnelle, l'enduisait de répulsif. Rien n'y faisait. Les insectes revenaient former leur escorte fidèle. Victor rentrait au gîte boursouflé et saignant. Ety appliquait de la crème apaisante sur ses piqûres. Ils en avaient compté trente-cinq, des oreilles aux talons.

Le soir, Victor pleurait souvent avant de s'endormir. Il n'aimait pas la nature, elle le lui rendait bien. Qu'est-ce qu'il était venu faire là ? Et il entonnait son refrain : « Je ne sais pas si c'est une bonne idée. Non. Je ne sais pas si c'est une bonne idée... »

Bref, leurs vacances avaient mal commencé. Il était temps de réagir. Il fallait mettre fin à la spirale des échecs, engranger au moins une expérience positive. Voilà pourquoi ils s'étaient assis, ce jour-là, à la terrasse de *L'Auberge de la dent creuse*. Au pays de la gastronomie, du confit de canard, du foie gras et des cèpes, un repas au restaurant valait à coup sûr toutes les thérapies. D'ailleurs, ils se sentaient déjà mieux, dans cet endroit ravissant, bordé de buissons et de fleurs. Le soleil brillait. De l'autre côté de la route, les tournesols exaltés redressaient leur corolle. L'œil contemplait avec ravissement cette mer jaune sous le ciel bleu. Ah ! Ils avaient bien trouvé la perle rare ! Pour une fois, sans doute, les guides touristiques et les informateurs locaux, leur promettant « une cuisine savoureuse dans un cadre enchanteur », ne les avaient pas trompés.

Malheureusement, ce petit paradis avait été troublé par un quatuor de retraités parisiens qui étaient venus s'attabler pile poil à côté d'eux. En guise de conversation, ils se mirent à hurler à la cantonade des propos qu'ils avaient dû déjà mille fois échanger entre eux. Une des femmes vociféra qu'elle avait entendu Machin sur France-Culture. L'autre lui répondit en criant qu'elle faisait toutes les saisons de l'Opéra, mais qu'elle n'y allait plus depuis que c'était à la Bastille. Beuglant à son tour, un des hommes se lança dans un récit interminable, d'où on retirait que sa belle fille, Anne Marie, s'était piquée d'écrire un roman et qu'alors il avait mis une plume de canard sur la porte de sa maison. En guise de symbole, n'est-ce pas ?... Public captif, les Glouk baissaient la tête sous l'avalanche de platitudes qui recouvrait leur propre conversation, se disant que leur repas risquait d'être gâché. D'autant plus que le quatrième vieillard, un peu sourd, n'avait pas compris le coup du symbole de la plume de canard, et que son vis-à-vis reprenait toute l'histoire de la belle-fille romancière, en s'époumonant cette fois à s'en faire claquer les jugulaires.

Sur ces entrefaites était arrivé le patron de l'auberge, un vrai monsieur chichi, qui, quoique marié à la serveuse du bar, leur avait récité le menu avec des minauderies de folle du bois de Boulogne. Le menu lui-même, d'ailleurs, semblait se dandiner des hanches, en plein délire d'imitation de l'urbain chic. « Pour la joie de votre palais, messieurs dames, aujourd'hui nous vous proposons, en entrée la tomate fraîche pelée garnie d'une pressade de thon relevée d'une pointe de poivre vert et assaisonnée au yaourt, en plat le suprême de pintade avec sa chips de pomme de terre servie sur lamelle d'aubergine marinée à l'huile d'olive et au jus de viande, et pour finir, la charlotte aux fruits de la passion avec son coulis de cassis aux arômes de concombre créole. »

Les Glouk auraient préféré un menu régional. Mais Monsieur Chichi les avait toisés d'un air froid où le mépris le disputait à l'indifférence. Vous voulez dire foie gras, confit de canard, gésiers et cassoulet ? Ces plats de péquenauds hyperploucs ? Ces ringardises pseudo-authentiques pour touristes gogo en manque de terroir ? C'est ça que vous voulez ? Plutôt que ma tomate pelée ?...Oui, bien sûr, si vous y tenez, je peux vous faire ça. Non, non. Après s'être brièvement consultés du regard, Victor et Ety s'étaient immédiatement rétractés. Ils avaient commandé le menu du jour, avec enthousiasme. Désirez-vous un apéritif ?

Pendant tout le temps qu'avait duré cette négociation, les quatre vieux malfaisants d'à côté, attentifs aux propos du patron, avaient observé une trêve silencieuse. Ce n'était que partie remise. Dès que Monsieur Chichi eut tourné le dos, les beuglements reprirent de plus belle. La tomate pelée atterrit sur la table des Glouk au moment même, où dans une sorte d'acmé polyphonique, la ligne mélodique de la symbolique de la plume de canard se superposait au puissant contrepoint de la non-fréquentation de l'opéra Bastille. Il n'est pas à exclure que cette tomate pelée ait été arrosée de quelques postillons. Pauvre tomate pelée farcie au prêchi-prêcha de thon ! Elle rappelait à Ety la tomate au thon du vendredi, à la cantine du lycée, quand elle était demi-pensionnaire. Même tristesse fripée, même aigreur ! Quant au suprême de pintade qui suivait, il ne valait pas mieux. Un poulet qui aurait raté sa mutation génétique. Pour la garniture, le patron n'avait pas menti, au moins. La lamelle d'aubergine était bien *une* lamelle, fragile dans son unicité et sa translucidité.

Consternée, Ety remuait sa chips de pomme de terre avec le bout de sa fourchette en pensant qu'elle aurait encore droit à une scène, tout à l'heure. C'est sûr, Victor, en face d'elle avait l'air au bord de la crise existentielle. Par avance, elle imaginait leur prochaine dispute et les arguments qu'ils se lanceraient à la face. Où éclaterait-elle ? Dans la voiture ? Dans le pigeonnier ? Il n'y a personne à qui parler, dirait Victor, je n'en peux plus de ce huis clos seul entre quatre têtes avec toi j'ai besoin d'un extérieur on est un vieux couple on se connaît trop faut pas nous prendre pour des pigeons ; vexée, elle lui dirait qu'elle aussi elle en avait marre du huis clos mais pour deux semaines qui restaient c'était supportable non ? Il lui dirait je sais je n'y peux rien ça me tape sur le système il faut comprendre ça me tape sur le système ce vide ce calme ce rien ces villages morts ces commerces fermés rituellement religieusement à 12 h 30 et puis à 19 heures comme si vraiment il y avait des choses tellement plus intéressantes à faire chez soi dans son jardin quoi ? la bouffe l'amour la télé ? les gens aussi ça leur tape sur le système tout le monde s'emmerde ici ça se voit y a qu'à regarder les jeunes qui tournent sur leur moto autour du village ; elle lui dirait mais qu'est-ce que tu en sais ? les gens au contraire ils ont l'air plutôt heureux dans leur magnifique nature ils cherchent à préserver leur mode de vie si tu crois que ça les fait rêver, Paris, le bruit, le gris, la course à quoi ? Elle lui dirait c'est incroyable ce mépris de la France profonde alors que tu n'essayes même pas de discuter avec les gens. Il lui dirait si j'ai essayé avec le propriétaire du pigeonnier quand il est venu arroser son champ figure-toi il m'a dit qu'il faisait du maïs hybride mais qu'il allait laisser tomber pour se mettre aux semences de betterave à cause de la politique de la PAC je n'ai pas compris de quoi il me parlait c'est le genre de conversation qui me déprime absolument j'ai l'impression de discuter avec les Martiens. Elle lui dirait quel sociologue tu fais. Il lui dirait la campagne c'est pas mon terrain. Elle lui dirait demain tu fais tes valises je te raccompagne à la gare, tu rentres à Paris.

Or rien de tout cela n'avait eu lieu.

La fin du repas s'était transformée en une scène de dénouement de comédie classique, où les personnages dépouillent leur fausse apparence et révèlent leur véritable identité. Monsieur Chichi avait fait sa maîtrise de sociologie à Toulouse avec un collègue de Victor, avant de tenter sa chance dans la restauration. Sa femme, la serveuse du bar, était la fille de réfugiés espagnols, comme beaucoup dans la région. Sur ce, Victor, qui était allé aux toilettes, en était revenu bras dessus bras dessous avec le vieux à la plume de canard symbolique. Il s'appelait M. Grinberg. Enfant pendant la guerre, il avait été caché à Lignac, tout près d'ici. Oui, la région était accueillante, et des histoires, il y en avait à raconter, de quoi remplir toute une bibliothèque.

Cet épisode avait marqué un tournant dans les vacances des Glouk. Le soir même, à la promenade, les moustiques avaient cessé de harceler Victor. Il se sentit réintégré dans l'humanité. Il se détendit peu à peu, se mit à profiter des siestes, des nuits, à apprécier les paysages, à parler tendrement aux ânes qui broutaient des tournesols sur le bord de la route. Et ils se mirent à chercher, pour l'été suivant, - qui sait ?, peut-être ? Pourquoi pas ?- un autre gîte. « Plus près de la ville, quand même », précisait Victor. « Mais plus loin de la Nationale » répondait Ety.

La bar-mitsva de Jeremy

Un mois déjà qu'on avait envoyé les faire-part ; on attendait toujours la réponse de Vlady.

« Il viendra. Il va répondre » se répétait Ety. Dans quelques jours, elle fêterait son anniversaire. Pas de doute, Vlady lui ferait signe à cette occasion. Bien sûr qu'il viendrait à la bar-mitsva ! Il dirait peut-être « communion », pour la faire enrager, mais il viendrait.

Mais l'anniversaire était passé. Ety n'avait reçu ni carte postale ni coup de téléphone.

Ses relations avec son frère avaient toujours été brutales. Depuis la mort de leur mère, cela ne s'était pas arrangé. Quelle vacherie, quand même, ce silence !

Cependant, la date de la cérémonie approchait. On devait connaître le nombre des convives pour passer commande au traiteur. Il fallut bien prendre sur soi, et appeler Vlady. Ety se saisit d'un prétexte quelconque, une lettre du notaire qu'elle avait reçue et qui les concernait tous les deux.

Sa belle-sœur décrocha le téléphone. Comme d'habitude, elle avait son ton d'ahurie. Derrière elle, on entendait les trois enfants qui hurlaient. Ils se battaient pour avoir le privilège de parler à Tatety, à tante Ety. De sa voix niaise, leur mère les encourageait. « Parle à Tatety, parle à Tatety ! » Tatety dut les saluer chacun son tour. Impossible d'y échapper. Bonjour, Philippe. Bonjour Frédéric. Bonjour Claire. Tu vas bien ? Quels prénoms, mon Dieu ! Les parents avaient fait une fixette régressive sur les années cinquante, ma parole. Quand je pense que leur nom de famille est Bel. Philippe Bel. Il doit s'amuser, celui-là, à l'école, quand la maîtresse fait l'appel. Comme moi, autrefois... Ethel Bel...

Les petits bafouillaient des bonjours bonjours, puis ils s'arrêtaient net, restaient stupides, ne trouvant plus rien à dire. À cet âge, on n'a aucun esprit de conversation. Ety percevait des chuchotements, des ricanements, des froissements. Le combiné se balançait dans le vide. Les enfants avaient déserté le poste. Rien à faire de ces baveux, de ces neveux.

Vlady prit le combiné à son tour et dit « allô ». Quelle voix de fausset ! Au téléphone, les gens s'y trompaient souvent. Ils croyaient avoir affaire à une femme. « Madame Bel ? Non, Monsieur Bel à l'appareil. Ah ! pardon madame... »

Ety lui parla de la lettre du notaire. Il réclamait un document, le dernier relevé des comptes de copropriété de leur mère. Oui. C'était bien Vlady qui l'avait. Il l'enverrait au notaire. Au fait, puisqu'il avait sa sœur au bout du fil, avant qu'il n'oublie, il voulait lui dire qu'ils ne viendraient pas à la bar-mitsva, ni lui ni sa femme ni ses enfants.

Ety reçut un choc.

— Mais pourquoi ?

— Je n'ai pas de justification à donner. C'est mon droit.

La voix du frère, déjà, s'emplissait de violence.

— Ce n'est pas ce que tu crois, balbutia Ety. Un rabbin, ce n'est pas un curé ; une synagogue, ce n'est pas une église ; une bar-mitsva, ce n'est pas une communion.

Cette fois, un silence ironique lui répondit.

— Bien, dit Ety. Et elle raccrocha.

Victor lisait dans le salon. « Mon frère ne vient pas à la bar-mitsva » lui annonça-t-elle.

Ils recommencèrent à faire leurs comptes. Les grands-parents de Jeremy ne viendraient pas, parce qu'ils étaient morts. Son grand-oncle s'était désisté. Il était trop vieux. Les collègues de Victor s'étaient excusés. Ils allaient au mariage de la fille du professeur Cohen-Tardiveau, membre de l'Institut. L'amicale de Sokolow s'était dérobée : à cette date, personne n'était à Paris.

Que restait-il ? Trente personnes, ouais, en comptant large, en espérant que les amis qui s'étaient engagés amèneraient tous leurs enfants.

C'était minable, même pour des Ashkénazes.

Pour sûr, la défection de Vlady et des siens n'arrangeait pas leurs affaires. Sans mentionner la peine que cela faisait à Ety, que cela ferait à Jeremy, quand on lui annoncerait, à son retour de classe verte, que son oncle n'assisterait pas à sa bar-mitsva.

En attendant, il fallait prendre des mesures. On allait lancer de nouvelles invitations, élargir le cercle, revoir la liste. Il y avait des gens qu'on avait éliminés dans un premier temps. On avait eu tort. Et, en effet, les Glouk réussirent, grâce à leur seconde liste, à récupérer une quinzaine d'invités. Monsieur Li, le professeur de judo de Jeremy, déclara qu'il serait ravi d'assister enfin à une cérémonie juive. Les Elbaz, avec qui les liens s'étaient relâchés ces derniers temps, s'empressèrent d'accepter. À eux deux, ils comptabilisaient une petite dizaine d'enfants, issus d'une série de mariages antérieurs. Ils essaieraient d'en amener un maximum. Ah ! il y avait des réactions qui faisaient chaud au cœur. On arrivait maintenant à une cinquantaine de personnes. C'était, ma foi, fort honorable, surtout pour des Ashkénazes. Ouf ! On ne perdrait pas la face.

Jeremy rentra à la fin de la semaine. Il avait le teint rose. Sous l'effet du soleil, des taches de rousseur avaient essaimé sur son nez et ses joues. Ses cheveux avaient blondi. Il avait un peu grandi. Cet été, c'est sûr, il dépasserait sa mère. La classe verte avait été « géniale », voire « trop géniale ». Ils avaient fait du VTT, du rafting, du trekking, du sloping, et notre prof d'anglais, tu sais, Madame Ventraterre, et ben, on l'a vue en maillot de bain...

« Jeremy, il faut qu'on te dise... »

Jeremy n'en revenait pas. Son oncle refusait de venir à sa bar-mitsva ! Mais pourquoi ? mais comment ? Il ne pouvait pas lui faire ça ! Son seul oncle maternel ! Sa seule famille du côté de sa mère ! Quand grand-mère venait de mourir ! Et comment cela, il n'avait pas de raison à donner ? Ah ! c'était son droit ? Et son neveu, ça n'était pas son droit, à lui, que son oncle lui donne des explications ? « Ah ! le babouin ! ah ! le babouin ! » répétait-il, confondant sans doute le singe cynocéphale à museau noir avec son petit frère le sagouin, dont le nom sert à désigner, dans la langue argotique, un méchant homme.

Victor et Ety, navrés, regardaient leur fils se débattre. Eux non plus n'avaient pas d'explication à donner. Ety invoquait le passé de son frère, maoïste, puis guévariste. Victor rappelait que les rapports avaient toujours été tordus entre Ety et Vlady. N'empêche. Ils se sentaient punis. « On n'a pourtant rien fait de mal », plaidaient-ils à leur propre usage. Juste une petite bar-mitsva. Lou et Coraline, les filles aînées, avaient trouvé cela incompréhensible, elles aussi.

Finalement, tout s'était très bien passé.

La cérémonie s'était déroulée dans la petite synagogue tunisienne où Jeremy, entraîné par un camarade, avait suivi ses cours de Talmud Torah et où les Glouk avaient fini par prendre leurs habitudes. La cinquantaine de personnes sur lesquelles on comptait était là, à quelques unités près. Bien sûr, il y avait plus de goys que de juifs ; bien sûr Abel et Elisheva, avec leurs onze enfants, formaient l'essentiel du contingent judaïque. Mais on n'allait pas faire la fine bouche, n'est-ce pas ? Mêlé à la troupe ordinaire des fidèles, leur groupe hétéroclite passait inaperçu. Jeremy avait bravement chanté ses prières. Il avait lu sans une faute, sans un accroc, les passages de la Torah qu'il avait préparés. Le rabbin l'avait félicité pour son commentaire. Assis dans leurs fauteuils de cérémonie, de part et d'autre du pupitre, Victor et Ety regardaient avec émotion leur petit bonhomme qui, tout seul face à l'assistance, psalmodiait d'une voix fraîche des mélodies très anciennes. Les fauteuils réservés aux grands-parents et aux oncles maternels étaient restés vides. Ety ne pouvait s'empêcher de ressentir un pincement au cœur. Dans la salle, Lou et Coraline couvaient leur petit frère des yeux.

Le lendemain, tout le monde s'était retrouvé dans la salle des fêtes de la Synagogue, autour du buffet casher qu'on avait commandé chez un traiteur marocain de la rue Richer.

Maintenant on bavardait, un verre à la main. Jeremy, qui avait ouvert ses cadeaux, chahutait avec quelques camarades de son âge.

Victor s'était détendu. La veille, sur le chemin de la synagogue, il était en proie à une nervosité incontrôlable. Il n'arrêtait pas de houspiller Jeremy. (Avance. Recule. Ne reste pas là. Viens ici. Pourquoi t'as pris la kippa blanche ? pourquoi t'as pas pris la brodée ? On n'avait pas dit que tu prendrais la brodée ? Ety, on n'avait pas dit qu'il prendrait la brodée ? Alors pourquoi il a pris la blanche ? Non, ce n'est pas grave, mais si on lui dit de prendre la brodée, pourquoi il prend la blanche ?) Au moment de traverser la rue, il avait failli se faire renverser par une voiture, tant il avait la tête ailleurs. Le conducteur l'avait traité d'enculé. À présent, souriant et riant aux éclats, Victor discutait avec Jacques Elbaz.

Abel jucha son neveu sur ses épaules et le promena dans la salle. Les invités qui connaissaient la coutume formèrent un cortège qui les suivit en chantant « David Melech Israel ». Jeremy, ravi, confus, passa d'épaules en épaules. C'était très gai. On renouait vraiment avec la tradition.

Ety s'était juré de ne plus adresser la parole à son frère.

Six mois passèrent, puis un an.

Parfois, elle se demandait quelle tête avaient maintenant ses neveux. Cela change si vite à cet âge. Il lui arrivait de se raconter une belle histoire : Vlady, rongé de remords, conscient du mal qu'il avait fait, téléphonait pour s'excuser. Oui, il aurait dû venir à la bar-mitsva. Il respectait le choix des Glouk, leur attachement au peuple juif.

On peut toujours rêver, non ?

En fait, Ety savait quels bruits couraient sur elle, dans sa famille. Qu'elle était en train de virer hassid, hassid chlorhydrique, même, sous l'influence de Victor. Qu'elle devenait bigote. Bigote juive, la pire espèce ! Sa mère, la vieille Gisèle, n'était pas la moins acharnée à fustiger ce ridicule retour à la tradition, du jamais vu dans la famille ! Tout avait commencé quand ils avaient renoncé au porc. Pourquoi le porc et pas les champignons ou les crêpes à l'armagnac ? Mauvaise, la mamie servait du jambon à Jeremy quand il mangeait chez elle. La tradition ! laisse-moi rire ! un tas de vieilleries, oui ! un tas de superstitions !

Une autre année avait passé. Jeremy était entré au lycée. Coraline s'était mise en ménage. Lou leur avait donné des soucis.

Un jour, Ety avait reçu un chèque du notaire : un trop-perçu qui n'avait pas été pris en compte au moment de la succession. Elle pensa d'abord adresser sa part à Vlady par courrier, avec un petit mot d'explication, quelque chose de très sec. Elle avait déjà collé l'enveloppe. Puis elle se ravisa. Elle n'allait pas mourir brouillée avec son frère. Elle devait saisir l'occasion.

Le soir, elle l'appela. Cette fois, ce fut lui qui décrocha. Leur brève conversation fut interrompue à plusieurs reprises par les hurlements des enfants. Malgré l'heure tardive, ses neveux étaient encore en activité, plus malfaisants que jamais. Pourtant, deux ans s'étaient écoulés. Ils auraient dû en profiter pour grandir, peut-être. Mais ils continuaient à danser la sarabande en criant « Qui c'est ? qui c'est ? Veux parler à Tatety ! Veux parler à Tatéty ! »

La voix de Vlady était glaciale. Décidément, on ne sentait pas l'ouverture. Elle eut envie de raccrocher.

Elle lui parla du trop-perçu, puis, très rapidement, lui proposa de manger avec lui au restaurant, un jour. Il accepta sur-le-champ – oui, pourquoi pas ? – avec une sorte de soulagement.

Leur rendez-vous eut lieu dix jours plus tard.

Ety sortit du métro à la station Place d'Italie. Une foule désordonnée se pressait vers le centre commercial. Une foule inverse affluait vers le métro. Un petit garçon trop gros et trop véhément faisait des remontrances à ses parents. Elle contourna le groupe pour se diriger vers l'avenue de Choisy, où quelques maisonnettes à toit rouge, rescapées de la spéculation immobilière, faisaient face à l'immense masse grise d'une barre d'habitation bordée de marronniers étiques. Bien qu'elle ne fréquentât guère le quartier, elle trouva rapidement le petit Chinois de la rue Edison, non loin du cabinet médical où Vlady exerçait. À l'intérieur, installé à une table mal éclairée, son frère l'attendait déjà. Bise ou pas bise ? Bise.

Elle l'observa. Il avait vieilli. Elle aussi sans doute.

Il avait toujours son air de gamin arrogant, mais avec des fils blancs dans ses frisettes. Pendant un bon moment, on parla de tout et de rien, c'est-à-dire de lui. Son travail. Sa femme. Ses collègues. Ses enfants. Leur intelligence, leurs talents. Son appartement. Juste ce qu'il cherchait. Ses vacances. À la montagne. Ses projets de consultation gratuite pour les sans-abri.

Comme d'habitude, Ety approuvait, écoutait, s'émerveillait, s'éberluait, s'inclinait devant tant de bonheur et tant de réussite. Derrière les enjolivures de la fable, elle savait bien, pourtant, ce qui se cachait de détresse et de misère, l'épouse paumée, les enfants diaboliques qu'on fuyait le week-end dans de longs joggings en solitaire, la routine du médecin qui soigne la fatigue des pauvres et les varices des vieux. Mais, chut ! Pas d'ironie ! taisons la critique ! Elle avait toujours été la mère de tout le monde, dans cette famille. Elle était tout ouïe, une oreille attentive, un cœur aimant. On ne lui en demandait pas plus.

Quand même, la fin du repas approchait, et on n'avait toujours pas abordé la question de la barmitsva. Elle se lança. Elle avait eu le temps, depuis deux ans qu'elle y pensait, de préparer un petit discours attendrissant, quoique sévère. Qu'elle n'avait pas digéré son refus. Qu'il leur avait fait beaucoup de peine, à son neveu, à elle, à Victor. Qu'elle avait droit à des explications.

Il le prit très mal. Il n'était pas venu pour cela. Son visage se plissa de colère. Ça le gonflait, la religion, les bigoteries. Et ça gonflait Jeanne-Marie, sa femme, qui avait été élevée là-dedans, avec ses parents catholiques bretons jusqu'aux dents. Nos parents, lui rappela-t-il, avaient rejeté tout cela. Ils étaient communistes, papa et maman, je te signale, au cas où tu l'aurais oublié. Et nos grands-parents déjà...

Elle tenta de lui expliquer son itinéraire. Elle s'était toujours sentie très attachée au peuple juif, peut-être sous l'influence de mémé, leur grand-mère maternelle. Depuis quelques années, elle tâchait d'inscrire cette fidélité dans des actes. On ne pouvait être juif sans reprendre et maintenir une certaine tradition. Or, la tradition, chez les juifs, était liée à la religion. Cela n'avait pourtant rien à voir avec la foi ni avec la religiosité, encore moins avec la bigoterie. Il fallait prendre religion au sens étymologique, ce qui relie.

Il ne voulait rien entendre de ces nuances. Quelles vieilleries, quelles sornettes elle lui servait ! Il était un homme avant tout, un citoyen du monde. Et d'ailleurs, Grenoblois par son père. Elle contre-attaquait. Maman était juive. Sa famille avait assez souffert. Elle voulait rester fidèle. « Moi aussi, je reste fidèle ! » avait-il crié.

« Fidèle à Marx, à Rosa Luxemburg, à Trotski. Des juifs, non ? » Elle avait répondu Walter Benjamin, Hannah Arendt, Gershom Scholem. Et lui, du tac au tac, Bela Kuhn, Karl Liebknecht.

— Herzl, Ben Gourion, Freud !

— Les Marx Brothers !

— Woody Allen !

— La révolution russe !

— Yom kippour !

— La commune !

— Pourim !

— Les kibboutz !

— Les kibboutz !

— Ta femme est antisémite, et toute ta belle-famille ! Et toi !

Ils s'étaient quittés fâchés.

Maintenant, c'est sûr, on était brouillé jusqu'à la tombe, et même au-delà, car, assurément, Vlady n'irait pas finir à Bagneux. Peut-être que sa femme, la Bretonne, lui préparait en douce un enterrement à l'église. S'il mourait avant elle, bien entendu.

Ety reprit le métro, ligne 7. Le wagon était encombré de Chinois affables. À la station Hôtel de ville montèrent des gens chargés d'objets achetés à la quincaillerie du Bazar. Un homme embarqua avec une tringle à rideau, trop longue pour tenir à la verticale, dangereuse à l'horizontale. Il finit par la coincer en diagonale. Il fallait l'enjamber pour entrer ou sortir. Les chanteurs et les mendiants se succédaient, réclamant de l'attention, une petite pièce, un sourire.

Elle pensait à son frère.

Dans la famille, on l'avait toujours comparé à l'oncle Armand.

Dans le roman familial, l'oncle Armand était toujours cité comme un modèle de *Jewish self hatred*, de haine de soi juive.

Réfugié en Isère pendant la guerre, Hermann, qui était devenu Armand entre-temps, avait été déporté avec son père, tandis que sa mère et sa sœur parvenaient à se cacher jusqu'à la fin des hostilités. Revenu des camps, Hermann avait consigné ses souvenirs de l'enfer dans un cahier d'écolier. Puis il avait détruit le cahier. Un jour, après le jeûne de kippour, il avait déclaré à sa mère que tout bien réfléchi, ce qui était arrivé aux juifs était entièrement de leur faute, relevait de leur responsabilité. Moyennant quoi, lui, Armand, ne se considérait plus comme un membre de ce peuple. Il rompait. Désormais, il était français. Il se fondait dans la République. Plus tard, il avait épousé une jeune fille de Grenoble. Il avait fait une toute petite carrière de cadre commercial, terrorisant les rares employés qui travaillaient sous ses ordres. Il habitait dans la banlieue. Il s'était fait élire au conseil municipal. Cela lui valait, parfois, un entrefilet dans le journal local. Il racontait aux journalistes qu'il était né là, dans l'Isère, d'un père émigré d'Alsace avant la Première guerre. Il avait eu plusieurs enfants, qui n'auraient jamais rien su de l'origine de leur père, ni de sa déportation, si mémé n'avait pas gaffé un jour, et mangé le morceau. Ce n'est pas pour rien que l'oncle Armand se méfiait de mémé. Avec son accent de l'Est à rôtir des saucisses, elle dérangeait la légende dans laquelle il avait retissé sa vie. D'ailleurs, il lui rendait rarement visite à Paris, et il l'invitait rarement à Grenoble. Chez son fils, elle était reléguée dans une chambre de la maison, avec interdiction de parler quand il venait du monde. Un jour, elle lui avait tendu une enveloppe : une lettre de son cousin Mordechaï, parti vivre en Israël. À la vue des caractères hébraïques, Armand était entré dans une colère noire.

Récemment, à l'occasion d'un déplacement dans l'académie de Grenoble, Ety lui avait rendu visite.

Elle était décidée à aborder franchement avec lui les sujets qui fâchent. Elle voulait en finir avec les non-dits, les on-dit, les légendes. Sa mère venait de mourir, emportant avec elle le secret de ses années de guerre, qu'elle n'avait jamais voulu livrer. L'oncle Armand, c'était sa dernière chance de savoir quelque chose. Elle l'interrogerait sur sa déportation, sur la vie en Allemagne avant la guerre, sur le Français qui l'avait dénoncé, sur son rejet du judaïsme. Devant tant de candeur, il n'oserait pas se dérober. Peut-être n'attendait-il que cela, même.

La soirée avait été atroce. Le pavillon de banlieue sentait le fromage grillé et le poil de chien. Sa tante lui avait préparé des endives au jambon, qu'elle avait mangées la mort dans l'âme, par crainte des ricanements. Elle lui avait débité dans le détail la liste des études entreprises et des diplômes obtenus pas ses petits-enfants, huit au total.

Armand avait fait étalage de ses opinions d'avant-garde et de son esprit frondeur. Ainsi, il était contre les téléphones portables, « parce que ma vie privée ne regarde personne ». Il avait affirmé son attachement à la laïcité, son horreur de toutes les bigoteries. Non, il ne cachait pas son origine. Il était même retourné en Allemagne avec les gosses, il y a longtemps, et il leur avait montré son village. Seulement, il ne se considérait pas comme juif. Aujourd'hui, cela ne voulait plus rien dire. C'était une catégorie dépassée.

Affligée, Ety regardait la catégorie dépassée siroter son café devant elle. Elle essayait de s'imaginer le petit homme ventru revêtu de son taleth et priant à la synagogue le jour de Kippour. Cela ne collait pas. Mais ce qu'elle avait devant elle ne collait pas non plus. Son oncle ne ressemblait à rien. Sa reconversion était ratée. C'était une catégorie vide. Il caressait son chien, qu'avec beaucoup d'humour il avait appelé Moïse. Souvent, il donnait des coups de pied à Moïse et le traitait de sale bête. Lui et sa femme racontèrent leur croisière en Scandinavie. Les paysages étaient magnifiques mais tout était très cher. Ils ne posèrent aucune question à Ety. Ses enfants, son mari, son travail, sa santé, ne les intéressaient pas. Dans la petite chambre qu'ils lui avaient préparée, elle n'avait pas fermé l'œil de la nuit, grelottant sous la couverture trop mince.

Aujourd'hui, dans le métro, avant de descendre à la station Le Peletier, elle se demandait qui ressemblait à quoi. Est-ce qu'ils n'étaient pas tous des catégories dépassées, les juifs qui voulaient rester juifs et les juifs qui ne voulaient plus l'être ?

En ouvrant la porte à Ety, Jeremy observa finement : « Ça s'est mal passé avec ton frère. » Il était déçu. Il espérait une réconciliation.

Pour Victor, tout cela n'avait rien à voir avec la bar-mitsva, ni avec la haine de soi. Cela remontait à l'enfance, à l'histoire de cette famille, la place du père, l'image de la mère. Ety haussait les épaules, pas très convaincue.

— En tout cas, j'ai bien peur de ne jamais revoir mon frère.

— Tu n'en sais rien, dit Victor.

Les gens évoluaient. La vie passait. Les temps changeaient. L'eau coulait sous les ponts. Il fallait attendre et voir venir.

Victor et Ety font de la randonnée

Il y avait eu d'autres vacances, bien sûr. Cette année-là, par exemple, Victor, Ety et le jeune Jeremy, alors âgé de 15 ans, ou peut-être seize, étaient partis dans l'Aveyron, à Baraqueville, au sud de Rodez. Non, rassurez-vous, ils n'avaient pas fait l'erreur de louer un gîte rural. Ils s'étaient inscrits dans un village de vacances *blotti au pied des Causses* qui proposait aux familles « une multiplicité d'activités ». Encore soumis à l'influence austère des Monts d'Auvergne et pourtant déjà effleuré par le sourire de la Méditerranée, le vallon de la Baraque saurait les séduire par la générosité de ses paysages.

— En plus, c'est une zone de transition entre le Sud-ouest et le Sud-est. C'est bon signe. Ça veut dire qu'on mangera bien et qu'il fera beau. Foie gras à l'ouest, soleil à l'est.

— Depuis quand tu t'intéresses à la géologie, Victor ?

— C'est pas de la géologie, maman, c'est de la géographie.

— En tout cas, l'hébergement est classé trois étoiles. On peut s'attendre à un minimum de confort.

En tout cas, avait dit Jeremy, on n'y va pas en voiture. Vous allez vous engueuler pendant tout le trajet, et moi, je vais trop vivre l'enfer sur la banquette arrière. Même avec mon casque ça va me pourrir le voyage. On prend le train, sinon, je reste à Paris avec mes potes, on va s'éclater... euh... réviser le bac français.

Le voyage avait duré dix heures, en chemin de fer, d'abord, puis en car. Le train était bondé, car c'était un jour de grand départ coïncidant avec le début de la deuxième semaine des vacances de Printemps ; mais enfin, chacun avait sa place assise, de quoi se plaindrait-on ? D'ailleurs, cette lenteur relative du transport ferroviaire classique comportait bien des agréments ; on appréciait la transition progressive des paysages et des cultures, ce qui n'est plus possible avec les TGV, sans parler de l'avion, à peine parti, déjà arrivé, on ne sait plus où on est. Là, on allait vers le sud, cela se voyait aux toits qui se couvraient de tuiles rouges, au ciel qui semblait plus profond. Lassés d'un long et rude hiver, les Parisiens humaient, par-delà l'air empesé du wagon, la douceur du climat provençal. Les corps fatigués se tournaient vers le soleil pour s'y régénérer... Pourtant, la traversée de l'Auvergne s'était déroulée sous la neige, qui tombait dru. Bizarre, étonnant ; on était fin avril, quand même ! Quasiment en mai.

Partis à l'aube, ils étaient arrivés au crépuscule. Il ne neigeait plus mais l'air était froid et, aux gouttes qui s'accrochaient à l'herbe, on devinait qu'il avait beaucoup plu. Il pleut comme ça depuis Noël, avait précisé Sophie, à l'accueil. Que voulez-vous, blottis au pied des Causses, subissant l'influence des Monts d'Auvergne, nous sommes caractérisés par des hivers rigoureux, par un climat humide et frais au printemps...

Ety avait posé son sac à dos.

— En été aussi ?

— Oh la la, non ! En été, on a la canicule, 40 degrés à l'ombre... Par contre, de novembre à juin, on subit l'influence des Monts d'Auvergne.

— D'accord, on a compris.

— Je vais vous montrer votre appartement ?

Traînant leurs valises, ils avaient suivi Sophie dans les allées du village, jusqu'à un des bâtiments résidentiels où l'ascenseur les avait déposés au troisième étage. L'hébergement était modeste, la chambre exiguë. Le lit de Jeremy n'était séparé du leur que par une mince demi-cloison. Pas très intime, regretta Victor en jetant un regard mélancolique sur l'édredon en viscose rose, tandis que de son côté, Ety pensait que cela ne valait pas les trois étoiles. Mais tant pis ; on n'était pas venu là, à Baraqueville, en Aveyron, pour rester dans sa chambre. D'ailleurs, il était temps d'aller manger. Comme ils se joignaient dans le crépuscule humide aux colonnes de vacanciers qui se dirigeaient vers le réfectoire, il ne leur échappa pas que nombre d'entre eux avaient atteint voire dépassé un âge avancé. Beaucoup boitaient. Attentifs à ne pas trébucher sur les dalles mal ajustées de l'allée, de vieux couples progressaient d'un pas hésitant, l'homme accroché à la femme et la femme agrippée à son homme. À cette heure entre chien et loup, le village prenait des airs de centre gériatrique. On s'attendait à voir les pensionnaires traîner leur perfusion. Un léger cafard commençait à gagner Ety : avait-elle bien fait de pousser sa famille à s'inscrire au village vacances de Baraqueville, en Aveyron ?

À l'issue de la réunion d'information, le soir même, les Glouk, Monsieur et Madame, s'étaient inscrits à l'activité randonnée. Ils iraient de surprise en surprise, leur avait-on promis. Aussi de bonne heure le lendemain, et malgré une nuit traversée d'insomnies, s'étaient-ils présentés guillerets au point de départ, sous l'auvent, à côté du bar. Comme il pleuvait encore des cordes, Victor avait pris son parapluie.

— Cela risque de vous gêner dans les descentes, avait objecté le guide.

Et Victor, ayant plié et roulé à regret la précieuse ombrelle, l'avait glissé furtivement dans le sac à dos d'Ety.

— Et votre veste, là, vous êtes sûre qu'elle est étanche ?

C'était une veste matelassée, avec des poches en velours et des coudes en daim, un des vêtements préférés de Victor, souple, élégant, qu'il mettait à Paris les jours de bruine ou de vent. Et alors, en quoi c'était inadapté à la randonnée ? C'est-à-dire que... en cas de fortes intempéries, un vêtement en gore-tex était conseillé. Évidemment, il avait fallu qu'Ety s'en mêle : T'as qu'à mettre ton k-way par-dessus... Il détestait les k-way. En plus, le bas de la veste dépassait, c'était d'un laid ! Heureusement, les chaussures, ça allait. C'était de la bonne marque, achetée au Vieux Campeur.

Les chaussures, en revanche, c'était *la* faille dans l'équipement d'Ety. Dès qu'on avait commencé à marcher, elle s'en était rendu compte. Elle aurait dû être moins avare et investir dans une bonne paire chez Hécatlon, ne pas se contenter du premier prix. Ses pieds, mal protégés par une toile trop mince, une semelle trop fine, marinaient dans un jus composite où se mélangeaient la transpiration, la pluie et quelques brindilles ; chaque pas en avant produisait un bruit de ventouse qu'on décolle. De plus, elle transpirait dans son k-way, dont la capuche rabattue jusqu'aux sourcils et le col remonté jusqu'au menton formaient une prison visuelle qui restreignait son champ perceptif et l'empêchait de voir le paysage aveyronnais, que de toute manière, trop attentive à fixer le sol détrempé et observer où elle mettait les pieds par crainte de glisser dans la boue, elle était incapable d'admirer. Des averses soutenues avaient accompagné sans faiblir cette première randonnée. À midi abrité sous la gouttière d'une ferme abandonnée, on avait tiré le casse-croûte du sac, et on avait mangé, dans un silence pesant.

Le soir, après le séchage, Victor et Ety s'étaient rendus au bar où ils avaient retrouvé Jeremy, qui leur tirait une tronche longue comme un chemin d'alpage parce que, « au final », il était le seul ado au club ado. C'est la dernière fois que je viens avec vous passer mes vacances dans une maison de retraite. J'aurais mieux fait de rester seul à Paris. Ils étaient enclins, tous les trois à broyer du noir, ressassant leurs déconvenues au lendemain de leur arrivée. (Il pleut. Il n'y a pas d'ado au club ado. Une semaine à Baraque-machin égale une semaine de diète sexuelle. On n'est pas équipé pour randonner sous la pluie.) Et puis, avouons-le, malgré leurs aspirations progressistes et leur vote à gauche, la composition socioprofessionnelle du village ne leur convenait pas. Des petits fonctionnaires municipaux, des retraités des chemins de fer, toute une France du terroir avec laquelle ils n'avaient rien à voir, des gens qui parlaient pendant des heures de leurs chiens et de leurs jardins. Pas un seul agrégé, pas un universitaire ; certes, ils n'aimaient pas leur milieu, mais cette compagnie de Français moyens, c'était l'horreur, non ? Jeremy les regardait avec une moue dégoûtée. Vous êtes puants. Au moins, eux, ils ont des vestes en gore-tex.

On se fait à tout ; on s'adapte à tout. Avec assiduité, avec ténacité, tous les matins à 9 heures, Victor et Ety avaient répondu à l'appel des randonneurs. Dans leur groupe pas très étoffé, il y avait Bernard et Madeleine, Brigitte et Gwenaëlle, et se joignant parfois à eux, Donatien, un ex-gendarme reconverti dans la vente par correspondance d'armes de poing. Brigitte et Gwenaëlle faisaient un peu bande à part, mais ils avaient sympathisé avec l'autre couple hétéro, Bernard et Madeleine, qui eux-mêmes avaient sympathisé avec Donatien. (Ah ! Donatien, comme le marquis de Sade avait finement remarqué Ety. C'était tombé à plat, bien sûr.) L'habitude de marcher ensemble soudait jour après jour ces individus que le hasard avait rassemblés mais qui partageaient néanmoins une même prédilection pour l'effort et la balade au grand air. On plaisantait, on échangeait des informations, on livrait des bribes d'intimité. Peu à peu, une solidarité élémentaire se formait. Lorsque le soleil parvenait à triompher des nuages, le paysage se révélait dans toute sa majesté, sa splendeur, sa beauté, sa douceur aimable... Surgissaient de la brume des vallons profonds, des monts épurés, etc., le ciel se refermait rapidement et la pluie tombait à nouveau, bruine fine ou trombes d'eau, selon les moments.

Hervé, leur guide, un petit homme gracile, les menait par les chemins ; une calvitie précoce découpait une tonsure de moine au sommet de son crâne ; ses mains potelées et son sourire jovial tranchaient avec l'ascétisme délicat de sa silhouette. Il parlait avec un fort accent du midi, entre sud-ouest et sud-est. Un peu surjoué, l'accent, pensait Ety. Produit d'appel. Cette note méridionale avait d'ailleurs provoqué un quiproquo durable. Hervé en effet, suivant le cahier des charges qui l'obligeait à instruire ses clients des particularités non seulement naturelles mais aussi culturelles, économiques et sociales de l'Aveyron, ne cessait, dans cet exercice, d'invoquer le témoignage des Haïtiens. La camionnette ambulante ne s'arrêtait plus à Coufougnas que pour quelques Haïtiens. Seuls les Haïtiens se souvenaient encore du jour où la roche s'était détachée de la falaise de Beaupré. Même les Haïtiens s'étaient mis à Internet dans les Causses. Gwenaëlle avait fini par demander, au cours d'une halte au pied d'un charme - à distinguer du hêtre - ce qui se passait avec les Haïtiens en Aveyron, s'il y avait eu un mouvement migratoire massif ou quoi. Dans le silence qui avait suivi, Ety soudain, en un éclair où lui étaient revenus ses cours d'Ancien français sur la diphtongaison, avait mesuré le gouffre linguistique séparant le pays d'oc et le pays d'oïl :

— C'est les Anciens ! pas les Haïtiens.

Hervé avait adressé un large sourire à la troupe.

— Allez, le dernier rapadou, on l'attaque tranquillou, mais on reste vigilang.

Malgré ce tropisme méridional, Hervé partageait avec le reste de ses compatriotes les clichés linguistiques du jour, soumettant son discours, comme n'importe quel lycéen de Bobigny ou pharmacienne de Quimper, à la routine oratoire de l'époque. Au final y a pas de souci c'est blindé je capte pas pourquoi il pleut encore fin avril en Aveyron. Une des manies qui énervaient un peu Ety consistait à remplacer toutes les prépositions par « sur ». Non content d'habiter sur Ravaillac et de travailler sur Baraqueville, il fallait encore qu'il fasse ses courses sur Rodez. En avion ?

On s'arrêtait en face d'un manoir dont Hervé les invitait à observer la façade.

— Là vous pensez que vous êtes sur du tuf, mais c'est à tort, en fait vous êtes sur du travertin.

Plus loin, on faisait halte devant un jardin tout éclatant de fleurs blanches.

— C'est un cerisier ?

— Alors là, non, on va être plutôt sur un pommier.

Sinon, on marchait et, en marchant, on explorait la faune et la flore, car randonner, qu'est-ce que vous croyez ? ce n'est pas mettre un pied devant l'autre comme un idiot ! C'est s'ouvrir aux richesses de la nature. Oh ! S'exclamait leur guide en se penchant tendrement vers une touffe herbeuse, une orchidée ! C'est une orchidée papillon. L'orchidée papillon est typique de notre région. Observez sa couleur mauve, typique de l'orchidée papillon. Pourquoi on l'appelle orchidée papillon ? À votre avis ? Parce qu'elle ressemble à un papillon ? Affirmatif. C'est parce qu'elle ressemble à un papillon qu'on l'appelle orchidée papillon.

La petite troupe s'ébranlait à nouveau et cheminait vaillamment sur le sentier jusqu'à la station suivante. Métamorphosé en animal sylvestre, en prédateur des forêts, Hervé s'accroupissait soudain devant un tas de poussière, raclait la terre et, avant qu'on ait pu comprendre de quoi il s'agissait, se redressait pour vous fourrer le poing sous le nez : dans sa paume cavalait un insecte affolé. Là, vous croyez être sur un scarabée, en fait c'est un carabe. On est sur des antennes plus courtes que chez le scarabée et si vous soulevez les élytres ah oui là super on a de la chance elles sont striées. Le cercle se resserrait pour ne rien perdre des élytres striées... Dans un jardin ça rien de mieux pour vous débarrasser des limaces. Si vous en avez. Un jardin. Des limaces.

Gérard avait levé la main.

— J'ai essayé, mais mon hérisson les bouffe. Les carabes.

— Donnez-lui des croquettes. À votre hérisson.

— J'ai essayé, tous les chats du quartier ont rappliqué, z'ont bouffé les croquettes ; mon hérisson a continué à manger les carabes, et les limaces se portent comme un charme.

Hervé écartait les bras, manière de souligner son admiration impuissante pour l'implacable rationalité de l'écosystème.

— À proposse de charme, vous savez comment distinguer un charme-eu d'un hêtre-eu ? Je vais vous donner un moyeng meunémotechnique. Il faut simplement se souvenir que « Le charme d'Adam c'est d'être à poil ».

Les explications techniques qui suivirent furent perdues pour Victor et Ety. En dépit d'efforts répétés depuis l'enfance, ils arrivaient tout juste à reconnaître le coquelicot, le bouton d'or, la clochette et la marguerite, ainsi que les fleurs qu'on trouve chez les fleuristes à Paris et qu'on achète quand on rend visite à un parent un peu âgé, les roses, les tulipes, les œillets, et c'est tout. Quant aux arbres, ils n'auraient pas su dire si ceux qui bordaient l'avenue de Clichy étaient des platanes ou des marronniers. D'ailleurs, y avait-il des arbres avenue de Clichy ? Pourtant, j'aime la nature, songeait Ety. J'aime les collines, les vallons, les forêts, l'air vif, l'exaltation des sommets. Ma première émotion esthétique est venue d'un parterre de bleuets traversé par un rayon de soleil lors d'une sortie scolaire en forêt. J'avais huit ans. Alors, pourquoi est-ce que je n'arrive pas à distinguer même un chêne d'un bouleau ? Ou un sapin d'un épicéa ? En plus, pendant ces haltes botaniques, ses pieds gonflaient et la faisaient souffrir ; ils s'étaient recouverts d'ampoules, une à chaque orteil, en raison de l'action conjuguée du frottement et de l'humidité.

Malgré tout, au repas du soir on se retrouvait maintenant avec plaisir, douché et parfumé. Jeremy avait été adopté par un groupe de retraités alsaciens, dont il partageait désormais la table. Ety et Victor s'asseyaient avec leurs compagnons de balade à la « table des randonneurs ». Certes, leur refus de manger du cochon avait provoqué quelques ineffables tensions, mais on vous racontera ça une autre fois. Ne gâchons pas l'ambiance, car l'humeur était joyeuse, les conversations allaient bon train. Brigitte avait un truc infaillible contre les taches de graisse, une cuiller de bicarbonate de soude dans ma machine et hop d'ailleurs j'en mets partout du bicarbonate, moi non c'est le savon noir. Les Glouk écoutaient avec humilité. Après tout, eux, les autres, là, ils avaient des vestes en gore-tex. Victor ajoutait parfois son grain de sel. Moi dans les côtes je reste toujours en quatrième ah bon qu'est-ce que vous avez comme voiture une allemande ?

La semaine était vite passée. Ils étaient rentrés à Paris requinqués, rêvant des fleurs et des grands espaces qu'ils avaient quittés. On reviendra, on écrira, avaient-ils promis, au moment du départ. Bien entendu, ils n'en avaient rien fait. La vie quotidienne, la vie urbaine les avait repris. L'Aveyron s'était effacé. Les arbres de l'avenue de Clichy, ormes ou platanes, marronniers ou tilleuls, n'avaient pas livré leur mystère. Seules quelques expressions, restées dans leur langage, et qu'ils échangeaient comme les paroles d'un code secret, témoignaient qu'ils avaient séjourné là-bas.

— Quoi de neuf chez les Haïtiens ?

— Rien.

— Et on fait quoi ce soir ?

— Tranquillou, un petit rapadou. Jusqu'à la Butte.

L'anniversaire

« Happy birthday to you ! Happy birthday to yooouuuu ! Happy birthday to yooouuuu Viiictor ! Happy birthday to you ! »

On avait éteint les lumières. Porté par Ety, le gâteau arrivait, avec ses bougies multicolores qui laissaient une traînée de fumée derrière elles. Les invités s'égosillaient : « happy biiiirthday to yoouuu ! » Victor servait le champagne, rayonnant d'une satisfaction mesurée. Cette fois-ci, son anniversaire ne se passait pas trop mal. Les vacances non plus, d'ailleurs. Le cousin Tony leur avait prêté sa vaste maison dans le Maryland, où ils étaient installés depuis maintenant deux semaines. Et pour l'anniversaire de Victor, toute la famille américaine avait répondu présente à l'appel, déversant sur lui ses cadeaux, sa gentillesse, et son accent du nez. Avec la cousine Nancy, Ety avait préparé un savoureux repas, mi-français, mi-américain, barbecue et coq au vin. Les filles n'avaient pas oublié la cérémonie. Tôt dans l'après-midi, elles avaient appelé Victor au téléphone, et, malgré la distance et le décalage horaire (il était huit heures du matin en Europe), elles avaient bavardé avec lui, chacune son tour. Jeremy s'était montré charmant. Toute la journée, il avait cajolé son père, à qui il avait offert une magnifique chemise hawaïenne.

Au fait, où avait-il disparu, Jeremy ?

Il était sorti dans le jardin pour nettoyer le barbecue, mais il avait promis de revenir pour le gâteau. Ety songeait à aller le chercher, quand elle le vit réapparaître au milieu des convives. À ce moment, la tante Mildred poussa un cri. Une petite flaque de sang était en train de se former aux pieds de Jeremy. Celui-ci exhiba sa main, grossièrement emmaillotée dans un bandage de fortune dont la teinte virait au rouge foncé. Il avait voulu récurer la grille du barbecue avec le couteau à grillades. Il avait dérapé et s'était entaillé la main. Mais ce n'était pas grave. On défit son bandage, malgré ses hurlements. La plaie était vilaine, et effroyablement profonde. On voyait presque l'os. Des taches brunes apparaissaient sur les chairs en lambeau. Il fallait d'urgence se présenter aux urgences. Victor lança à son fils un regard lourd. « C'est tout ce que tu trouves à faire le jour de mon anniversaire ! »

« Comme si je l'avais fait exprès ! » répondit Jeremy, ulcéré, entre deux grimaces de douleur.

En route vers l'hôpital de Willmington ! La cousine Nancy ouvrait la voie, dans sa Cadillac pourpre. Les Glouk suivaient, dans la vieille Polo que le cousin Tony leur avait prêtée. Derrière, la Toyota de tante Mildred fermait le cortège. Il faisait déjà nuit. Sans cette escorte, les Glouk n'auraient jamais trouvé leur chemin.

À l'hôpital, on leur demanda d'abord leur carte de crédit. Puis on s'intéressa à Jeremy. Une infirmière portoricaine l'examina, refit son pansement et le renvoya dans la salle d'attente, où la famille stationnait au grand complet, parmi des bébés qui pleuraient, des vieillards qui toussaient, et quelques polytoxicomanes qui oscillaient sur leur chaise en marmonnant des fuck fuck you.

La majorité du public était noire. Jeremy, lui, devenait tout blanc. Heureusement, on vint le chercher pour des points de suture. Au bout d'une heure, ses parents purent le rejoindre, derrière un paravent. Il était assis sur un brancard, les jambes dans le vide, la main bandée. Un interne chinois achevait de l'examiner. Il les accueillit avec une gentillesse professionnelle. Leur fils était-il vacciné contre le tétanos ? Oui ? Il faudrait quand même une piqûre de rappel. Il faudrait aussi faire des radios, des ligaments avaient peut-être été sectionnés. Et ne pas oublier les antibiotiques, car avec une plaie pareille, le risque de septicémie ne devait pas être écarté.

Ils passèrent à la caisse. L'addition se montait à quelque trois cents dollars. Mentalement, Ety renonça à changer le canapé du salon en septembre.

Rassurée sur le sort de Jeremy, la famille décida qu'il était temps de se quitter. Les meilleures choses ont une fin, n'est-ce pas ? Même s'ils étaient *deeply sorry* pour Jeremy, ils tenaient à dire qu'ils avaient eu a *lovely time*. On s'embrassa à l'américaine, en s'étreignant. Puis chacun remonta dans sa voiture, et partit vers le nord.

Les Glouk errèrent longtemps dans la ville, à la recherche d'une pharmacie ouverte. Victor avait tenu à prendre le volant, bien qu'il fût à bout de nerfs. Il cala cinq fois, provoquant des salves de klaxons furieux derrière lui, brûla deux feux rouges qu'il n'avait pas vus, et monta sur un trottoir. Cela tombait bien, la pharmacie était là. Ils achetèrent des antibiotiques, une boîte d'aspirine, une dose de vaccin antitétanique, une seringue, une aiguille pasteurisée, des compresses, deux flacons de désinfectant, trois bandes Velpeau, le tout pour la modique somme de soixante dollars. Ety renonça mentalement à s'acheter une paire de chaussures à la rentrée.

Dehors, des policiers les attendaient, dans la position du tireur couché, au pied de leur véhicule dont le gyrophare tournait et la sirène hurlait. Ils avaient pris en chasse la vieille Polo depuis qu'elle avait fait une embardée dans la Lincoln Avenue, et, la voyant s'arrêter devant une pharmacie, ils avaient cru à un braquage. Les Glouk s'en tirèrent avec une amende de 70 dollars, pour les feux rouges brûlés.

Ils se trompèrent pour sortir de la ville, pour entrer sur l'autoroute, pour sortir de l'autoroute. Heureusement, Ety avait réussi à s'emparer du volant.

« Dès que tu vois quelqu'un, tu t'arrêtes et tu demandes ton chemin » ordonnait Victor. Mais sur une autoroute américaine, la nuit, les passants sont rares. Ils finirent par rentrer, harassés, à trois heures du matin.

Les jours suivants, ils firent régulièrement la navette entre la maison, l'hôpital et la pharmacie. Ils commençaient à maîtriser l'itinéraire. Ils en profitèrent pour visiter la ville, mais elle n'avait aucun intérêt. Ils prirent l'habitude d'acheter quelques fruits et légumes à un couple d'Amish, qui garaient leur carriole non loin de l'hôpital. Une semaine de vacances fut perdue. Heureusement, les radios ne révélèrent aucune lésion des ligaments, et Jeremy n'attrapa pas le tétanos. Ils réglèrent une nouvelle facture de trois cents dollars à l'hôpital. Ety supprima mentalement tout achat à la rentrée. Tous les jours, Victor répétait à Jeremy : « Tu me l'as fait payer, mon anniversaire ! » Mais, ajoutait-il, il ne lui en voulait pas. Il s'était coupé la main avec un couteau. C'était des choses qui arrivaient, bien sûr.

Pourtant, on lui avait bel et bien gâché son anniversaire, encore une fois.

Cela semblait une tradition, chez les Glouk, l'anniversaire gâché, un talent de famille qu'on se transmettait de père en fils, de parents à enfants.

Soyons justes ! Victor lui-même n'avait-il jamais gâché l'anniversaire de son fils ? Oh ! que si ! Et pas qu'une fois !

C'était un jour particulièrement propice aux crises de nerfs et aux éclats de colère. Le destin s'y mettait, prenant un malin plaisir à lui faire tomber des tuiles sur la tête les jours de fête, précisément. Cette année même, il avait oublié des copies d'examen dans l'autobus qui le ramenait de la faculté. Toute la journée, il avait couru les dépôts, à la recherche du paquet égaré. Il était rentré le soir, hagard, gardant à peine assez de lucidité pour passer à la pâtisserie récupérer le gâteau aux trois chocolats qu'il avait commandé. Chez lui, essayant de se détendre, il avait voulu écouter à la radio son émission de jazz préférée. Toutes les fréquences présélectionnées avaient été désélectionnées. Il ne trouvait plus rien. Il avait exigé d'Ety qu'elle vînt, tout de suite, régler le problème. Ety, qui était en pleine béchamel, avait répondu que, pour l'instant, c'était impossible. Il avait éclaté. Les pires emmerdements l'accablaient, et voilà quel genre de réconfort il obtenait ! Elle l'envoyait balader, tout simplement ! Alors qu'il lui demandait trois fois rien ! Et cætera. Ety, furieuse, avait interrompu sa béchamel. Puisque c'était comme ça, on mangerait une pizza surgelée pour l'anniversaire de Jeremy ! Et elle avait jeté dans le four une Tomate/Fromage/Champignons de chez Tricard. Le ton avait monté encore d'un cran. Pourquoi tu punis ton fils ? C'est toi qui punis ton fils ! Le fils en question se terrait dans sa chambre, sous ses écouteurs. À ce moment-là, le téléphone avait sonné. C'était le dépôt de bus d'Aubervilliers. On avait retrouvé les copies, sur la banquette arrière du 395. Victor exultait. « Formidable ! Vous me sauvez la vie. J'ai failli divorcer à cause de vous, car c'est l'anniversaire de mon fils. Ma femme préparait un soufflé et elle a fait une pizza. »

Ety se dit que l'interlocuteur de son mari, à l'autre bout du fil, devait avoir du mal à saisir la cohérence du propos. Elle se remit à sa béchamel, qui n'avait pas trop souffert. Le champagne fut servi, puis le repas, puis le gâteau. Toutefois, en dépit des cadeaux, des cajoleries, on eut du mal à dérider Jeremy ce soir-là.

Malgré cela, Victor adorait les célébrations, les cadeaux, le champagne. Si bien qu'on fêtait tout chez les Glouk, dans un joyeux syncrétisme, les anniversaires de naissance, Noël, Hanoukka, la Saint-Sylvestre, Pourim, la Saint-Valentin, Roch Hachana, l'anniversaire de mariage de Victor et d'Ety, leur anniversaire de rencontre, Halloween, la Saint-Patrick. Victor disait qu'on avait voulu les tuer, et qu'il fallait saisir toutes les occasions de célébration. Qu'est-ce qu'on célébrait, au juste ? La vie.

Sacrée célébration !

Les parents de Victor, eux, faisaient carrément la tronche le jour de l'anniversaire de leur fils. Ils auraient été plus gais à leur propre enterrement. De toute manière, Victor avait compris : c'était à lui de tout prendre en charge. Devenu adulte, il avait pris l'habitude de les appeler, lui, et de les inviter au restaurant, eux. Son père, Salomon, geignait au téléphone :

« Je suis vieux. Je suis seul. Laisse-moi tranquille avec ton restaurant. Viens chercher ton argent. » Mais non, papa, tu n'es pas seul. Tu as une femme, deux fils. Quels fils ? Laisse-moi tranquille avec mes fils.

Malka, sa mère, s'emparait alors du combiné. « Ne fais pas attention ton père. Ine vie très dire il a eu. Comme un chien on l'a traité. Mais il te beaucoup aime. » Il les emmenait manger chez Goldenberg. Latkes... tcholent, pikelfleisch, gehakte leber... Malka partait d'un rire de petite fille. Ils ne savent même pas faire la cuisine ici ! Que des plats yids ! Quelles drôles d'idées il avait, son fils. Des latkes pour son anniversaire ! « Je pensais que ça te ferait plaisir » disait Victor. Sa mère faisait une petite moue, décrochant et raccrochant son dentier avec le bout de sa langue. Qu'est-ce qui pouvait lui faire plaisir, maintenant ? On apportait les plats. Les concombres étaient trop salés, les choux pas assez sucrés. Elle n'arrivait pas à mâcher ses pommes de terre, trop dures, elles collaient au dentier. Elle demandait au serveur « un peu l'eau chaude, s'il vous plaît, il est gentil il a dit oui », et, versant la carafe dans son assiette, elle se confectionnait une purée bien liquide, qu'elle lapait à la cuillère, avec de grands bruits de succion.

« C'est bon ? » demandait Victor. Elle haussait les épaules. Qu'est-ce qui était bon, maintenant ? Elle versait la moitié de son assiette dans celle de Victor.

« Je ne plus faim. Je mauvaise digestion. » Et elle ajoutait, un ton plus bas, d'un air soucieux, en se pressant l'abdomen : « Constipation. » À ce mot, Salomon, qui depuis le début du repas était resté prostré, l'œil rivé sur la table voisine, revenait du royaume des morts. Lui aussi avait constipation. Six jours qu'il n'avait pas été.

Les musiciens tsiganes s'approchaient, à grands coups d'archet. Un air qui ferait plaisir à ces messieurs dames ? Victor leur réclamait la Balalaïka. Malka haussait à nouveau les épaules et repartait de son rire de petite fille. Balalaïka ! Pourtant, elle ne pouvait s'empêcher de chantonner, accompagnant la musique de sa voix minuscule. Spiel, spiel, Balalaïka ! Le repas était fini. Son père avait réglé l'addition, qu'il avait étudiée pendant une heure, rappelant trois fois le serveur, refusant de payer les concombres, parce qu'ils n'en avaient mangé que la moitié, le pain, parce que ce n'était pas du pain français, et qu'en France, Monsieur, on sert du pain français. Le directeur était venu. Salomon lui avait montré son avant-bras, avec le numéro tatoué. Tout s'était arrangé.

Maintenant, Salomon voulait que Victor lui marque sur un petit bout de papier tous les diplômes qu'il avait obtenus. Il lui embrassait les mains en pleurant. Au moment du départ, il l'attirait dans un coin et lui glissait un gros chèque. C'était son anniversaire, quand même ! Dehors, sur le trottoir, sa mère lui fourrait quelques billets dans la poche. Le soir, Victor se payait un gueuleton et allait se saouler dans une boîte de nuit où on jouait du jazz.

À vrai dire, Ety n'était guère mieux lotie. À elle aussi, on lui faisait sa fête.

Elle détestait son anniversaire.

Par malheur, elle était née un premier mai. C'était férié. Forcément, elle ne travaillait pas. Elle était donc à la disposition des uns et des autres. Pas moyen d'y échapper. Quand elle était encore célibataire, mémé l'invitait au restaurant. Ety adorait mémé. C'est vrai, cela lui faisait plaisir de voir la vieille Allemande se gaver de frites et inspecter avec un sérieux pontifical la carte des desserts. Mémé s'amusait, mémé prenait du bon temps, elle qui n'avait pas eu une vie facile, qui avait connu tellement d'événements douloureux, voire tragiques.

Mais il faut bien l'avouer, elle s'ennuyait un peu avec sa grand-mère. Mémé avait tendance à radoter.

« Viens ma fille. Je t'invite dans un bon restaurant. C'est ton anniversaire. Je vais te dorloter. »

Celle qui voulait se faire dorloter, c'était la mémé, évidemment. Deux heures passées avec sa petite-fille, c'était deux heures arrachées à la solitude. Ety attendait la fin du repas. Mémé lui demanderait d'arranger le col de son manteau, et elle lui glisserait un chèque dans la main, plus une petite enveloppe avec quelques billets, pour qu'elle s'achète un bon steak dans la semaine. Puis Ety raccompagnerait mémé jusqu'à sa maison de retraite, à petit pas. Elle l'embrasserait et elle partirait, se retournant trois fois pour faire au revoir de la main à la vieille femme qui la suivrait des yeux jusqu'à ce qu'elle ait disparu au coin de la rue. Cafard et soulagement.

La fête n'était pas terminée. Maintenant, sa mère l'attendait, pour un autre programme. Elles avaient rendez-vous à Saint-Germain-des-Prés, dans un café. De là, elles iraient faire du lèche-vitrines dans le quartier. Ety pourrait choisir son cadeau, se faire payer ce dont elle avait envie. C'était son anniversaire.

Sortant du métro, Ety avait repéré sa mère, Gisèle, déjà installée à la terrasse du café, de l'autre côté du boulevard. Elles s'étaient embrassées, contentes de se retrouver. Ety s'était assise. Aussi sec, sa mère avait attaqué. « Bon anniversaire, ma chérie. Tous mes vœux de bonheur et de réussite, professionnelle et sentimentale. Surtout sentimentale. Puisse cette année être celle où enfin tu rencontreras le prince charmant. J'espère que ton frère et toi allez vous décider à me donner un jour des petits-enfants... Eh bien oui, j'ai l'âge d'être grand-mère ! on ne dirait pas ? » insistait-elle à l'adresse de leur voisin de table, que les intonations impérieuses de cette femme étrange mais encore séduisante avaient tiré de la lecture de son journal. Un instant distraite, elle revenait à sa proie. « Ety, ma chérie, puisque c'est ton anniversaire aujourd'hui, j'ai le droit de te dire tout ce qui ne va pas chez toi. Non, ne proteste pas, c'est le jour adéquat, le jour de ta naissance, l'occasion de changer et de renaître. Comment ? Mais non, je ne confonds pas ton anniversaire avec Yom Kippour. D'ailleurs, ça, c'est la première chose que tu devrais changer. Ton humour. Après, tes cheveux. Ta coiffure, ça ne va pas. Tu as trop de cheveux. Après, ta garde-robe. À renouveler entièrement. Tu as l'air d'une cloche.

Ma fille, fais comme moi, ouvre ton armoire, et tous les vêtements que tu n'as pas mis au moins une fois depuis un an, hop ! à la poubelle ! »

Ety se renfrognait. Sa mère la trouvait trop susceptible. On ne pouvait rien lui dire. Elle la traînait dans un magasin de prêt-à-porter, très cher, spécialisé dans les ensembles en velours et tissu éponge. Ici, c'était chic et sophistiqué, le style qui conviendrait à Ety. Entre les cintres qu'elle feuilletait distraitement, elle continuait à abreuver sa fille de paroles, de conseils, de diktats, de questions. Elle avait des problèmes. Elle avait un problème. Edmond, son compagnon, elle ne le supportait plus. Elle avait envie de le mettre à la porte. L'autre jour, il était resté une heure dans son bain. Ça l'avait tellement énervée qu'elle avait jeté son peignoir par la fenêtre, oui, du quinzième étage. « Quitte-le » suggérait mollement sa fille. Oui. Mais si elle le quittait, elle se retrouverait seule. Elle n'avait pas envie de rejoindre la « cohorte des femmes seules » dont d'ailleurs, si elle ne se trompait pas, Ety faisait toujours partie.

— Continuez à vous voir, mais chacun chez soi.

— Non. Tu comprends, il a mis l'appartement à mon nom, mais il l'a acheté pour nous deux. Si je le mets à la porte, j'ai l'air mesquin.

— Reste avec lui.

— On ne peut pas compter sur toi. Tu ne sais pas donner des conseils. Je me débrouillerai toute seule.

Elle tombait en extase devant un ensemble vert, couleur dont elle raffolait, parce qu'elle était rousse.

« Fais-moi plaisir ! Essaye-le ! Il te va à merveille ! Attention ! Planquez-vous les mecs ! Ma fille arrive avec son tailleur vert ! »

Ety, dans le miroir de la cabine, trouvait plutôt qu'elle ressemblait à une feuille de laitue. C'est sûr, elle ne le mettrait jamais, sauf les jours où elle aurait rendez-vous avec sa mère.

On passait à la caisse. Gisèle payait en liquide, jouissant d'on ne sait quel sentiment d'emprise.

Et après on allait manger chez Goldenberg, avec Vlady, le frère d'Ety, qui lui aussi était convoqué ce jour-là, et qui, bien qu'il frisât la trentaine, faisait la tête, parce que ce n'était pas son anniversaire à lui, et qu'il était jaloux. Gisèle monologuait pendant tout le repas, occupant la scène avec son ego. Puis, tout à coup, sa logorrhée prenait fin. Elle sombrait dans une douce mélancolie. Elle rentrait en elle-même.

Au moment de se quitter, elle pressait légèrement Ety dans ses bras, et lui glissait un chèque, en lui disant :

« Profite de la vie ! »

Un jour, pour s'amuser, Victor et Ety avaient réuni leurs parents à l'occasion d'un anniversaire, celui de Coraline ou de Jeremy, ils ne se souvenaient plus. Quelle rigolade ! Malka avait voulu s'adresser à Gisèle en yiddish. Gisèle, pincée, avait fait semblant de ne pas comprendre. Sa langue à elle c'était l'allemand, pas le yiddish, on ne confond pas les torchons et les serviettes. De toute manière, elle n'avait rien à lui dire, à cette Galicienne. Ah, si ! Elles avaient quelque chose en commun. Quand les enfants étaient petits, elles allaient en vacances en Italie. Et elles avaient fini par échanger des noms de villégiature. Rimini. Catolica. Bordighera. Riccione. L'Adriatique. La Méditerranée. Dans leur coin, papi Edmond et papi Salomon se montraient leurs photos. « Là, c'est moi, trois semaines après la libération du camp. » « Birkenau ? » « Maïdanek. » « Ah. Moi, c'est Birkenau. Là, c'est moi à côté du Kapo. » Personne n'avait fait attention au gâteau. Personne n'avait chanté « Joyeeeuuuux anniveeersaireeuh ! » Mais, ma foi, quand on y réfléchissait, c'était peut-être un des meilleurs anniversaires qu'ils aient jamais passé.

Au spectacle

Quant aux arts, les goûts de Victor étaient restés très simples, quoique déroutants parfois. Il baillait dans les expositions. Les visites de cathédrales l'ennuyaient. À peine jeté un coup d'œil aux vitraux, il était las.

— Où sont les toilettes ? demandait-il à Ety.

— Regarde plutôt ce retable baroque. N'est-ce pas une pure merveille ?

Docile, il repartait faire un tour de la nef, passant en coup de vent sous des Christs et des Vierges, et revenait aussitôt vers Ety, toujours studieuse devant son retable.

— Y a pas de toilettes ici. Je t'attends au bistrot d'en face.

À la réflexion, il n'aimait pas trop la peinture. La sculpture alors ? L'architecture ? Non plus. Sauf peut-être le Parthénon, à Athènes, et les portraits de Rembrandt. Il sentait, là, un souffle, ici, une âme. Oui, pour le Parthénon et pour Rembrandt, il faisait une exception. J'ai besoin d'une présence, expliquait-il. Il faut que quelqu'un soit là pour moi.

Il préférait donc les spectacles, adorant, dans l'ordre, le cinéma, le théâtre, le concert, l'opéra et le ballet. Au moins, là, on avait affaire à de la parole, de l'événement, du corps vivant. Et on trouvait toujours les toilettes. Quand les lumières s'éteignaient, quand le rideau se levait, il se sentait requis par l'événement. Quelque chose allait commencer. Il s'endormait un peu dans les premiers instants de la représentation, preuve du véritable charme, de la force hypnotique qu'exerçaient sur lui les arts du spectacle.

Certes, il n'avait pas tort. Ainsi, la représentation de *La juive* à laquelle ils avaient assisté récemment avait été riche en émotions. De scène en scène, la tension dramatique avait été portée à son comble, et maintenant, tout le monde attendait l'air d'Eléazar à la fin du quatrième acte, les mélomanes parce qu'ils étaient curieux d'entendre comment le grand ténor Seymour Brekof allait franchir l'obstacle de ce redoutable exercice vocal, les lettrés parce que, dans *À la Recherche du Temps perdu*, le grand-père du narrateur fredonne les premiers mots de la chanson toutes les fois que Bloch rend visite à son petit-fils, et qu'ils allaient enfin connaître la suite. De fait, Ety, qui avait dressé l'oreille dès que, du fond de la douloureuse mélodie, s'étaient élevées les paroles cent fois lues et relues chez Proust

Rachel quand du Seigneur...

avait, dans la stupeur et le ravissement, écouté la phrase, jusque-là tronquée et suspendue, recevoir tout à coup son indispensable complément :

...la grâce tutélaire/ à mes tremblantes mains confia ton berceau...

Et elle avait découvert que ce qui résonnait comme un persiflage dans la bouche du grand-père proustien était en réalité un drame poignant. Or, elle se remettait à peine de cette révélation qu'un nouveau coup de théâtre était survenu. Le ténor attaquait la partie particulièrement périlleuse « Et c'est moi qui te livre au bourreau » quand sa voix avait proprement déraillé, non pas une fausse note, mais comme sur un vieux microsillon, l'aiguille qui dérape. Parcouru d'un frisson d'horreur, le public avait frémi tandis que Seymour Brekof, dans un geste de rage, dépité au-delà de toute expression d'avoir raté ce soir-là ce qu'il réussissait tous les soirs, s'était frappé la cuisse du plat de la main, comme un parieur qui vient de perdre aux courses. Puis il s'était repris et avait poursuivi l'aria en atteignant un tel degré de sublime que le public l'avait salué d'une ovation. Le cœur des Glouk battait à l'unisson. En effet, Eléazar et sa fille Rachel viennent d'apprendre qu'ils seront mis à mort à moins qu'ils ne renoncent à leur foi, et dans la scène suivante, la foule crie « Mort aux juifs ». Ainsi, le ténor avait, en montrant sa finitude et sa faillibilité, revendiqué une humanité qui était, à ce moment de la pièce déniée à son personnage. Il n'y a qu'au théâtre qu'on éprouve ces émotions-là, pas vrai ?

Oui, c'est vrai, pensait Ety. J'adore sortir moi aussi, mais, depuis quelques années, je ne sais pas ce qui se passe, est-ce l'âge ? ou bien est-ce qu'avec cet atelier de pratique théâtrale au lycée, sortir fait désormais partie de mon travail ? il me semble que les déconvenues l'emportent sur les expériences satisfaisantes. Ô bien sûr, il y a des soirées réussies ! De bons spectacles, vus dans de bonnes conditions. Cette *Juive* mémorable à l'Opéra Bastille. Malgré tout, souvent, quelque chosc vient gâcher la fête. Il faut dire que je suis trop sensible à l'environnement. Victor me le reproche assez. Ça n'empêche, les théâtres parisiens sont tellement inconfortables, avec ce quota impressionnant de places sans visibilité, comme s'il fallait forcément souffrir pour jouir de la culture, comme si, à partir du moment où plus de 10 pour cent de spectateurs réussissent à voir quelque chose, c'était fichu, ce n'était plus de l'Art, c'était du commerce. En plus, il faut bien dire, depuis quelques années, le public est devenu tellement grossier ! Même au théâtre, on en voit plein qui envoient des SMS pendant que les acteurs s'échinent sur scène à essayer de leur procurer du plaisir et un sentiment d'éternité. Peine perdue ! Les spectateurs ont mieux à faire que leur accorder ne serait-ce qu'un dixième de leur attention. Il faut qu'ils sachent tout de suite s'ils vont retrouver leurs amis et où et quand après cette pièce où, somme toute, ils se font suer. Jeremy a beau me conseiller de lâcher, c'est plus fort que moi, ça me déprime. C'est qu'on n'a pas de chance avec nos voisins, on tombe toujours mal. Cela me rappelle quand j'étais jeune et que j'allais au cinéma toute seule. Dès que la lumière s'éteignait, je sentais un genou se coller à mon genou, une main frôler ma main. Je devais me lever et changer de place. La séance était gâchée car je restais crispée tout le temps à guetter les mouvements dans le noir, redoutant que l'homme vienne à nouveau s'asseoir à côté de moi. Aujourd'hui, il paraît que ce n'est plus comme ça, d'après Lou et Cora, elles n'ont jamais été embêtées, tant mieux, les mœurs évoluent dans le bon sens, au moins pour cela. Sinon, on a toujours le chic, Victor et moi, pour se retrouver derrière un géant qui nous cache le paysage ou à côté d'un psychotique qui nous bouffe le cerveau. À croire qu'on les attire. Ou qu'ils nous attirent. On n'arrête pas de changer de place, moi ici, toi là, non, toi ici, moi là, et on finit par s'engueuler.

Cette année-là, justement, comme ils restaient à Paris avec Jeremy pendant les vacances de Noël, Victor avait dit à Ety :

— On va en profiter pour sortir en famille.

La capitale offrait, pour les fêtes, les affiches les plus prestigieuses. On avait l'embarras du choix. Il y en avait pour tous les goûts et on avait décidé que chacun choisirait un spectacle. Sachant que son mari, en philosophe plus habile à distinguer la preuve ontique de la preuve ontologique qu'à déchiffrer le panneau d'affichage des trains dans le hall de la gare Saint-Lazare, avait du mal à suivre une histoire au-delà d'une intrigue simple et de deux personnages, Ety avait pris soin de sélectionner quelques manifestations sans difficulté particulière.

Leur premier spectacle fut un ballet tiré de l'histoire de Blanche-Neige par le grand chorégraphe contemporain, Angelot Bricolage. Tout le monde connaît Blanche-Neige, non ? Ben évidemment. Même que Jeremy tirait la tronche parce qu'on le traînait à un truc de trisomique et pour les gonzesses en plus.

— Au contraire, c'est très adulte. Toute la sexualité du conte est dévoilée. Un peu comme dans la pièce qu'on a vue l'an dernier, *Le cas Blanche-Neige*, hein Victor ? De qui c'était ?

Jeremy avait fait la grimace. Il n'aimait pas que sa mère lui parle de sexualité. Et Victor ne se souvenait pas de la pièce de l'an dernier. Enfin, si. Vaguement. Une pièce de Baker, quelque chose comme ça. John Baker ? Non, plutôt Howard. Howard Baker ? Non, plutôt Baxter. Howard Baxter ? Oui, voilà ! *Le cas Blanche-Neige*, d'Howard Baxter.

Mais franchement, au ballet, ils avaient passé une excellente soirée. D'emblée, Jeremy avait été captivé par la force de l'argument chorégraphique, par l'énergie brutale qui émanait des corps des danseurs. On était bien, aussi, dans la grande salle du palais de Chaillot. Assis dans des fauteuils pas trop inconfortables, on n'avait ni trop chaud ni trop froid, et les voisins étaient respectueux. C'est important, les conditions matérielles, pour apprécier pleinement un spectacle. Victor avait dormi au début, comme à son habitude, mais par la suite, il avait suivi avec attention le spectacle, ne consultant sa montre qu'à deux ou trois reprises. À la fin, les Glouk avaient applaudi à tout rompre.

Pourtant, dans le métro, Victor avait entraîné Jeremy un peu à l'écart.

— C'est quoi l'histoire ?

— C'est l'histoire de Blanche-Neige, voyons, papa !

— Tu peux me résumer ?

— Un résumé de Blanche-Neige ? Sérieux ? Tu me demandes un résumé de Blanche-Neige ? Tu veux que je te fasse un PowerPoint ? Ça sera plus clair.

— S'il te plaît, Jeremy...

— Alors, à la cour du roi...

— Quelle cour ?

— La cour, au début. On voit des gens qui dansent. Enfin, qui dansent comme dans un salon, en plus de danser comme dans un ballet. Tu dormais déjà ?

— Continue

— La première reine meurt en mettant Blanche-Neige au monde. Le roi se remarie. Blanche-Neige grandit et elle devient très belle. Ça va ? Tu suis ? Elle devient très belle et elle s'amuse souvent avec ses amis dans la forêt. La forêt, c'est quand on voit des garçons en couche-culotte et des filles en barboteuses qui se frottent sur des pierres. Tu te souviens ou tu dormais encore ?

— Je crois que je me souviens.

— Bon, je te résume. La nouvelle reine est très jalouse de Blanche-Neige... Tu vois qui c'était la reine ? La femme en bas résille et en jarretelles avec un attirail sado-maso genre clous dans le nombril et chaînes de moto autour des chevilles. Donc elle est très jalouse, surtout qu'un jour son miroir beau miroir lui dit Ma reine, la jeune reine Blanche-Neige est bien plus belle que vous.

— Oui, ça me rappelle quelque chose, en effet.

— C'est normal, c'est un passage hyperconnu du conte. Même mamie Malka a dû te le lire quand t'étais petit. Bon, je continue. Alors là la reine est vraiment jalouse et comprend qu'il faut tuer Blanche-Neige.

— Oh ! Pourquoi ?

— Ben, pour continuer à être la plus belle. Donc elle envoie des chasseurs tuer Blanche-Neige dans la forêt. Tu te souviens des types en treillis militaire ? Non ? C'est pas grave, c'est anecdotique. C'était les chasseurs, les types en treillis. Mais ils ont pitié de Blanche-Neige et ils tuent une biche à la place. Tu te souviens de la biche ? Non ? Une femme avec des gros seins ? Tu dormais ? C'est dommage, t'as raté quelque chose. Bref, les chasseurs ramènent le cœur de la biche à la reine.

— Et après ?

— Après Blanche-Neige est recueillie par les sept nains dans la forêt. C'est quand y a sept bonshommes qui descendent en varappe la tête à l'envers sur le plateau. C'est joli comme effet. Tu te souviens ? T'étais réveillé ?

À ce moment-là, Victor avait commencé à protester. Il s'était certes un peu assoupi, mais juste quelques secondes brièvement au début. Pour le reste, il avait suivi. Parfaitement. Il avait juste besoin qu'on lui rafraîchisse un peu la mémoire. Ce n'était pas très charitable de se moquer de lui comme ça, surtout Ety, qui ricanait dans son coin à l'autre bout du wagon… Allons, allons, on n'allait pas se disputer. On avait quand même passé une bonne soirée, et, en somme, le spectacle avait plu à tout le monde, n'est-ce pas ?

Victor s'était bien vengé quelques jours plus tard. Son choix à lui s'était porté sur l'Opéra de Pékin qui était en tournée cet hiver-là à Paris. La presse était enthousiaste et célébrait le raffinement d'un art dont la gestuelle et les vocalises avaient traversé les siècles pour offrir à notre modernité désacralisée la profonde énigme de ces rituels implacables et délicats.

Pei Mi, ajoutait l'article, est parfaite dans le rôle de Bai Su Sheng et Wang Mei, tout de virilité contrôlée, incarne un magnifique Xu Xian.

Dans ce cas, avait dit Ety, on y va les yeux fermés. Sans moi, avait répondu Jeremy. J'ai une fête chez un pote prévue depuis longtemps. Quel pote ? Greg, tu connais pas. Mais vous me raconterez, l'opéra chinois, promis ? Au fait, on dit Beijing aujourd'hui.

Le théâtre était rive gauche et il avait fallu partir assez tôt. Dehors, il pleuvait, un crachin qui nous venait de Bretagne, recouvrant les trottoirs d'un vernis fumant où se réfléchissaient les phares des voitures et les lumières des boutiques. Dans le métro, avec tous ces manteaux mouillés, ça sentait comme chez le teinturier. Ety éprouvait une sourde inquiétude, taraudée par le souvenir d'un spectacle de Nô japonais dans lequel l'avait entraînée une copine jadis, et où elle avait eu l'impression d'assister pendant deux heures à l'enterrement d'un bonsaï. Il est vrai qu'à l'époque, on n'avait pas de surtitrage. Oh ! Ils avaient dû remédier à cela, depuis le temps. J'espère qu'au moins on sera bien placés, pensa-t-elle ensuite en arrivant dans la salle ; mais lorsque l'ouvreuse les abandonna au bord de la dernière rangée de l'orchestre après leur avoir désigné d'un geste autoritaire et fatigué les deux fauteuils branlants à droite du strapontin, elle comprit que non, ils ne seraient pas bien placés, loin de la scène et sur le côté. En plus, à peine s'étaient-ils installés qu'un couple était venu occuper les deux places devant eux et il avait été immédiatement manifeste que cet homme et cette femme leur bouchaient la vue. Victor avait proposé sa place à Ety, et ils avaient à deux ou trois reprises tenté d'échanger leur inconfort en faisant claquer le dossier de leur chaise, mais en vain, la vue restait bouchée, la seule solution aurait été de trancher la tête de ces personnes devant eux, ou de s'allonger le cou en tirant sur leur propre tête à eux, n'y songeons pas. Ety avait fini par trouver un angle de vue sur la gauche, Victor sur la droite, et le spectacle avait commencé.

L'ouverture avait été un ravissement. Une cascade de notes cristallines avait empli l'espace tandis que sur scène surgissaient, semblant flotter dans les airs plutôt que marcher, deux acteurs vêtus de longues robes somptueusement chamarrées. Ils agitèrent des tambourins et commencèrent à chanter, ou à parler, on ne faisait pas tellement la différence, parce que c'était en chinois. Ety se pencha vers Victor : « d'ici on ne voit pas les surtitres ». Dans un souffle il lui répondit que ce n'était pas grave, du moment qu'on devinait en gros ce qui se passait. « Mais j'ai besoin de comprendre » avait pleurniché Ety, et Victor avait posé l'index sur sa bouche pour la faire taire parce que les voisins commençaient à se retourner en claquant de la langue. « Du calme » s'était-elle conseillé.

« Et de la concentration. Essayons de reconstituer la trame de l'action. Voyons, que disait ce résumé qu'on nous a distribué avant le spectacle ? Bai Su Shheng tombe amoureuse de Xu Xian. Aidée de sa sœur Xia Quin elle attire le jeune homme sous un parapluie. Ils se marient, mais Fa Hai révèle à Xu Xian que sa femme est un serpent blanc. » L'actrice dont elle n'apercevait que le haut du corps et le visage surmonté d'une aigrette à pompon était donc Bai Su Sheng, et à ses côtés, l'autre actrice avec une aigrette à pompon devait être sa sœur. Quant aux panneaux peints à l'arrière-plan, ils représentaient manifestement, quoique de manière extrêmement stylisée, une montagne, un arbre et une rivière. Ety avait à peine stabilisé sa vision du monde qu'un coup de gong avait projeté sur scène un troisième personnage portant la même aigrette à pompon que les deux premiers, l'obligeant à de nouvelles hypothèses. Ce nouvel acteur, était-ce Bai Su ou Xia Quin ? Et dans ce cas, qui était le troisième ? Une suivante ? Une servante ? Et si c'était un homme ? Xu Xian ou Fa Hai ? Mais non, l'action venait de commencer, ça ne pouvait pas être Fa Hai, ni même Xu Xian, à la réflexion. Alors qui ? Pourquoi trois aigrettes à pompon sur scène et non deux ?

Peu à peu elle avait perdu pied. Le reste de la soirée s'était passée à observer, tantôt dans l'affolement, tantôt dans l'abattement, des personnages à l'identité incertaine foncer sur le plateau entre deux coups de gong, pour se camper devant la montagne, la rivière et la forêt, et se mettre à conférer avec leur éventail. De temps à autre, un coup d'œil furtif vers la salle lui renvoyait l'image d'un public attentif, captivé et ravi. Elle était donc la seule buse sur la terre !

Au retour, dans le métro, elle était restée silencieuse, tandis que Victor triomphant lui expliquait la rhétorique des coups d'éventail sur la scène chinoise.

On s'était retrouvés le lendemain, en terrain neutre, pour voir un film. Ils passaient *Oliver Twist* de Pavel Romanski au Cinéma du Cinéma. Ils l'avaient raté au moment de sa sortie. C'était l'occasion de se rattraper.

Ils aimaient bien le Cinéma du Cinéma, un cinéma convivial dédié au cinéma et situé à proximité de leur quartier. Ils y allèrent à pied, comme d'habitude. Comme le temps s'était mis au froid sec, on avait l'impression de marcher dans un air vivifiant qui rappelait les sports d'hiver. Ils étaient arrivés les joues rougies et l'esprit reposé, malgré la traversée de la place Clichy. Au cinéma, Ety avait appris, avec quelque désagrément, qu'*Oliver Twist* était programmé dans la petite salle, celle qui était traversée par les courants d'air. Pour ne pas ternir l'ambiance, elle n'avait pas protesté. On s'était installé. La petite salle s'était rapidement remplie. Ety avait gardé son manteau sur les épaules, en prévision des courants d'air. De toute manière, avec tout ce monde dans si peu d'espace, l'atmosphère ne tarderait pas à se réchauffer. Rassurée sur le chapitre du froid, elle se détendait. Et voilà qu'à l'instant où les lumières allaient s'éteindre, elle l'avait vu entrer, blond, grand, maigre, portant sur son cou noueux sa tête de pervers, et sur ses jambes grêles des jeans tellement serrés qu'ils lui moulaient les testicules, et avant qu'elle ait eu le temps de murmurer une prière conjuratoire, il était assis à côté d'elle. La projection avait commencé. Dans le noir le voisin mettait en train son manège infernal de gestes compulsifs, se lissant les cheveux, puis se caressant la joue droite, puis la gauche, puis le cou, se pinçant le nez, se froissant les paupières, puis se penchant en avant, se redressant, puis à nouveau, les cheveux, les joues, le cou, le nez, les yeux, en avant, en arrière, jusqu'au générique final. Fascinée malgré elle par cette agitation motrice, Ety ne parvenait plus à fixer son attention sur l'écran. Concentre-toi, voyons, *Oliver Twist*, quand même, une de tes histoires préférées ! Hélas, Romanski, encore tout imprégné de son film précédent avait confondu le Londres de Dickens avec le ghetto de Varsovie. Dans des ruelles surpeuplées, entre des murs en ruine, des gamins faméliques et loqueteux mendiaient sous un ciel tout chargé de neige polonaise.

On s'était retrouvé à la sortie.

Alors ? Jeremy ? Qu'est-ce que tu en as pensé ?

Le film m'a plu. Dommage que Romanski ait confondu Londres avec le ghetto de Varsovie. Mais à part ça, c'était bien.

Et toi, Victor ?

Moi, j'avais une TOC à côté de moi. Elle mangeait du pop-corn en faisant de grands bruits de bouche comme un nourrisson à la tétée. Mais sinon, c'était bien.

Et toi Ety ?

Ety résuma à son tour : un TOC et le ghetto de Varsovie. Mais sinon, c'était bien.

— Qu'est-ce qu'on va voir demain ? demanda Jeremy.

La secte

Les Glouk pestaient contre le nouveau lave-vaisselle.

Cet appareil ultra-perfectionné, qu'on leur avait livré la semaine précédente, était doté d'une boîte de dialogue électronique, par où s'écoulait un flot d'exigences intarissables. La veille il avait pleurniché toute la soirée pour obtenir un supplément de poudre de rinçage. Et voilà qu'il se plaignait à nouveau.

Ety s'approcha, pour déchiffrer le message qui s'affichait sur le tableau de bord. Le lave-vaisselle réclamait une dose de sel anticalcaire. « Pur caprice » pensa Ety. « Notre eau n'est pas calcaire ». Elle versa néanmoins un peu de produit dans le bac à sel, sachant qu'il était inutile de négocier, et, d'un coup de pied, referma rageusement la porte. La machine se mit à hurler et tous ses voyants clignotèrent. Elle exigeait une reprogrammation intégrale. Prélavage ? Vaisselle sale ? Très sale ? Poisson ? Mayonnaise ? Pikelfkeish ? Séchage ? Demi-charge ? « J'ai autre chose à faire qu'à m'occuper de toi » lui cria Ety, excédée. Victor, accouru du salon, commençait à s'en mêler. « Fais donc ce qu'il demande, et qu'on en finisse !

J'aimerais avoir un instant de paix, dans cette maison ! » « Tu n'as qu'à t'en occuper, toi, puisque c'est si simple ! ».

La scène de ménage s'amorçait et Jeremy, sortant de sa chambre, se risqua à proposer ses services. Le technicien de la famille, c'était lui. Moyennant quoi, il se fit méchamment rembarrer par son père. « Ta mère se noie dans un verre d'eau mais on n'a pas encore appelé les pompiers ! File dans ta chambre ! »

Entre-temps, Ety, prenant sur elle, avait retrouvé son sang-froid. Avec méthode et impassibilité, elle répondait aux injonctions du lave-vaisselle. Satisfaite, la machine consentit à redémarrer, en suçant l'eau comme un enfant à la tétée.

Ils se réinstallèrent au salon. Ils attendaient le retour de Lou. Il fallait qu'ils aient une franche explication avec leur fille.

Depuis plusieurs mois, son comportement laissait à désirer. On ne la voyait plus, ni au repas du soir, ni au petit-déjeuner. Elle jouait les courants d'air, première partie, dernière rentrée, laissant des mots sur la table de la cuisine pour informer ses parents de ses allées et venues. Que faire ? Elle avait dix-neuf ans, elle était majeure, inscrite à l'université.

Une nuit, Ety l'avait surprise devant le frigidaire, improvisant un repas froid, une cuisse de poulet dans une main, une brique de lait dans l'autre. Elle avait voulu tirer avantage de la situation pour la pousser aux confidences. Que faisait-elle, jour et nuit ? Où allait-elle ? C'était une histoire d'amour ? Elle avait une liaison ? Avec un homme marié, peut-être ? Elle pouvait se confier à Ety. C'était sa mère, après tout. Lou avait avalé une grande rasade de lait, s'était essuyé les lèvres avec une vulgarité ostentatoire, s'était frotté le bas de la joue avec le dos de la main en signe d'exaspération. Elle ne volait pas, elle ne se droguait pas, elle ne baisait pas, non, désolée, alors, laissez-moi vivre, mêlez-vous de vos affaires, je n'ai pas de comptes à rendre. « Mais quand même tu vis sous notre toit, il y a des règles à respecter, tu as des devoirs, pas que des droits. » « D'accord, payez-moi une chambre et versez-moi une petite pension alimentaire. » Ils ne pouvaient pas, ils aidaient déjà Coraline... Son école de commerce leur revenait très cher... Quand l'aînée aurait terminé ses études... oui... dans un an ou deux. Bon. Alors, la discussion était close. Est-ce que Lou pouvait aller se coucher maintenant, parce que demain, elle avait à faire, tôt le matin...

Que se passait-il ? Les Glouk en perdaient le sommeil.

On était arrivé à la fin du mois de juin. Victor présidait un jury de baccalauréat. Ce matin, très tôt, il avait dû se rendre en banlieue, dans un lycée qui servait de centre d'examens, pour assister à une séance d'harmonisation des notes. Remontant le flot des banlieusards qui se pressaient vers les quais, il avait atteint la sortie, débouchant dans l'air frais qui charriait, comme toujours dans ces contrées périphériques, une odeur de végétation et de gaz d'échappement. Postés devant la gare, un groupe de jeunes gens s'époumonaient : « Achetez *Classe contre classe* ! le seul journal de la classe ouvrière ! le journal de Reinette Lagrillée ! Achetez *Classe contre classe* ! »

Victor leur avait à peine accordé un regard. Le parti de Reinette Lagrillée ! Quelle bande de ratés ! La frustration sexuelle convertie en libido politique !

C'est alors que Victor était tombé nez à nez avec Lou. Machinalement, il avait souri. Il avait même penché le buste en avant pour embrasser sa fille. Puis il avait vu, au bout du bras tendu, le journal noir avec son titre rouge. *Classe contre classe*. Lou faisait partie des vendeurs. Elle s'était éloignée, feignant de ne pas le reconnaître.

Ainsi, c'était donc ça ! Lou était embarquée dans le parti de Reinette Lagrillée, cette troupe de crypto-bolchéviques qui n'avaient pas renouvelé leur vision du monde depuis la révolution d'Octobre ! Le soir, en rentrant, il avait fait part de sa découverte à Ety. À présent, tous les deux, ils attendaient le retour de Lou. Oui, il fallait qu'ils aient une franche explication avec elle. Elle était en danger. Une secte l'avait embrigadée.

Trente ans auparavant, au même âge que sa fille, ou peut-être un peu plus jeune, Victor avait lui-même rejoint les rangs de Classe contre classe. Il était passé à côté de mai 1968, il voulait se rattraper. Au lycée, il y avait un peu de tout : des maoïstes, des anarchistes, des spontanéistes, des trotskistes, on avait le choix. Un condisciple, un grand frisé avec des caries dentaires, lui avait parlé de Classe contre classe. Victor lui avait demandé s'il en faisait partie. Ouh là là ! C'était un mouvement très rigoureux, on n'y entrait pas comme ça, mais si ça l'intéressait, on pouvait discuter. Et le condisciple lui avait donné rendez-vous au café, le lendemain, pour discuter.

C'est ainsi que Victor était devenu un *contact*. En quelques entretiens, le grand frisé lui avait exposé l'essentiel. Il y avait les exploiteurs et les exploités, les patrons et les ouvriers. Les ouvriers étaient exploités par les patrons, qui assuraient leurs profits en exploitant les ouvriers. C'était la logique du capitalisme. C'était expliqué par Marx (et Lénine). C'était dégueulasse. Mais justement, les ouvriers, justement, parce qu'ils étaient exploités et donc victimes de l'injustice, et bien, ils étaient les seuls, je dis bien les seuls, en tant que classe, à vouloir la révolution, hein, en tant que classe. Peut-être pas les seuls, mais les premiers. En tout cas ils étaient les seuls, en tant que classe urbaine organisée, à pouvoir faire la révolution, hein, en tant que classe. Tu piges ? Oui, il pigeait. Donc, donc, c'était pas compliqué, y a qu'une chose à faire, se mettre au service du prolétariat pour hâter l'avènement de la révolution socialiste mais, mais y a qu'un seul parti dans le monde entier qu'a pas trahi cette cause tu devines lequel Classe contre classe ouais car, car le parti communiste les Stals quoi les staliniens ils ont trahi la classe ouvrière les socialistes n'en parlons pas les maoïstes prônent le socialisme dans un seul pays or, or la révolution sera mondiale ou ne sera pas Trotski l'a dit mais, mais les trotskistes de Poudre rouge laisse-moi rire ce sont des rigolos des petits-bourgeois qui jouent à la révolution pour se donner des frissons demain ils retourneront bien gentiment à leurs chères études deviendront médecins avocats notaires laisseront tomber les ouvriers qui eux n'ont pas le choix continueront à crever dans leur usine tandis qu'à Classe contre classe on a une majorité d'ouvriers on fait un patient travail d'explication et d'élucidation auprès des prolos... T'es d'accord pour te mettre au service de la révolution ?

Victor ne voulait pas décevoir le grand frisé. Oui, il était d'accord. Qui sait ? il rencontrerait peut-être des tas de filles mignonnes à Classe contre classe.

Victor était donc monté en grade. Il était devenu un *sympathisant*. Le grand frisé l'avait confié à un formateur, Cassegrain. Chaque semaine, dans un café où il lui donnait rendez-vous, Cassegrain contrôlait les lectures de Victor et l'initiait à la doctrine. Il fallait lire *Que faire ?* de Lénine, *L'Origine de la famille, de la propriété et de l'État*, de Engels, *Le Droit à la paresse*, de Lafargue, tout Marx, tout Trotski. Il fallait lire des romans, qui en apprenaient parfois bien plus qu'un traité théorique prétentieux, Vallès, Victor Serge, *À l'Ouest rien de nouveau*. Il fallait préférer Balzac à Zola (Marx et Trotski avaient été assez clairs là-dessus). Il ne fallait pas reconstruire la quatrième Internationale (ou au contraire, fallait-il la reconstruire ?) Il fallait la révolution permanente. Il fallait instaurer la dictature du prolétariat. Il fallait limiter le droit de vote des paysans et des vieux. L'Union soviétique était un état ouvrier dégénéré, pas un état ouvrier bureaucratique, comme le prétendaient ces clowns de Poudre rouge. Ceux-là ! Ils avaient encore raté l'occasion de se taire !

Un état ouvrier bureaucratique ! Quelle monstrueuse erreur d'analyse ! Quelle connerie !

Cassegrain avait un visage émacié, des lèvres fines. Il ne souriait jamais, sauf quand il rapportait un trait d'humour de Trotski, voire de Lénine. C'était un vrai militant de la classe ouvrière. Victor craignait son jugement. Aussi s'appliquait-il à assimiler la doctrine et à accomplir sans faille les tâches militantes qu'on lui assignait.

Cassegrain l'avait initié aux règles de la clandestinité. Au lycée, le grand frisé et lui ne devaient pas montrer qu'ils se connaissaient. À Classe contre classe on prenait un pseudonyme, personne ne se connaissait par son vrai nom, comme ça, si la police tsariste vous torturait, ça limitait les dégâts. Désormais, Victor s'appelait Mercier. Si Glouk s'appelle Mercier, alors Cassegrain s'appelle peut-être Rothschild, pensa Victor, qui trouvait un petit air juif à son formateur. Allez savoir.

Question filles, il avait été déçu. Celles de Classe contre classe, toutes dévouées au prolétariat, ne s'intéressaient pas à lui. Elles ne s'intéressaient pas à elles non plus. Elles se négligeaient avec affectation, promenant avec l'allégresse du martyre des silhouettes dont le désastre témoignait de leur sacrifice à la Cause, trop maigres ou trop grosses, fagotées comme l'as de pique, le cheveu gras et triste, le teint gris, les yeux pochés par la fatigue. De toute manière la coquetterie était un privilège bourgeois. Les ouvrières n'avaient pas le temps, elles, de se consacrer à leur physique. Victor, avait quand même trouvé une copine, pas trop moche. Mais elle l'appelait Mercier au moment de l'orgasme, ça lui coupait tous ses moyens.

Il avait encore monté dans la hiérarchie. Il était désormais *militant* et faisait partie d'un *cercle probatoire*. Combien restait-il d'échelons à franchir ? Cassegrain avait balayé sa question d'un revers de la main. Il fallait des années, tu entends des années de militantisme intégral pour passer membre... quant à cadre, quant à dirigeant, seule la crème de l'élite y parvenait. De toute manière, les travailleurs et travailleuses avaient la priorité, normal. Reinette Lagrillée, par exemple, avait connu une ascension rapide parce qu'elle travaillait à la poste. C'était une travailleuse. Le cercle probatoire de Victor comptait deux ouvriers, en chemise à carreaux. Ils étaient passés directement de la case *contact* à la case *militant*.

Maintenant, finie la rigolade, il s'agissait de militer à plein temps. Lundi matin, cinq heures, diffusion de tracts chez Renault, mon pote c'est l'heure où les prolos bossent, mardi matin sept heures vente du journal à la gare de Villetaneuse, mon pote c'est l'heure où les banlieusards débarquent et tu nous remets ça en fin d'après-midi à la porte d'Orléans, mercredi soir réunion du cercle probatoire, jeudi matin diffusion devant chez Pechiney, faites gaffe, les Stals sont mauvais en ce moment, les copains se sont fait casser la gueule la dernière fois, jeudi soir tu t'occupes de sortir le bulletin d'entreprise de l'Alsthom au local mais pas avant onze heures question de sécurité et vendredi matin tu te pointes devant la boîte pour la diffusion ouais à cinq heures mon pote c'est l'heure où les prolos bossent et samedi-dimanche tu assures un porte-à-porte à la cité des Pots-Pourris à Rosny-le-Sec t'iras avec Clément et Corentin Celton.

Mort de fatigue, le petit Victor Glouk traversait ses semaines dans un demi-coma. Il lui manquait neuf cents heures de sommeil. Mais surtout, qu'il ne s'endorme pas pendant les cours ! Qu'il ne néglige pas son travail scolaire ! Un militant révolutionnaire se doit d'être irréprochable. Un modèle. Et il ne doit pas attitrer l'attention sur lui. Un modèle qui passe inaperçu, en quelque sorte. Victor n'avait plus assez de lucidité pour trouver cela contradictoire.

Malka et Salomon n'y comprenaient rien. Eux n'avaient jamais fait de politique. Mais après tout, ce Trotski, c'était un juif, non ? Ils voteraient pour lui aux prochaines élections. Malka se souvenait : un de ses frères en Pologne était inscrit au Bund. Hershel. Un autre était sioniste, un autre nationaliste polonais. Qu'est-ce qu'ils pouvaient se disputer ! Ils étaient tous morts. Et aujourd'hui, regardez-moi ! Un fils Bobovitch, l'autre chez les Trouzkisses ! quelle famille !

C'était au tour de Victor, maintenant, d'attraper des contacts. S'il parvenait à ramener un ouvrier, ça lui rapporterait beaucoup de points et le rapprocherait de la case militant. Hélas ! il manquait de talent, de charisme, de conviction. Dans ses filets, il ne prenait que des toquards et des canassons. Il n'avait trouvé à catéchiser qu'un ouvrier à moitié débile qui vivait encore chez sa mère à quarante ans et venait ponctuellement aux rendez-vous que lui fixait Victor parce que c'était l'occasion de s'enfiler quelques ballons de rouge gratis. Il s'était attaché aussi le gars le plus caractériel de sa classe, un monstre d'inhibition qui cachait son visage ravagé par l'acné sous une masse de cheveux sales et vouait à Victor un amour sans borne, l'amour d'un Quasimodo pour une Esméralda, depuis que Mercier, paniqué à l'idée que le soir même, il avait rendez-vous avec Cassegrain et aucun nouveau contact dans sa besace, lui avait adressé la parole. Mais Quasimodo, manifestement, n'aidait pas à la propagande. Quand il participait à une vente du journal, on vendait zéro exemplaire, purement et simplement. Alors que d'habitude, quand même, on en vendait un, voire deux.

Victor lui-même n'était pas bien adroit dans tous ces exercices militants.

Un jour devant une usine, un ouvrier qui se pressait vers la machine à pointer, lui avait crié : « Retourne chez ta maman, morveux ! » Le dimanche matin, dans les cités HLM, il n'avait guère plus de succès. Il prenait pourtant son air le plus engageant. « Bonjour, je vous présente *Classe contre classe*, le seul journal de la classe ouvrière. » Il avait juste le temps d'apercevoir une paire de charentaises, un type en chemise de corps, une femme en robe de chambre, un chien furieux. On lui claquait la porte au nez. « La classe ouvrière elle t'emmerde. » Parfois, il tombait sur des communistes, les staliniens, les « Stals », comme ils les appelaient. Merci, j'ai *L'Humanité*, pas besoin de votre saloperie.

Heureusement, il lui arrivait d'être bien accueilli. Après, il retrouvait les copains au bistrot. On échangeait des anecdotes. Il faisait partie d'une communauté.

Cassegrain lui avait demandé de l'argent, une cotisation exceptionnelle. L'organisation en avait besoin. En même temps, on testait son degré d'engagement. Un révolutionnaire devait avoir le cœur dur et être capable de soutirer de l'argent à ses parents.

« Mes parents ne sont pas riches » se défendait Victor, « mon père est tailleur. » Cassegrain réfléchissait, embarrassé. Un tailleur, ça se classait où ? parmi les ouvriers ? les artisans rétrogrades ? ou les patrons détenteurs du capital ? Pris de remords, Victor vola à son secours. « Avec les Réparations, ils ont mis des sous de côté. » Cassegrain exultait. Un capitaliste, un rentier ! « Débrouille-toi, Mercier. Pique de l'oseille à tes bourgeois. » Papa Glouk planquait des pièces d'or dans une armoire, sous une pile de draps. Victor en avait pris pour cinq cents francs, une belle somme à l'époque. Cassegrain allait être content. Papa Glouk, qui consultait régulièrement son tas d'or, n'avait pas tardé à constater la disparition des pièces. Maman Glouk qui soupçonnait Victor d'avoir tapé dans la caisse pour ses « besoins de jeune homme », redoutant la colère de son mari, s'attribua le larcin. C'était son argent à elle aussi, après tout, et elle avait des achats à faire.

Vers la même époque, Victor s'inscrivit à un stage d'instruction révolutionnaire. Il passa cinq jours à la campagne sous une tente, avec les copains. Il apprit quelques rudiments de sports martiaux, à monter et démonter une machine à écrire. Le soir, on chantait des chants révolutionnaires. « Le voici ! Le voici ! Regardez !/ Il flotte et fièrement-t-il-bou-ouge/ Notre superbe drapeau rouge/Rouge du sang de l'ouvrier. »

Il n'était jamais allé en colonie de vacances. C'était formidable.

Et puis, un jour, la fièvre était retombée. Il était fatigué. Il voulait dormir le matin. Il voulait faire des études. Il voulait se marier et avoir des enfants. Il voulait s'appeler Glouk et pas Mercier. Il venait de passer son baccalauréat. Il avait envie de faire une hypokhâgne. Il en avait parlé à Cassegrain, lui avait demandé l'autorisation. Cassegrain intransigeant, lui avait rappelé la règle. S'il choisissait l'hypokhâgne, il quittait Classe contre classe, il trahissait le mouvement ouvrier. On n'avait pas le temps de militer, en hypokhâgne, cette antichambre des carrières bourgeoises.

Tout l'été, Victor s'était tourmenté. À la rentrée, il avait annoncé sa décision à Cassegrain : il irait en hypokhâgne ; il prenait ses distances, pour quelque temps, avec l'organisation. « J'espère que tu auras le courage de venir répéter cela en face aux copains » avait sifflé Cassegrain. Rongé de culpabilité, Victor avait relevé le défi. Devant son cercle probatoire réuni en tribunal muet, il avoua qu'il désertait. Un dirigeant s'était déplacé pour l'occasion. Afin d'édifier l'assistance, il tira la leçon de l'épisode, accablant Victor d'insultes et de sarcasmes. « Regardez bien le camarade Mercier, les copains. À dix-huit ans, c'est déjà un pourri. Il va faire une bonne petite carrière de bourgeois. Il préfère devenir un chien savant du capital, pendant que vous vous allez continuer à vous crever au service de la classe ouvrière. Mais c'est vous qui êtes dans le chemin de l'honneur, c'est vous qui avez raison. Lui, il vend son âme, vous, vous préparez l'avenir. Vous, vous pourrez encore vous regarder dans la glace demain matin, lui, il ne verra que sa petite gueule de traître. »

À présent, Victor s'accusait de n'avoir pas suffisamment parlé de cet épisode de sa vie avec Lou. Peut-être qu'elle ne se serait pas laissée embarquer, si elle avait su...

Ety en doutait. Quand on est aspiré par une secte, il n'y a pas grand-chose à faire, n'est-ce pas ? et Classe contre classe, c'est une sorte de secte, non ?

Ils attendirent leur fille jusqu'après minuit, puis décidèrent d'aller se coucher. Ils n'eurent pas d'explication décisive avec elle ce soir-là, ni un autre jour. Il n'y avait rien à faire. On n'avait qu'à attendre. Laisser le temps agir. Que jeunesse se passe. Un jour, sans doute, un jour peut-être, comme son père, Lou en aurait assez, de Classe contre classe. On verrait bien.

Coffee-shop

Quand ils avaient reçu cette proposition d'échange de logement, Les Glouk avaient hésité.

Le mail était signé Cornelia et Roel Van der Tuuil, lui, employé, elle, chef d'agence immobilière. « Seriez-vous tentés par un court séjour en juillet à Bowldeegom, entre Delft et Den Haag ? Notre cuisine a été entièrement rénovée » Les photos montraient une grande maison de trois étages et un chat siamois. A priori, ils rêvaient de destinations plus exotiques que la banlieue de La Haye. Dix jours à Saint-Petersbourg, ou cinq à Lisbonne. Mais de ce côté-là, aucune autre offre n'était venue. Ils s'étaient laissé convaincre, finalement. Va pour Bowldeegom !

— Ça peut être sympa.

— On fera du vélo.

— On mangera du hareng.

— La mer est à côté. On ira se baigner.

— On boira de la bière.

— Ça nous fera du bien.

— Ça ne pourra pas nous faire de mal.

— Et si on téléphonait aux Lucasse ?

— Pourquoi faire ?

Les Lucasse avaient vécu en Hollande, à La Haye, justement ; Jean-Robert était traducteur à la cour de justice internationale et sa femme, Sandrine, avait occupé un poste de lectrice à l'université. Ils leur donneraient des conseils.

— Ils vont croire qu'on les appelle pour se faire inviter à dîner...

— On n'a qu'à les inviter nous...

— Ce n'est pas notre tour...

— Ils nous en devront deux...

Au repas, l'avant-veille de leur départ, les Lucasse s'étaient montrés encourageants. Les Pays-Bas ? c'est cool. C'est le paradis du pétard. Ils ont légalisé les drogues douces là-bas. Tout le monde fume, là-bas. Vous entrez dans un coffee-shop et vous achetez votre dose. Y a rien de plus simple. C'est cool. Sandy et moi, on y retourne rien que pour se faire des cures... Pas vrai Sandy ?

Les Glouk avaient échangé un regard affolé. Ils n'avaient jamais rien fumé, eux. Pas le moindre pétard, pas la moindre dosette, la moindre pipette, le moindre shit, le plus petit joint n'avait transité par leurs mains et encore moins atteint leurs lèvres. Comment avaient-ils fait pour traverser toutes ces années sans jamais y toucher ? Les Lucasse se tenaient les côtes. Alors comme ça, ils étaient puceaux ? Puceaux du shit ? Ni snif ni shoot ? Même pas après 68 ? Quels phénomènes, ces Glouk ! « Mais tout le monde en prend, aujourd'hui ! Y a que vous qui... »

Peut-être qu'on devrait essayer... Ouais... On ne va pas mourir idiots... Ouais... on verra... Je préfère le vélo... L'un n'empêche pas l'autre...

Comme leur Thalys ne partait que dans l'après-midi, ils avaient pu accueillir chez eux les Van der Tuuil, arrivés par le train du matin. C'était un couple de Néerlandais épais qui se tassaient à vue d'œil sous les plafonds bas du petit appartement parisien, dont le décor à la fois coquet et austère semblait avoir été disposé pour leur révéler, au bout d'un long voyage, leur provincialisme et leur pesanteur. Les Glouk leur offrirent le café, mais ils n'osaient pas s'asseoir et continuèrent à se balancer sur leurs jambes, lançant des regards apeurés aux étagères débordant de livres du salon. La femme parlait un anglais approximatif. Le mari, manifestement hors jeu, tripotait quelque chose, un trousseau de clés ou des bijoux de famille, à travers les poches de son pantalon. « Qu'est-ce qu'ils vont bien pouvoir faire à Paris ? » se demandait Ety, inquiète.

— Et qu'est-ce que vous comptez faire à Paris ? leur demanda Victor d'un ton enjoué.

Ils restèrent évasifs. Shopping. Sightseeing. Crazy Horse. De toute manière, ils avaient leurs vélos. « Vos vélos ? » Yes. We take the bicycles always. In the train. In the plane. Everywhere. À l'évocation de leurs machines, Cornelia s'échauffait, devenait enthousiaste, tandis que Roel arborait un large sourire, qui illuminait ses joues vermillon. Not without *fiets* balbutia-t-il. Never ! renchérit sa femme.

Ety s'inquiétait. S'ils avaient laissé les *fiets* dans la rue, ils risquaient de se les faire voler. On était à Paris, pas à Bouwldeegom, hein ! Derechef, les deux Tuuil s'esclaffèrent. No worry. Les biclos étaient derrière la porte. Intrigués, les Glouck sortirent sur le palier et avisèrent deux valises sagement rangées le long du mur. Your bicycles ? Our bicycles confirmèrent-ils obligeamment.

« Étonnant ! » pensait Victor. « Comment font-ils pour fourrer des bécanes dans de si petites valises ? Il faut tout démonter, et tout remonter après. » Un cauchemar de clés à molette, de boulons et de tournevis prit brièvement forme devant ses yeux. Il le chassa d'un plissement du nez. Ce n'était pas son problème, après tout. Il était temps de quitter ces fascinants Bataves, ou on allait finir par rater le train. Après avoir expliqué à la paire de Tuuil le mode de fonctionnement des principaux appareils ménagers, les Glouk leur remirent les clés de l'appartement et filèrent vers la gare du Nord, à pied.

Ils étaient montés à bord du Thalys confort 1 et confort 2. Une fois installés à leur place, ils avaient échangé un sourire. Ils éprouvaient un sentiment de liberté, une quasi-allégresse. Ils partaient vers la Hollande seuls, tous les deux, sans enfants, « en amoureux » comme disait Jeremy. À quand remontait leur dernière escapade ? Ils s'amusaient à chercher. Peut-être l'année du passage à l'euro ? ou l'année de la tempête ? Oui, L'année de la tempête. Jeremy avait été invité chez un copain ; on avait offert un séjour linguistique à Cora, et Lou avait accompagné Gisèle à Londres. Profitant de l'aubaine, ils avaient filé vers l'Italie.

Maintenant, ce genre d'occasions allaient se multiplier. Les filles ne partaient plus avec eux, elles trop grandes, eux trop vieux. Restait Jeremy, qu'on n'avait pas trop de mal à caser, ici ou là, de temps en temps. Là, il faisait un stage de glisse (surf-smurf) avec l'UCPA.

Le TGV fendait les plaines du Nord. Tous les voyageurs semblaient satisfaits de se trouver dans cette capsule moleskinée, qui leur procurait, selon le prospectus distribué aux passagers, « l'euphorie de la puissance alliée à la jouissance de la sécurité ». Les conversations étaient feutrées, comme la moquette grise des wagons. Victor ouvrit un livre, Ety déplia le journal.

Ils arrivèrent à Bouwldeegom dans la soirée et trouvèrent la maison sans peine, dans la Stationstraat, une rue paisible et plantée d'arbres verts, qui, comme son nom l'indiquait, menait à la gare.

Ils firent rapidement le tour du propriétaire. Il y avait bien trois étages, cinq vélos sous un hangar, un petit jardin derrière la cuisine, et un chat siamois qui, victime d'une déprogrammation génétique, aboyait au lieu de miauler. Ety parcourait les pièces, furetait dans les coins, en proie à une crispation des mâchoires qu'elle connaissait bien. Comme vous et moi, elle avait ses phobies, et elle redoutait d'en rencontrer l'objet, quelque horreur cachée qui lui gâcherait le séjour. Et si ça sentait mauvais ? Et si le lit était pourri ? Et s'il y avait des taches de sperme sur le canapé ? Des taches de sang sur le matelas ? Des cafards dans la baignoire ?

Pendant toute la semaine qui avait précédé le départ, elle avait cherché à se rassurer.

On va en Hollande, chez les protestants. Ça sera nickel. « Pourquoi nickel ? » À cause de leur religion, voyons. Ils se nettoient l'âme en permanence avec des examens de conscience. Et la maison, c'est le reflet de l'âme, non ? Pour les deux, on emploie le même mot : l'intérieur. Ton intérieur trahit ton intérieur, tu vois ce que je veux dire ? Donc, il faut que ça brille, ils n'ont pas le choix. D'ailleurs y a pas de rideau aux maisons, c'est bien connu, tout ce qui est dedans peut être montré dehors, tellement c'est propre. Donc, forcément, la ménagère hollandaise passe son temps à briquer son intérieur. Donc, forcément, chez les Van Tuuil, je ne m'inquiète pas, ce sera nickel.

En fait, ce n'était pas si nickel que ça.

Dans la chambre, par exemple, ça sentait bizarre, le manque d'aération ou quoi ? Une odeur de sueur, l'odeur de la sueur des autres, de ceux qui dormaient là et faisaient l'amour dans ce lit, mêlée à quelque chose qu'elle n'identifiait pas et qui était peut-être, qui sait ? du cannabis. Ou les poubelles. De toute manière, le problème avait sa solution : tous les soirs, Ety glisserait sous son nez un kleenex imbibé de son parfum préféré. La nuit, quand elle se réveillerait, elle renouvellerait l'imbibition odoriférante.

La première nuit, les aboiements du chat les avaient réveillés. Il attendait, ses yeux rouges brûlant dans le noir. Il expliqua qu'il voulait sortir. Ety regarda sa montre : trois heures du matin. « Ouais, mon coco, tu ne vas pas nous sortir du lit tous les jours. Ik niet Cornelia. » (Son néerlandais avait fait des progrès fulgurants). Le lendemain, elle le mit dehors à minuit, au moment d'aller se coucher. Il hurla quelque temps dans le jardin, puis disparut. Vers l'aube, il émit quelques jappements vindicatifs qui les atteignirent à peine dans leur sommeil. Le pli était pris.

Au bout de très peu de temps, ils avaient trouvé leur rythme.

Tous les matins, ils s'installaient au jardin, dans la fraîcheur et la grisaille de l'été septentrional. Ils lisaient, ils travaillaient. Vers midi, quand la pluie commençait à tomber, ils enfourchaient leurs bicyclettes. Souvent ils prenaient le chemin des dunes. Parfois ils suivaient les canaux. Parfois ils rejoignaient la piste cyclable le long de la Nationale. Ils roulaient jusqu'à Delft, ou jusqu'à la mer. Au-dessus d'eux, le vent poussait les nuages. Il arrivait qu'une averse plus violente nettoie le ciel à fond. Pendant quelques heures, l'azur triomphait.

Pour manger, ils s'arrêtaient dans une de ces petites baraques mobiles qui vendent des fritures au bord de la route. Ils commandaient du hareng frit relevé de ketchup ou de mayonnaise, qu'on leur servait dans une feuille de journal roulée en cône, avec du chou et une salade de pommes de terre. Tout en se régalant, ils échangeaient leurs impressions. Que c'était dur de pédaler avec ce vent… Oui mais au retour, on l'aura dans le dos… Je me demande… Où est-ce que les juifs pouvaient se cacher pendant la guerre ? Tu as remarqué ? Dans les dunes, y a pas une maison, et ailleurs, y a que ça ; les zones habitables sont sursaturées, pas un seul petit village isolé à l'abri des regards, jamais une maison à plus de dix mètres d'une autre, et encore ici, on est à la campagne, alors en ville… Ben ! tu vois le résultat : ils ont été exterminés à 75 % On y va ? J'aimerais trouver un coffee-shop…

Trouver un coffee-shop… Cela tournait à l'idée fixe.

Depuis leur arrivée, ils n'avaient pas réussi à en dénicher un. Si les Lucasse apprenaient ça ! Pourtant, tous les guides le confirmaient : aux Pays-Bas, vous trouverez un coffee-shop à chaque coin de rue. Et dans la rue, apparemment, tout le monde se baladait avec un pétard au coin de la bouche. Eux, ils avaient beau arpenter les villes, le front de mer et l'arrière-pays, ils n'apercevaient aucune enseigne de « coffee-shop ». Victor arrêtait les passants. Where can I find a coffee-shop ? On l'envoyait dans un café-restaurant. Ils s'asseyaient à la terrasse, commandaient des œufs sur le plat, et quand la serveuse revenait avec son plateau chargé, ils essayaient d'être plus explicites. Where can I find a coffee-shop ? I want to smoke... something good... quelque chose de bon, voyez ce que je veux dire... On les adressait à un bureau de tabac. Victor se rapprochait de la caisse avec des mines de conspirateur. I want something to smoke. Placide, le négociant désignait derrière lui ses stocks de Malboro, l'œil déjà fixé sur le client suivant.

— Everything is here.

— That's not what I want.

— What do you want ?

— Y vent a coffee-shop.

Et on les renvoyait au café-restaurant de Bouwldeegom, où derechef ils commandaient des œufs sur le plat.

À Bouwldeegom on commençait à les connaître, ces Français un peu mabouls qui cherchaient un coffee-shop.

— On va se faire un joint, quand même ! répétait Victor. On est venu pour ça !

— Oh ! tes lubies !

— Oh ! tes phobies !

Un jour qu'ils pédalaient autour de Delft, ils passèrent devant un panneau qui indiquait : Amsterdam. Allons-y ! là-bas, on trouvera des coffee-shops ! Des milliers de coffee-shops ! Amsterdam est constellée de coffee-shops !

Ety protestait. 40 km à vélo ! face au vent !

Ils roulèrent. Canaux. Ponts. Moulins. Autoroutes. Banlieues. Ils avançaient de dix mètres, le vent leur en reprenait cinq. Coffee-shop ! coffee-shop ! Ety règle son coup de pédale sur ce refrain. Co-fee-shop. Co-fee-shop. Les fesses font trop mal. La chair est devenue un morceau de viande cuisante. Elle se dresse sur ses pédales pour échapper à la morsure de la selle. À Wuisters, c'en est trop ! elle se jette par terre en sanglotant : il est déjà deux heures et on n'a rien mangé ! On s'arrête dans un restaurant chinois. On repart.

Canaux. Ponts. Moulins. Autoroutes. Banlieues. Ety se souvient des albums de Caroline que sa mère lui lisait quand elle était petite. Dans une des histoires, Caroline et sa bande visitait l'Europe. Après Pise et sa tour penchée, la Suisse et ses montagnes, on tournait la page et... « Voici la Hollande et ses fromages ! » chantonnait maman d'une voix suave. L'image montrait Caroline, les deux couettes blondes en bataille, fronçant les sourcils devant les facéties de ses amis. En effet, Noiraud le chat s'était caché au milieu des Gouda d'où émergeait sa tête ébouriffée et légèrement ahurie ; Pouf le chien s'était emparé d'une rouelle de mimolette qu'il s'apprêtait à lancer comme une boule de pétanque parmi les étals des marchands. Ety sourit à l'évocation de ces scènes naïves. Soudain, une image inédite se superpose aux autres. Voici Kim, la petite panthère en culotte à bretelles, adossée négligemment à un mur. Elle fume un énorme joint tandis que sa jeune maîtresse en salopette rouge désigne d'un air triomphant un panneau lumineux où on voit s'afficher en gros caractères : COFFEE-SHOP.

Encore un canal, un grand parc où se promènent des couples d'hommes enlacés, un pont, et c'est l'entrée dans Amsterdam. La ville grouille de touristes, de voitures, de piétons, de cyclistes qui hurlent pour se frayer un chemin. Ils parcourent le Hobbemakade, tournent dans le Stadhouderskade, à votre gauche, le Rijksmuseum, à votre droite, le Leidseplein, mais pas de coffee-shop. Voici le Rembrandthuis, le Stadhuis, la synagogue portugaise, le Anne Frank Huis, MAIS PAS DE COFFEE-SHOP. « Il y a un truc qu'on ne doit pas voir » dit Victor. Ils s'engagent tristement dans la Spuistraat. PAS DE COFFEE-SHOP ! Ils se dirigent vers la gare, car ils ont décidé de rentrer en train. Et là, soudain, énorme, lumineuse, l'enseigne apparaît. COFFEESHOP ! STOP ! hurle Ety. Ils se précipitent à l'intérieur. Au comptoir, un barman débonnaire, aux gestes nonchalants, essuie des verres, échangeant quelques rares paroles avec un client affalé sur son tabouret. Victor lui demande deux joints « pour débutants ».

De retour à Bouwldeegom le soir, après manger, Ety sortit de son sac les précieuses cigarettes. Ils en fumèrent la moitié. Point trop n'en faut. Le chien siamois les observait, intrigué par leurs manières précautionneuses. Ety n'osait pas avaler la fumée. Après chaque bouffée, Victor inspectait le bout de son pétard, comme s'il allait exploser. Bientôt, ils furent d'humeur rieuse. Cela se termina au lit, en rigolant.

Le lendemain, ils consommèrent la deuxième moitié. Cette fois, Ety aspira à fond. Elle sentit tout de suite qu'elle avait commis une erreur. Elle n'aurait jamais dû... Tandis que Victor attendait paisiblement la visite d'Aphrodite, elle s'enfonçait dans un marasme organique sans précédent. Une nausée tournée vers l'intérieur. Un poison qui se répandait dans son sang. Tous ses organes, tous ses viscères, l'estomac, les poumons, le cœur semblaient comme plaqués sur les parois internes de son corps. L'estomac voulait sortir par la gorge et le cœur par les oreilles, mais une pression sournoise les rejetait vers le fond, les maintenait dans les profondeurs de la trachée, de la fosse iliaque, de la cage thoracique, qui n'avaient jamais si bien mérité leurs noms de prisons et de châtiments.

Victor observait sa femme. Oh là là ! Ça n'avait pas l'air d'être la grande forme ! En tout cas, Aphrodite avait rebroussé chemin.

« Un petit tour, ça te ferait peut-être du bien ? »

Ety gémit. Ne comprenait-il pas qu'elle ne pouvait pas bouger ?

À la voir ainsi prostrée depuis deux heures et plus, Victor finit par s'inquiéter. Des histoires d'overdose lui trottaient dans la tête. Qu'allait-il dire aux enfants ?

« Votre mère a succombé à une overdose pendant les vacances... à Bouwldeegom... » Il se souvint que les Van der Tuuil leur avait laissé, plaquée sur la porte du frigidaire, une liste de numéros d'urgence. Ah ! voilà. Emergency calls. Doctors.

— I think my wife smoked something bad. Can you send me a doctor ?

— Ik begrip het niet.

Manifestement, l'opératrice ne parlait pas anglais. Ma femme va mal. Elle a fumé un mauvais joint. Pouvez-vous m'envoyer un toubib ? ik begrip het niet. Le français ne passait pas non plus, ni l'allemand. À tout hasard, il essaya le yiddish. *Meyne froy...*

— Ach ! Jo ! Overdose ! Bad trip ! jouw vrouw regelmatig consument ?

— Plaît-il ?

— Jouw vrouw regelmatig consument ?

— Consommante régulière ? *Meyne vrouw... froy* ? Ma femme ? Que nenni ! C'est sa deuxième moitié de premier joint... *ir ershte shit...* Ach jo ! Number visa ?

Mon numéro de carte bleue ? Mais *far vouss* ? Parkwa ? Pourquoi ? Mais, mon cher Monsieur... Telefoon Raadpleging... Consultation par téléphone ? Oui. C'est comme ça aux Pays-Bas. Les médecins ne se déplacent plus. Ça fait faire des économies à la Sécurité sociale, vous n'imaginez pas ! So, credit card number et je vous mets en contact avec un médecin...

À ce moment, Victor jeta un coup d'œil à Ety et s'aperçut qu'elle recommençait à bouger. *A minit* ! ! cria-t-il, *zi rirt zikh* ! Et bien, si elle bouge, cher Monsieur, pas besoin de consultation téléphonique. Je vais raccrocher, car par notre faute, le standard est bloqué depuis une petite demi-heure... N'hésitez pas à nous rappeler en cas de problème ! *Zey gezynt* !

En effet, Ety était sortie de sa prostration. La crise était terminée.

Le lendemain, il n'y paraissait plus.

Trois jours plus tard, les Glouk rentraient à Paris. Les Van der Tuuil avaient laissé deux poêles graisseuses sous l'évier et des feuilles de salade dans le lave-vaisselle. À part ça, l'appartement était propre et rangé, grosso modo.

Quand la famille fut réunie autour d'un dîner, ils ne purent s'empêcher de raconter aux enfants leurs aventures néerlandaises. La chasse au shit constituait le morceau de bravoure, le point d'orgue. Ety jurait qu'on ne l'y reprendrait plus. « J'ai cru mourir ! jamais je ne me suis sentie aussi mal ! c'était mon premier joint, et je vous le jure, ce sera le dernier ! »

Jeremy philosophait. Allons ! Maman, tu as fait un bad. C'est pas pour ça que tu dois renoncer définitivement aux plaisirs de la beuh. Au fait, ton splif, c'était bien de la beuh ? pas du shit ?

— Heu... beuh ?

— Beuh... oui... parce qu'en Hollande, la spécialité, c'est la beuh, pas le shit.

— Dis donc, Jeremy, tu m'as l'air bien renseigné. Tu fumes ?

— Moi, non. Chuis clean. Mais dans les fêtes, ça circule...

— Et toi Lou ? Tu fumes ?

Non. Lou ne fumait pas, bien sûr. La Révolution, ça ne se fait pas en allant aux champignons. Mais puisqu'on lui posait la question, elle en profita pour faire le point. Les masses misérables d'Asie centrale et les paysans d'Amérique latine tiraient leurs revenus du commerce de l'opium et se faisaient exploiter et terroriser par des bandes de capitalistes mafieux pour nourrir les rêves de paradis artificiels de la jeunesse dépravée et sans idéal des métropoles occidentales...

Et toi, Coraline ? Tu fumes ?

Non. Coraline ne fumait pas non plus. Ni herbe ni tabac.

Les Glouk se rengorgèrent. Décidément, ils formaient une famille clean.

Il fallait fêter ça ! Et Victor se leva pour aller chercher une autre bouteille de vin.

Ety retrouve son père

Après la mort de leur mère, Ety et Vlady avaient dû vider son appartement avant de le mettre en vente. Ils s'étaient retrouvés rue de la Glacière, s'étaient partagé les quelques meubles et bibelots intéressants, et pour le reste, avaient fait appel à un brocanteur spécialiste des « successions ». Puis ils étaient repartis, chacun chez soi. À la prochaine. Salut.

Ety avait hérité d'un manteau en fourrure trop grand pour elle, et d'une table basse avec un plateau en verre monté sur des pieds en acajou. La table avait encombré le salon des Glouk pendant plusieurs mois. Victor, perturbé par l'intrusion de ce nouvel objet dans son schéma spatial, s'y cognait régulièrement le tibia. Un jour où le choc avait été plus violent que d'habitude, on déposa la table dans la cour, près des poubelles. Cette relique n'allait pas leur pourrir la vie, hein !

Ety avait aussi récupéré une trentaine de cahiers. Il y en avait de toutes les couleurs, de tous les formats : des roses, des verts, des fleuris, des cahiers à spirale, des grands carreaux, des petits carreaux, d'humbles cahiers d'écolier, des « Clairefontaine », des « Plein ciel », des cahiers « de brouillon » tout écornés, tout flétris, de pimpants cahiers « fantaisie » avec une couverture en carton dur, décorée de motifs abstraits ou de figurines imitées d'un tableau de Marie Laurencin, d'Henri Matisse, de Marc Chagall.

C'était le journal intime de Gisèle.

Ety n'ignorait rien de cette graphomanie. Du plus loin qu'elle se souvenait, elle revoyait Gisèle penchée, le soir, sur ses petits cahiers, assise tantôt devant son bureau, tantôt dans la salle à manger, tantôt dans la cuisine, rédigeant avec une application studieuse les comptes rendus de ses journées. Les années passaient, Gisèle se voûtait, l'œuvre se poursuivait. Quand elle avait manqué à sa tâche un soir, la diariste fournissait le lendemain le double de labeur.

Pas plus qu'elle ne se cachait pour écrire, elle ne cherchait à cacher ses écrits. Elle avait recours, pour dissimuler ses cahiers, aux ruses les plus naïves, aux cachettes les moins secrètes, sous une pile de vêtements, sous l'oreiller, sous le matelas. On aurait dit un jeu de piste. Était-il destiné à sa fille ? Toujours est-il qu'Ety n'avait ressenti qu'une très légère inhibition à l'idée de pénétrer par infraction dans une intimité si mal défendue. À l'adolescence, certains après-midi où elle rentrait tôt du lycée et se trouvait seule dans l'appartement, elle se précipitait vers les petits cahiers. Elle dévorait le journal de sa mère, rattrapait les épisodes qu'elle avait ratés.

Elle était toujours un peu déçue. Gisèle parlait rarement de sa fille, relevant platement quelques détails de sa vie scolaire, usant à son égard d'une langue stéréotypée où se bousculaient les clichés empruntés aux ouvrages de puériculture. « Ethel se développe bien. » « Elle m'étonne parfois par sa maturité, mais à d'autres moments, c'est encore une petite fille. Elle a été renvoyée de la cantine aujourd'hui parce qu'elle a lancé de la purée sur une autre élève. » Vlady n'était pas mieux loti. « Vladimir m'apporte beaucoup de satisfactions en ce moment. » « Cet enfant est parfois très capricieux. Sans doute je le gâte trop. » « On a dû l'opérer de l'appendicite. Je suis allée le voir à l'hôpital. Mon pauvre petit garçon avait l'air d'un oiseau blessé, tout maigre et pâle dans son lit. »

Après la mort de Gisèle, accablée d'un chagrin qu'elle n'osait pas s'avouer et qu'elle ne parvenait pas à manifester, Ety, à nouveau, avait feuilleté les petits cahiers roses, bleus et jaunes.

Elle les connaissait par cœur, et pourtant, elle les découvrait à chaque page. Il n'y avait rien sur la guerre et l'immédiat après-guerre. Gisèle n'avait-elle entrepris son labeur qu'à l'âge adulte ? Avait-elle détruit, dans une rage adolescente (comme Ety devait le faire le jour de ses dix-huit ans) tous ses écrits d'enfance et de jeunesse ? Avait-elle été écœurée par la publication du journal d'Anne Frank ? Le journal commençait à la fin des années cinquante ; il s'achevait avec la dernière maladie de Gisèle. Il tenait de la chronique, plus que de la confession quotidienne, ou de l'introspection. Ety s'était étonnée, lors de cette relecture, de la pauvreté des analyses, de la rareté des réflexions. Voilà un écrivain qui ne cherchait pas à fouiller dans son âme, qui n'affichait presque jamais une émotion. Les faits s'ajoutaient aux faits, insignifiants, monotones.

Gisèle ne s'échauffait un peu que lorsqu'elle parlait de ses amants. Et de l'Union soviétique. Une tournée des Ballets Moïsseïev à Paris, le vol de Gagarine, les exploits des athlètes russes aux Jeux olympiques lui arrachaient des cris d'enthousiasme. Elle évoquait alors avec des accents lyriques « ce peuple merveilleux qui faisait tant pour le bonheur de l'humanité », « ces gars et ces filles magnifiques qui maintenaient le flambeau de l'espoir », « les sages décisions des camarades du Kremlin grâce à qui la foi dans l'idéal communiste n'était pas près de succomber, malgré les attaques forcenées des ennemis acharnés, etc. » La foi, malgré tout, était retombée comme un soufflé trop cuit juste après mai 1968. Gisèle avait alors soudainement transféré ses affects sur les étudiants gauchistes, « ces gars et ces filles magnifiques grâce à qui... etc. »

Pour les amants, l'intérêt, quoique inégal, s'était maintenu bien au-delà de mai 1968. La mère d'Ety avait eu des amants du temps de son mariage avec Antoine Bel, et après le départ de celui-ci, jusqu'au seuil de la vieillesse, pour ne pas dire jusque dans la vieillesse elle-même. Il y avait ceux dont elle était éprise, qui la faisaient souffrir, parce qu'ils ne répondaient pas à son attente, ne lui consacraient pas assez de temps, ne lui prodiguaient pas assez d'attention, ne se rendaient pas assez disponibles, ne déclaraient pas leur flamme avec assez de passion ; il y avait ceux qui étaient amoureux d'elle et qu'elle faisait souffrir, mais en éprouvant des remords. Francesco, l'amant des vacances italiennes, faisait à n'en pas douter partie de la première catégorie. Il mentait à sa femme pour rejoindre la Française rousse dans sa chambre d'hôtel. Gisèle en l'attendant rêvait à ses mains chaudes, à la toison frisée qui recouvrait son torse, et au reste. Mais le dimanche, jour sacré entre tous, impossible d'inventer un prétexte. Francesco devait assister à la messe, puis au repas de famille, puis au match de football de l'équipe locale qu'il entraînait. Le journal intime recueillait les plaintes amères que Gisèle n'osait pas adresser à son amant. « Tu es lâche, comme tous les hommes. » « Tu m'as profondément déçue, blessée. Je t'avais donné mon cœur sincèrement, sans arrière-pensée, dans l'élan d'un amour généreux, et toi, tu n'as pas su le prendre, tu n'as rien compris, tu as tout gâché, etc. »

Azéma, le médecin de famille qui avait soigné les angines d'Ety et l'eczéma de Vlady, appartenait en revanche à la catégorie des hommes qu'elle avait introduits dans son lit par inadvertance. Une faute d'étourderie, en somme. « Il est si minable que je me demande comment j'ai pu lui céder. Pourtant, ça me fait de la peine de penser que je vais lui briser le cœur en lui annonçant que tout est fini entre nous. »

Et Antoine Bel dans tout cela ? On avait du mal à le localiser. C'est le moins qu'on puisse dire. Jusqu'à son départ, il faisait vaguement partie de la narration. Il flottait entre les lignes. Dans son journal, Gisèle parlait de son mari avec ce ton factuel et désaffecté qu'elle utilisait pour décrire ses collègues de bureau ou noter que, pour une fois, le ramassage des poubelles ne l'avait pas réveillée ce matin. « Après la tournée de *L'Huma*, Antoine est rentré et nous avons mis un beau poulet à rôtir au four. Quel régal à midi ! » « Mon petit Tonio était tout tendre ce soir, et nous avons bien fait l'amour. »

Petite fille, Ety s'était dit que son père les avait quittés à cause d'elle, parce qu'elle n'était pas assez gentille (on la traitait souvent de chipie). (Vlady, de son côté, s'imaginait que son père avait été déçu d'avoir un fils si petit avec un tout petit zizi). Jeune fille, elle avait forgé un roman plus noir : Antoine Bel ne supportait plus sa femme juive, ses enfants juifs, sa belle-mère juive avec son accent allemand. Jeune femme, l'hypothèse la plus probable lui semblait que son père était parti parce qu'il ne supportait plus les infidélités de sa femme. Oui, mais alors pourquoi ne pas s'être contenté du divorce, tout simplement ? Pourquoi s'être volatilisé ? Un jour Gisèle leur avait dit : votre père est parti. Paniqués, ils avaient cherché à poser des questions, mais elle avait répondu en termes si vagues et si las qu'ils avaient compris que leurs questions n'étaient pas les bienvenues. Ils s'étaient tus.

« Cinq novembre. Voilà deux ans qu'Antoine nous a quittés. L'oubli s'installe petit à petit dans le cœur des enfants. Ils ne l'évoquent presque jamais. » Oui, oui, l'oubli s'installait peu à peu dans le cœur des enfants, et la rancœur, et l'indifférence. La famille paternelle, oncles et grands-parents, qui habitaient loin, en province, à l'étranger, avait elle aussi disparu.

Le désir des parents, quel mystère !

Pendant des semaines, Ety avait compulsé les petits cahiers. Puis, on lui avait fait remarquer que c'était malsain. Ça l'empêchait de commencer son travail de deuil. Elle avait déjà pris du retard.

Les petits cahiers avaient été rangés dans une grande boîte noire, au fond d'un placard, dont la porte s'était refermée sur l'insondable mystère.

Le travail de deuil allait cahin-caha, lorsque, des années plus tard, Victor vint trouver Ety :

— Livron-en-Vercors, c'est pas le bled où ta mère était réfugiée pendant la guerre ?

— Si.

— Ils ont reçu la médaille des Justes. T'as qu'à lire !

Et il lui mit sous le nez un article du *Monde juif*. En effet, le titre de Justes parmi les nations avait été décerné au village de Livron-en-Vercors. Le comité récompensait ainsi le courage des Livronnais qui, pendant la guerre, avaient accueilli et caché de nombreuses familles juives. La cérémonie s'était déroulée à la mairie de Livron, en présence des autorités locales, des justes et de leurs descendants, et des délégués de Yad Vashem. Madame Lucette Langet et Monsieur Walter Abraham, qui avait fait spécialement le voyage de Jérusalem, représentaient les rescapés et leurs familles.

Ety se tripotait l'oreille, signe qu'elle essayait de se souvenir de quelque chose. Walter Abraham... Elle avait déjà entendu ce nom... Elle avait déjà vu ce nom quelque part... Walter Abraham, mémé Marx en parlait souvent... mais n'apparaissait-il pas dans le journal de Gisèle ? La boîte noire fut sortie du placard.

L'histoire se trouvait, par bribes, dans le premier cahier. Ethel avait deux ou trois ans. Elle commençait à reconnaître les couleurs. Elle voulait mettre son pyjama toute seule. Elle venait de se faire vacciner. Vladimir n'existait pas encore. Gisèle attendait un coup de téléphone qui ne venait pas. Finalement, W avait appelé vers quatre heures le lendemain, mais elle s'était rendu compte qu'ils n'avaient plus rien à se dire. Puis il était question d'une lettre de rupture, d'un aveu imprudent fait à Antoine, de scènes, de remords, d'une lettre de réconciliation, d'un sentiment qui ne passait pas. Ethel voulait se laver toute seule. Un samedi soir, à l'improviste, W. avait sonné chez Antoine et Gisèle. « On ne s'est guère adressé la parole. Est-ce possible, nous qui nous embrassions avec tant de conviction à chaque rencontre et à chaque au revoir ? Toute la tendresse qui existait entre nous, comment a-t-elle pu s'envoler et comment sommes-nous devenus si distants et si raides ? » Ethel voulait descendre seule les sept étages de l'immeuble. Elle avait fait la sieste avec Antoine. On signait une pétition pour le rappel du contingent. On allait applaudir Maurice Thorez au Vel d'hiv. Dimanche, on était passé prendre le café chez maman Marx. « Les Abraham étaient là. J'ai serré la main de W. Il avait l'air gêné. Je sens que tout est fini entre nous. » Ethel avait de nouvelles chaussures, parce que la dame avait dit qu'elle avait les pieds plats. On avait regardé une pièce de Tchekhov à la télévision. On voulait acheter une voiture. On ne savait pas trop comment on allait boucler la fin du mois.

Ety Glouk, relisant ces pages, comparait les dates, confrontait les noms, calculait. Et si elle était la fille de Walter Abraham ? Et si son père-qui-n'était-peut-être-pas-son-père était parti justement parce qu'il avait eu des doutes sur sa paternité ?

Elle écrivit à la mairie de Livron-en-Vercors. On lui renvoya par retour de courrier les coordonnées complètes de Walter Abraham, son e-mail, son adresse postale et son numéro de téléphone à Jérusalem. Elle écrivit sur-le-champ à wabraham.il. Puis elle attendit une réponse, qui ne venait pas...

Jeremy la taquinait. « Il a des enfants légitimes et il ne veut pas reconnaître ses bâtards ! »

Victor la rabrouait. « Arrête de fantasmer ! Ce n'est pas ton père. »

Un matin comme un autre, cependant, alors qu'Ety venait d'ouvrir sa boîte de réception, le nom d'Abraham jaillit comme un soleil triomphant dans la liste des expéditeurs. Il lui avait répondu ! Il se souvenait très bien des Bel, ses amis, perdus de vue depuis longtemps. La disparition d'Antoine les avait tous laissés stupéfaits. Sa femme et lui avaient fait leur alya en 1990, et vivaient désormais en Israël, auprès de leurs fils et de leurs petites-filles.

Justement, les Glouk se rendaient en Israël en septembre. Victor donnait une conférence ; ils en profiteraient pour faire la tournée des familles... Pouvait-on se rencontrer ?

C'est ainsi qu'en septembre, sous un soleil accablant, ils avaient erré dans un quartier périphérique de Jérusalem, à la recherche du 17 rehov Pinkas Seligmann. Devant les immeubles, des grappes de garçons jouaient, faisant voler leurs tsitsits. Les filles trottinaient de leur côté, traînant leurs jupons. Des hommes en noir, assis sur les marches de leur maison, attendaient la fin de shabbat.

Ils avaient fini par trouver le 17 rehov Pinkas Seligmann. C'était un petit immeuble modeste mais propret dont les balcons ruisselaient de fleurs et de feuillage. Ety, avait sonné au premier étage, le cœur battant. Walter avait ouvert la porte. « Entrez, entrez ! Vous avez trouvé facilement ? Mathilde, voici Monsieur et Madame Glouk... Monsieur Glouk est professeur de sociologie à Paris... ah bon ? maître de conférences ? c'est la même chose… et madame est la fille d'Antoine et Gisèle, des amis de Livron, tu sais, je t'en ai parlé… je vous offre quelque chose à boire ? un fanta orange ? ah bon ? un thé ? je vous le prépare ? ah bon, Mathilde ? c'est toi qui t'y colles ? tu as raison, je reste avec mes invités… »

Oh ! l'adorable vieux monsieur ! oh ! l'exquis sourire ingénu de vieux petit garçon ! la douceur de la voix, l'attention délicate qu'il prêtait aux questions d'Ety, les précautions scrupuleuses qu'il apportait à ses réponses !

En dépit de la chaleur, Walter portait, sur sa chemise blanche, un nœud papillon, qui s'encadrait fièrement entre ses deux bretelles. En l'honneur d'Ety ? ne rêvons pas… il allait prier à la Shul tout à l'heure. Malgré tout, quelle classe ! quelle tenue ! Ety se sentait tomber amoureuse de l'amant de sa mère. Victor lui aussi était sous le charme. Il s'amusait à parler yiddish avec les époux Abraham, qui répondaient, lui en *platt Deutsch*, elle en *schwitzer Deutsch*. Il leur exposait ses travaux en sociologie du witz… Eh ! Il allait lui piquer son père, s'il continuait à faire l'intéressant…

Mathilde ressemblait un peu à Gisèle. Walter leur montrait des photos, des lettres. Là, c'était en 45. On rentrait les foins. Là, c'est à la Libération. Gisèle a mis sa belle robe à fleurs. C'était encore une gamine à l'époque. Mais elle flirtait déjà avec le fils Bel, je crois. Là, c'est une bar-mitsva, en 39 ou 40, je n'arrive pas à voir qui est sur la photo.

— C'est l'oncle Hermann, dit Ety. J'ai la même photo chez moi.

— Dites-moi, votre mère avait-elle gardé ses jolis cheveux rouges ?

— Roux. Elle avait les cheveux roux. Roux blonds.

Et après, gris-blancs.

— Comme nous tous, hélas ! Dites-moi, vous n'avez plus jamais eu de nouvelles de votre père ?

— Non. Une carte postale, des mandats. Ensuite, plus rien.

— C'est terrible. Vous n'avez jamais eu envie de partir à sa recherche, de savoir ce qu'il était devenu ?

— Non. On s'habitue. On préfère rester dans l'ignorance. Savez-vous que chaque année, des centaines de personnes disparaissent ? On ne retrouve pas leur trace. C'est arrivé à Patrick Modiano. Son père s'est volatilisé.

— Un ami à vous ?

— Non. Un écrivain. Son père était juif, sa mère ne l'était pas. L'inverse de mes parents.

— Détrompez-vous... Le plus juif des deux, c'était Antoine, votre père. Il rêvait d'ailleurs, d'exotisme. Les étrangers le fascinaient. L'arrivée des familles sarroises, en 1936, à Livron l'a révélé à lui-même, en quelque sorte. Très vite, il s'est mis à les fréquenter. Gunther Lévy et Heinz Lazar étaient devenus ses meilleurs copains. Il adorait leur accent, leurs chansons. Il était invité dans toutes les maisons juives. Votre mère, au contraire, cherchait à se faire accepter par la France. Au fond, elle a été flattée d'épouser un Français. Elle voulait se fondre dans le paysage. Vous connaissez l'histoire d'Esther, la petite juive qui devient la préférée du grand roi Assuérus ? C'est pareil. C'est flatteur.

— Mes parents se connaissaient dès 36 ?

— Peut-être pas. Je crois qu'Antoine est parti suivre un cours spécial à Villars après son certificat d'études. Là, il est entré en contact avec la Résistance, et puis il est revenu au village. Malheureusement, j'ai très mauvaise mémoire et je n'ai pas passé toute la guerre à Livron. En janvier 1944, des parents m'ont procuré des faux papiers et m'ont fait venir à Grenoble, juste avant la rafle où votre grand-père a été pris.

— Non. Mon grand-père a été pris en août 1942. Janvier 1944, ça doit être mon oncle... Armand.

— Hermann ? Vous croyez ? C'est donc qu'Antoine était déjà dans le maquis. Il venait chercher le ravitaillement à la ferme où les Marx étaient cachés. Je pense que c'est comme ça qu'ils ont dû se rencontrer et tomber amoureux, Gisèle et lui.

Ety écoutait son roman familial se faire et se défaire. Calmement, maille après maille, Walter Abraham tricotait et retricotait l'histoire de ses parents. « Mon père était plus juif que ma mère, se répétait-elle. Et vous, cher Walter, amoureux vous aussi de la belle Gisèle vous regardiez en silence le fringant maquisard vous voler votre Esther. Cher Walter, vous avez pris votre revanche plus tard. Cher Walter, vous n'êtes sans doute pas mon père. Dommage. C'est vrai qu'en trente ans de journal, Gisèle n'a pas écrit une seule fois le mot juif. »

Couples mixtes

Cette année-là, un peu avant Noël, les Glouk avaient reçu une proposition pour les vacances d'été. En échange de leur appartement parisien, Carrie et Dakota leur offraient une grande maison proche de la mer, à Smallbeach, dans le Connecticut. La période était flexible, entre mi-juillet et fin août. Ils viendraient avec leur fillette de 10 ans, Pam.

Immédiatement, les Glouk avaient été emballés. Ce n'était pas trop loin de Long Island, où la cousine Selma prenait ses quartiers d'été, et tout près de Clinton, où habitait la cousine Nancy. On pourrait même faire un saut à Newark, chez la tante Mildred. On aurait, pendant six semaines, l'illusion d'une grande famille unie, rassemblée dans le jardin autour de barbecues géants. Les conversations seraient joviales, les rapports humains fluides. On sourirait beaucoup, un verre à la main, mordant dans un hot dog confectionné avec une saucisse de la marque *Hebrew International*.

Avec la mer à côté, Jeremy ne s'ennuiera pas !

Et Lou pourra travailler son anglais !

Oh ! Maman ! tu crois que j'ai que ça à faire pendant mes vacances ?

De toute manière, ils adoraient les Etats-Unis. Tous les trois ans, au moins, il fallait qu'ils y retournent.

— Vous avez remarqué leurs noms de famille ? Carrie Macpherson, Dakota Mendelsohn.

— Un couple mixte.

— Comme il y en a tant.

Quelque chose, cependant, chiffonnait Ety. Carrie, ce n'était pas un nom de fille, par hasard ? Mais non : *Cary* Grant. Oui, Cary Grant, mais avec un y. En anglais, la graphie *ie* est réservée aux diminutifs féminins. Pas forcément. Deborah, ça donne Debbie ou Debby, comme on veut. Oui, mais, quand il y a une ambiguïté, l'orthographe désambiguïse. Par exemple, Geraldine donne Jerrie, Jerry, c'est pour Gerald. Ou Jeremy. Ou Jérémie. Non, Jeremy, on ne parle pas de toi. Donc, Carrie, c'est Caroline. Et Carry...c'est Carol.

— Mais Carol, c'est un nom de fille !

— Non, Lou. En français, vois-tu, avec un e, oui, parce qu'en français le e est un marqueur de genre, il sert à former la plupart des substantifs féminins...

— Comme « homme » ?

— J'ai bien dit : la *plupart* des substantifs féminins. Je n'ai pas dit : *tous* les substantifs féminins ou *seulement* les substantifs féminins... alors qu'en anglais... Mais revenons à nos moutons...

— À nos moutonnes...

— C'est peut-être Dakota, le mari.

— Oui, peut-être.

En fait, non. La situation fut désambiguïsée quelques jours plus tard, lorsque leur parvint, sur un fichier électronique attaché, un jeu de photos représentant Carrie, Pam et Dakota. Pas de doute, Carrie était une femme, et Dakota en était une autre. Il y avait même, dans les bras de Pam, une petite chienne. Comment avait-on deviné que c'était une chienne ? Et bien, comme l'avait finement observé Jeremy, elle avait les cheveux longs et un ruban rose coquettement noué autour de la tête.

— Ça te gêne ? demanda Victor.

— Non, je n'ai rien contre les chiens, répondit Ety.

Bien sûr, Victor ne parlait pas du chien, mais des deux femmes. Est-ce que ça ne dérangeait pas Ety qu'on fasse un échange de logement avec, euh...comment dire... une famille homoparentale ? Et en quoi cela pourrait-il la gêner ? On n'était pas homophobe, quand même ! on avait l'esprit large, et foin des préjugés ! Mais, insistait Victor, on va devoir coucher dans leur lit, et elles, dans le nôtre. Et alors ? On couche toujours dans le lit des autres, quand on part en vacances. Couple mixte ou pas, qu'est-ce que cela changeait ? S'il fallait à chaque fois penser aux ébats des couples qui vous ont précédés, à leurs corps, vivre dans l'obsession de leur présence charnelle, on n'irait même pas à l'hôtel, n'est-ce pas ?

Enfin, du côté d'Ety, chez les Marx, on était confronté depuis longtemps à la question, et on avait appris à la traiter avec tact et beaucoup de naturel. En effet, Selma, cette cousine américaine un peu grosse avec qui Ety avait fait autrefois un voyage de mémoire en Sarre, n'avait-elle pas, outre sa fille également obèse, un fils homosexuel ? Quel dommage !

disait-on dans la famille, car Leonard avait une tête superbe, une fossette au menton, et une personnalité attentive et suave qui plaisait beaucoup.

En fait, Leonard avait commencé par fréquenter des femmes, jusqu'à épouser Brenda, une WASP autoritaire et cruelle qui aimait l'humilier en public. Lors d'un bref passage à Paris, le couple avait rendu visite à Victor et Ety, qui venaient tout juste de se mettre en ménage. Ils avaient amenés avec eux leur chien, un chihuahua à l'œil vitreux, une bête minuscule, que Victor avait failli écraser en sortant de table. Cet animal microscopique, prénommé Nicole, avait occupé l'essentiel de la conversation. « Qui c'est qui visite Paris avec *Dad and Mum* ? » répétait Brenda en frottant son nez contre le museau de Nicole. À force de japper et de ronfler pour manifester sa joie de visiter Paris, la chienne avait fini par s'étouffer. *Water ! Water ! Poor Nicole needs water* avait hurlé Brenda sur un ton d'impérieuse panique. Et, se tournant vers son mari, elle lui avait reproché de laisser mourir la petite.

Les années avaient passé. Selma et Gisèle, la mère d'Ety n'avaient jamais cessé de s'envoyer des lettres par-delà l'Océan. La chronique familiale annonçait que Leo, après sa sœur, avait à son tour divorcé, et qu'il vivait désormais avec un homme. Il semble heureux, et c'est ce qui compte, écrivait sa mère. Au moins, Andy est juif, alors que Brenda ne l'était pas. Au fil du temps, les missives mentionnaient des ruptures, des rabibochages, des coups de foudre, des pendaisons de crémaillères. Avec Denver, Leonard avait trouvé l'homme qu'il lui fallait, mature et sécurisant. Et sa famille italo-américaine était si chaleureuse ! *We love his people.* Il y avait eu un mariage symbolique avec un rabbin et un prêtre. Et puis, Denver était mort du sida.

Aux dernières nouvelles, Leo s'était mis en ménage avec Raymond, et dirigeait une agence immobilière sur la côte est. Il parlait de se marier. On le verrait sans doute pendant ces vacances.

Six mois plus tard, après un voyage sans histoire, les Glouk s'installaient, pour cinq semaines, dans la maison des Macpherson-Mendelsohn.

Comme d'habitude, ils firent le tour du propriétaire. Après de vives discussions, menées en sourdine parce qu'il fallait éviter que l'écho de la querelle ne parvienne à l'oreille des parents, et dont il ressortait qu'il était hors de question que Jeremy dorme dans une chambre de fille, surtout celle-là, une vraie bonbonnière, Lou prit la chambre de Pamela, et son frère s'attribua le bureau de Dakota, pourvu d'un canapé-lit. Quant à Ety et Victor, ils posèrent leurs valises dans la chambre matrimoniale. *Where else* ? Sans attendre, Ety inspecta la literie, retournant les draps, découvrant le matelas. Rien à dire, tout était propre, et même, tout était neuf. Une note posée sur la commode lui signalait que les oreillers avaient été achetés la veille. En effet, ils étaient encore recouverts de leur emballage en plastique. À la fois rassurée par sa courte enquête et terrassée par le décalage horaire, Ety se coucha. Elle dormait déjà quand Victor sortit de la salle de bains pour la rejoindre.

Les jours suivants s'établit la routine des vacances américaines. On se familiarisa avec la voiture. On la fit démarrer. On localisa le supermarché, on fit les premières courses, on remplit le premier caddie ; puis, élargissant le champ de l'expérience, on s'aventura en ville, on repéra les restaurants, les cinémas ; enfin on explora les itinéraires vers les plages.

Surtout, on essayait de s'habituer à la maison. Selon les échanges, cela allait plus ou moins vite. Il fallait se fondre dans la vie des autres, prendre leur place, se glisser dans leur peau, se couler dans le cadre occupé, le reste du temps, par ces étrangers dont on ignorait tout, hormis quelques détails conventionnels (profession, passe-temps favoris) délivrés par Internet en même temps que le descriptif de l'échange.

Ce qui frappait, dans cette vaste demeure de la côte est, c'était l'abondance des signes qui témoignaient d'une vie familiale ordinaire. Comme si Carrie, Dakota et la petite Pamela avaient voulu s'assurer elles-mêmes et assurer leurs hôtes de la banalité de leur existence, de la normalité de leur foyer. Sur les murs du salon étaient encadrés d'innombrables clichés représentant, ensemble ou séparément, le couple et leur enfant. On se serait cru au musée. Là, les deux femmes posaient, maladroitement et presque fraternellement enlacées, l'une brune, trapue, en pantalon, les épaules rentrées, le sourire revêche ; l'autre en robe vaporeuse, l'air absent, un peu cruel, et ses épais cheveux blond orangé ramassés en chignon. La photographie reçue à Paris en décembre comportait pour toute légende : « Carrie, Pam, Dakota » sans plus de précision ; aussi les Glouk ne savaient-ils pas qui était qui, qui Dakota et qui Carrie. Laisse-moi deviner ! Dakota : la brune un peu masculine ; Carry : la blonde dominatrice. – Bah ! arrête avec tes stéréotypes ! – quels stéréotypes ? – la juive noiraude et la belle WASP. Ça se trouve, c'est le contraire... On s'arrêtait devant la photo suivante : un couple de personnes vieillissantes, les parents sans doute, mais de quel côté, à elle, ou à elle ? Puis venait la petite Pam, alors âgée de six ou sept ans, une adorable fillette, toute en fossettes, toute en sourires, photographiée dans un parc, le jour de son anniversaire sans doute. « Dommage que ses mères l'habillent comme une poupée de collection » jugea Ety en observant la robe à dentelles et rubans dont la gamine était attifée ce jour-là. Sur une autre photo, on voyait une des deux femmes (Carry ou Dakota ?) figurer avec un homme encore jeune, vêtu d'une chemise à carreaux. Sur la photo suivante, le même homme se tenait accroupi auprès de Pamela. Qui était-ce ? Son oncle ? Son père biologique ?

Ailleurs s'exposaient les œuvres traditionnelles de la petite enfance. Sur un tableau au-dessus de l'ordinateur était punaisé un dessin datant de la première année de l'école maternelle. On y voyait, comme d'habitude, une maison coiffée d'un toit pointu, tandis qu'à côté se dressaient, surdimensionnées, les parents : maman et maman, l'une affublée d'une jupe courte qui, sous le crayon simplificateur de la jeune artiste, avait pris la forme d'un entonnoir renversé, l'autre pourvue d'une jupe longue, traînant jusqu'aux cailloux de l'allée.

Sur le frigidaire, plaquée par un aimant, s'affichait une carte de vœux où une main inexperte avait tracé en lettres zigzagantes : « *To mum and mummy* ».

Au-dessus de la cheminée trônait un faire-part de naissance : « Caroline Macpherson *and* Dakota Mendelsohn sont heureuses de vous annoncer la naissance de leur fille Pamela ».

— Trop fort ! s'écria Jeremy. Tu crois qu'elles l'on fait ensemble ?

— Quoi ? le faire-part ?

— Le bébé.

— Mais non. Quelle niaiserie ! c'est un fantasme. Elles n'y croient pas elles-mêmes.

Jeremy était vexé. Il n'était pas plus niais qu'un autre. Il avait juste voulu faire une bonne blague. Il possédait des notions de biologie, comme tout un chacun. Il savait bien qu'il y avait forcément un spermatozoïde dans l'histoire.

— Sauf si c'est un clonage. Les bonshommes ne servent plus à rien, mon pauvre *Jerry*.

— Sauf que les clonages humains sont interdits, ma pauvre *Louloute*. Vous avez encore *un peu* besoin de nous.

Et la petite Pam, que croyait-elle ? Quel roman familial s'était-elle fabriqué ? Que lui avait-on raconté ? Le hasard de ses enquêtes sociologiques sur les juifs ashkénazes avait mené Victor à interroger des couples homosexuels et des familles homoparentales. Un jour une petite fille, à l'insu de ses parents, avait voulu lui confier un secret : « J'ai deux mamans ; ma mère est une lesbienne et mon père est dans une banque de sperme. » Pris au dépourvu, il n'avait su quelle contenance adopter, sinon demander : « Et est-ce que tu prépares ta bath-mitsva ? » Non, lui avait répondu la fillette, puisque ses mamans étaient un couple mixte. Excité par ces nouvelles perspectives classificatoires, Victor brûlait d'en savoir plus sur le spermatozoïde impliqué dans l'affaire... si c'était un spermatozoïde juif ? ou anonyme ? et laquelle des deux mères avait porté le bébé ? Parce que, si c'était la mère goy, alors, les choses se compliquaient. Voyons, du côté du spermatozoïde, il y a trois possibilités : juif, non juif, Ne Sait Pas ; et du côté du support maternel, trois possibilités également : juif, non juif, pipette... donc pour un couple homoparental mixte féminin il y avait... x probabilités de donner naissance à un enfant juif au sens racial du terme (quatre grands-parents juifs) mais une chance sur deux au sens halachique du terme, ce qui finalement était plus avantageux que dans un couple mixte mixte où le mari était juif et pas la femme, zéro chance même si pipette, mais, à vrai dire, pour le rabbinat libéral, les choses restaient ouvertes... et d'ailleurs qu'est-ce qui comptait, l'ovule ou la matrice ?

Un réflexe déontologique l'avait retenu de formuler toutes ces questions, et puis la mère juive, qui s'était absentée pour aller aux toilettes, venait de réapparaître dans le salon. Il était sagement rentré dans le moule de l'entretien semi-directif. Diriez-vous que ce qui vous paraît le plus important est : – l'argent ? – la famille ? – la santé ? – Dieu ? Diriez-vous que l'Etat d'Israël compte pour vous : – un peu ? beaucoup ? passionnément ? pas du tout ? Diriez-vous qu'il vous paraît très souhaitable, plutôt souhaitable, pas du tout souhaitable que votre conjoint soit : – de la même nationalité que vous ? – de la même religion que vous ? – de la même couleur que vous ? – du même sexe que vous ? – du même âge que vous ? – de la même taille que vous ?

De retour dans son laboratoire, en comparant les données recueillies, il avait entrepris d'esquisser quelques pistes de réflexion. Ainsi, dans les couples homoparentaux ethniquement ou culturellement mixtes l'identité culturelle juive avait tendance à refluer au profit de l'identité sexuelle. En somme, on était gay ou lesbienne d'abord, juif ensuite, juif parfois, et Français toujours. Ou encore : l'identité homosexuelle tendait à se substituer à une identité culturelle affaiblie ou problématique. Cela ferait matière à un article dans une revue avec comité de lecture, en attendant la publication d'un livre sur les juifs ashkénazes face aux mutations de la famille moderne. En recoupant ces résultats avec ceux de ses collègues américains, il avait pu constater que la tendance était la même outre-atlantique, voire plus accentuée. La conclusion de son papier insisterait sur la nécessité d'élargir l'enquête à des communautés ashkénazes confrontées aux mutations de la famille moderne dans des pays échappant de près ou de loin au modèle occidental, le Mexique, le Japon... La direction du laboratoire lâcherait peut-être quelques crédits... il avait envie de voyager...

En dehors des situations d'enquête, sorti de son laboratoire, Victor oubliait la neutralité du savant. Aussi, pendant tout cet été passé à Smallbeach, planté devant le faire-part de naissance de Pam, n'avait-il cessé de répéter : « On sent qu'il manque un homme, ici »

Au diable les commandements de la science ! Il jetait aux orties la défroque du sociologue et redevenait un mari, un père, un sujet.

« On sent qu'il manque un homme, ici... »

Ety trouvait plutôt qu'il manquait une femme. Hormis le lit matrimonial (qui avait été, pour ainsi dire, sanctuarisé) mille détails attestaient une négligence dans les soins domestiques. Le ménage avait été fait en gros, la poussière repoussée dans les coins et sous les meubles. Les poignées de portes, poisseuses, collaient aux doigts quand on les attrapait. Derrière le canapé, on ramassait une vieille chaussette qui traînait. Le frigidaire n'avait pas été nettoyé ; d'innombrables tubes et pots l'encombraient, périmés pour la plupart. Il y avait là des pâtes à tartiner mal rebouchées, des crèmes d'anchois qui bavaient. Le beurre de cacahuète suintait dans son bocal. La margarine avait ranci. La mayonnaise s'était figée. Une drôle d'odeur flottait dans toutes les pièces.

Le jardin n'était pas mieux traité : une balançoire rouillée ; un barbecue encore graisseux de la dernière *garden-party* ; pas de pelouse, mais un mélange de feuilles, d'épines et d'écorces tombées des grands conifères qui étaient plantés çà et là. Ah ! non ! interrompait Victor, le jardin, c'est le domaine de l'homme ! Et il s'entêtait, lui qui ne savait pas distinguer un râteau d'un sabre de cavalerie... Ce qui manque ici, c'est un homme.

Qu'est-ce qui manquait, au juste ?

Peut-être que rien ne manquait, finalement, chez Carrie et Dakota, qu'il y avait, au contraire, des choses en trop, trop de choses dans le frigidaire, trop de signes sur la cheminée.

— Arrête ta prise de tête, maman ! Ça prouve juste que c'est des gens normaux ! Elles essaient pas de se faire pardonner parce qu'elles sont homoparentales. Elles sont crades ? elles sont crades !

— Lou elle a raison, maman. Elles vont pas se faire passer pour des fées du logis si c'est des souillons. Elles ont le droit.

Bien sûr, les enfants. Qui a jamais prétendu le contraire ?

Tout était normal. La maison était normalement sale. Les deux femmes s'aimaient normalement, et normalement, elles avaient eu envie d'avoir un enfant ensemble.

À l'extérieur aussi, la normalité s'étalait. Smallbeach, station balnéaire du Connecticut autrefois réputée pour ses homards et sa soupe au crabe, était aujourd'hui une communauté *gay and lesbian friendly*. Dans les rues, hommes et femmes se tenaient normalement par la taille, chacun dans sa catégorie. Des scènes de ménage, normalement violentes, éclataient à propos du menu du soir, de la vaisselle qui traînait. Devant les maisons étaient rangées deux voitures, et derrière, un chien, deux chaises longues, une tondeuse à gazon. Les Glouk contemplèrent longtemps, à la devanture d'un restaurant, l'affiche d'une ligue de défense homosexuelle qui réclamait pour tous les gays le droit de se marier avec des femmes. On ne saurait, affirmait le manifeste, nier à la communauté gay aucun de ses droits civiques fondamentaux. Parmi ceux-ci, figure le droit pour un gay de se marier avec une femme, s'il le désire.

Sur ces entrefaites, le cousin Leonard avait invité les Glouk à une garden-party géante qu'il organisait dans sa maison de Lakewood au nord de l'Etat. Pour l'occasion les deux branches de la famille, le côté Glouk et le côté Marx, avaient été réunies autour d'un barbecue, dans le jardin, au bord de la piscine.

Les conversations étaient joviales, les rapports humains fluides. On plaisantait avec la cousine Nancy. On écoutait les confidences de la cousine Selma. Jeremy jouait au fond du jardin avec le cousin Adam. Non, c'était peut-être Lou qui jouait avec le cousin Adam, tandis que Jeremy, à la cuisine, montrait à une petite voisine de l'oncle Philibert comment on faisait les crêpes en France.

En tout cas, on souriait beaucoup, un verre à la main, mordant dans un hot dog confectionné avec une saucisse de la marque *Hebrew International.*

Leo leur présenta Raymond, son *partner*, un Noir, euh, pardon, un Afro-Américain fluet pourvu d'une barbichette et de fines lunettes à monture métallique. Le groupe parlait avec animation quand un petit chien, un épagneul sans doute, se précipita sur eux en jappant. À bout de souffle, la bête s'accrocha au pantalon de Victor et fit mine de l'escalader. Perdant à l'instant même tout son débonnaire, Raymond fusilla Leo du regard. Qu'est-ce que Nicky fait dehors ? C'est encore toi qui l'a laissé sortir ? Tu sais bien que ce chien ne doit pas transpirer ! Puis, se tournant vers l'assemblée, il se mit à hurler, sur un ton d'impérieuse panique ! *Water ! poor Nicky needs water ! Go get him some water !*

Boîte à outils

Ety avait reçu les attributs de sa féminité comme une panoplie à compléter avec de nouveaux accessoires année après année, les seins, le soutien-gorge, les hauts talons, le rouge à lèvres, le sac à main. La différence des sexes était pour elle restée assez abstraite, et elle éprouvait une certaine indulgence, voire une certaine gratitude, pour les comportements qui la lui notifiaient clairement. Ainsi, elle aimait les vacances à la campagne parce que les stéréotypes sexuels s'y épanouissaient. Victor et Jeremy tuaient les araignées tandis que les filles, perchées sur des tabourets, jetaient des cris d'effroi. Les femmes en haut, les hommes en bas.

L'observation de la petite enfance lui avait fourni d'autres repères rassurants. Coraline admirait les poupées et les robes de mariée ; Jeremy tombait en arrêt devant les garages, les trains et les camions de pompier. Lou, quant à elle, était fascinée par la reproduction en série, les chiens jumeaux, les frères jumeaux, les écoliers en uniforme ; elle s'absorbait dans la contemplation d'un vieux magazine illustré où défilaient les pensionnaires d'un orphelinat, en casquette à galons dorés, en gilet à boutons dorés. Quelque syndrome mixte, sans doute.

Et puis, si vous vouliez avoir une idée claire de la séparation des sexes, il suffisait d'aller à la synagogue à Kippour. Ce jour-là, empruntant un petit escalier sur la gauche, Ety, flanquée de Lou et Coraline, partait s'asseoir à l'étage des femmes, tandis que Victor et Jeremy rejoignaient les hommes dans la nef. Les hommes en bas, les femmes en haut.

Inscrite dans l'espace, la différence entre le masculin et le féminin sautait alors aux yeux, et la signification hiérarchique de ce dispositif, reposant sur une subtile inversion de la symbolique traditionnelle du haut et du bas, apparaissait clairement elle aussi.

Les femmes regardaient les hommes prier. Lorsqu'on sortait la Torah et qu'on la promenait à bout de bras entre les allées, les hommes s'empressaient autour d'elle pour la toucher, la caresser, l'embrasser, tandis que les femmes, là-haut dans leur galerie, devaient se contenter de lui envoyer des signes et des baisers, de loin, à la Torah, agiter un foulard dans sa direction ; après quoi, si elles y tenaient, elles pouvaient toujours embrasser le foulard ou la main qui s'étaient élancés vers la sainteté sans l'atteindre. Elles priaient en seconde division, les femmes. Les contrastes s'accentuaient à mesure que la journée s'avançait. Vers 17 heures, quand la foule commençait à affluer, et que le jeûne énervait même les plus résistants, le rez-de-chaussée se transformait peu à peu en asile d'aliénés, le premier étage en jardin d'enfants. En bas, les hommes entraient, sortaient, déambulaient dans les allées, le talith de travers. Ils se donnaient l'accolade, se congratulaient avec de grandes claques dans le dos qui faisaient tressauter leur calotte. Puis ils retournaient à leur banc se plonger dans la prière et les chants. Soudain, ils se redressaient avec fougue pour héler M. Abitbol ou M. Boutboul qui venaient d'arriver avec leur descendance mâle. Le ventre vide, la bouche sèche, on discutait le bout de gras un moment, appuyé contre les piliers. Le brouhaha montait, enflait, devenait un vacarme, noyait le chœur des garçons dont les voix fluettes s'égosillaient sur l'*adonaï melech*, engloutissait la psalmodie du chantre qui, dans un phrasé délicat et avec des roucoulements de ténor, confiait à l'Eternel la peine de son âme prisonnière, jusqu'à ce que le rabbin excédé, tournant vers l'assistance une barbe étincelante de colère, frappe sur son pupitre. « Un peu de silence ! Un peu de silence ! »

Là-haut, chez les femmes, les gradins s'étaient remplis. Aux dévotes du matin, réservées et méfiantes sous leur chapeau mou, s'était agglomérée une cohorte animée de mères, de filles, de grands-mères et d'enfants en bas âge. On bavardait entre copines. De jeunes beautés moulées dans des jeans haute couture exposaient leurs parures et leurs décolletés plongeants ; des nourrissons hurlaient, les enfants cavalaient dans les gradins sous le regard énamouré des mères. On se serait cru au square, au café, au bal, à la crèche. Le rabbin fracassait son pupitre et criait de plus belle : « silence mesdames ! Silence ! On ne s'entend plus prier ! » Les femmes se penchaient par-dessus la balustrade. Si on ne les entendait plus, les hommes, on pouvait toujours les voir, non ? Les hommes tendaient le cou vers le balcon, histoire de s'assurer que les femmes les regardaient prier. Chacun était à sa place et le monde tournait à l'endroit.

— Car enfin, un homme est un homme et ça n'est pas une femme.

— Au fait, c'est quoi un homme ?

Victor, instruit par son propre père, le vieux Salomon, semblait avoir une idée très précise de la question. Un homme à la maison, par exemple, c'était celui qui commandait, qui signait les chèques, qui disait non aux enfants, qui, au besoin, terrorisait sa nichée par d'effroyables colères. Renseignements pris auprès d'Odette Boisrobert, la psychanalyse corroborait dans ses grandes lignes une telle définition. Un homme à la maison, un père, donc, possède, en dehors de ses attributs génitaux, une fonction symbolique. Il empêche la mère de fusionner avec son enfant. Il sépare, et en séparant, il permet à l'enfant d'exister comme entité indépendante. Ety, du fond de son divan, opinait mollement de la tête. On pouvait dire ça...

En tout cas, fort de ce programme, Victor laissait à Ety le ménage et les soins aux enfants. Il n'entrait dans la cuisine qu'avec d'infinies précautions. Après manger, pris d'un scrupule, ou parce qu'il venait de voir à la télévision que même le chef de la mafia dans *Les Sopranos* aidait sa femme à ranger le lave-vaisselle, il faisait mine de débarrasser la table. Il s'emparait d'une fourchette, la transportait jusqu'à l'évier, où, à court d'idées, il la laissait tomber. Puis il oubliait ce qu'il faisait là, s'absorbait dans ses pensées, entre le frigidaire et le plan de travail. Ety le contournait, tel un rond-point, afin de poursuivre sa tâche. Quand il reprenait ses esprits, il attrapait l'aspirateur mural (un instrument qu'il affectionnait beaucoup) et exterminait d'un coup sec une ou deux miettes qui traînaient par terre. Pour autant, le bricolage, les travaux de force et d'adresse, tout cela ne lui semblait pas indispensable à la manifestation de sa virilité. S'il fallait recoudre un bouton, il appelait sa femme. S'il fallait planter un clou ou serrer une vis, il l'appelait aussi.

Parfois, il faisait les courses. Il ramenait alors des viandes rouges, des volailles, qu'il jetait sur la table avec une arrogance d'homme préhistorique au retour de la chasse. Sa femme le renvoyait. Achète quand même des fruits ! Il revenait avec trois, quatre kilos d'oranges qu'Ety s'épuisait à écouler pendant le reste de la semaine, préparant des cuisses de canette à l'orange, des filets de dinde à l'orange, des mousses d'orange au gingembre confit, des filets de merlan aux agrumes. Très coquet au demeurant, il n'hésitait pas non plus, chez le coiffeur, à prolonger la séance par un soin du visage, une manucure. Il prisait ces instants où, mollement installé dans un fauteuil en cuir, il abandonnait sa main à une douce et jolie jeune femme à genoux devant lui. C'était son côté seigneur oriental. Et la nuit, quand il lui arrivait de se réveiller, il ne manquait jamais de passer dans la salle de bains se donner un coup de peigne. Bien coiffé, la raie impeccable, il allait se recoucher.

Victor avait donc su se protéger de toute idéologie, la féministe, qui prônait le partage des tâches ménagères, comme la machiste, qui réservait aux hommes les coups de marteau et les tours de vis.

Ety n'avait pas le cœur à protester. Le féminisme de sa jeunesse était loin.

Un homme est un homme, et ça n'est pas une femme, non ?

Avec tout cela, on n'avait que des mains gauches à la maison, et pas d'enthousiasme pour les petites réparations. Changer une ampoule ou remplacer un joint étaient des événements extrêmement anxiogènes chez les Glouk. Tiens ! pas plus tard que la semaine dernière, l'ampoule de la salle de bains avait claqué pendant que Victor faisait sa toilette. Il avait immédiatement fait irruption dans la cuisine où Ety achevait de débarrasser la table du petit-déjeuner. En voyant les joues de son mari, toutes barbouillées de mousse à raser, Ety avait compris qu'il se passait quelque chose de grave. « Ety, l'ampoule a encore pété », annonça-t-il au bord des larmes. Et, répétant une expression qu'il avait souvent entendu utiliser par les bricoleurs, il ajouta : « Ce doit être le joint... » « On n'est jamais tranquille » maugréa Ety. « Non, on n'est jamais tranquille reprit Victor en écho. Saleté d'appareils ! » Ety esquissa un vague geste de menace en direction de la salle de bains. « Les machines ! » « Tu viens voir ? » finit par demander Victor.

— Voir quoi ?

— L'ampoule. Si tu peux la changer...

— Pourquoi moi ?

— Tu es douée toi... avec tes doigts de fée...

— Quels doigts de fée ? C'est à toi de le faire

— Pourquoi moi ?

— Il faut une poigne d'homme.

— Ce que tu peux être conventionnelle moralement !

On les retrouvait dans la salle de bains, la tête levée vers le plafonnier où pendouillait l'ampoule noircie. Ety avait fini par monter sur l'escabeau et avait lentement extrait le bulbe de sa douille, tandis que Victor tournoyait autour d'elle en répétant « attention à ne pas tomber, attention à ne pas t'électrocuter, attention à ne pas la casser. » Les femmes en haut, les hommes en bas. Évidemment, on n'avait pas d'ampoule en réserve. Victor, courtoisement, était descendu en chercher une chez le quincaillier du coin. À baïonnette ! avait crié Ety juste avant qu'il ne claque la porte. Évidemment, il était remonté avec une à vis, et il s'était fâché parce qu'elle le persécutait avec des détails. Enfin, après plusieurs allers-retours chez le quincaillier, l'opération s'était achevée. On avait remis les compteurs, on avait poussé l'interrupteur, le cœur battant...

— Tu es géniale ! s'était exclamé Victor. Ety se rengorgeait modestement, tout en admettant que son mari n'était pas loin de dire la vérité. Oui, elle était géniale. Elle avait réussi à changer une ampoule.

Changer une ampoule, passe encore, mais pour les gros pépins...

Victor, qui distribuait excellemment le travail aux autres et savait faire marcher ses équipes s'était constitué, dans le quartier, un réseau de petits artisans qu'il avait fidélisés grâce à son verbe généreux. Il y avait M. Mimouni, le plombier, M. Cherkaoui, l'électricien, M. Philibert, le serrurier, et Thomas, le réparateur allemand qui faisait des caisses. À tous, il assurait qu'ils étaient des ouvriers incomparables, les meilleurs de leur profession. Eux, de leur côté, s'étaient habitués à ses appels fiévreux et à son vocabulaire approximatif. Car l'infinie variété du monde technique lui donnait le vertige et il avait tendance à tout mélanger, prise mâle et prise femelle, interrupteur, robinet, sonnette, tuyau, vis, clou, rivet, joint. « M.Cherkaoui ? On a le robinet du frigidaire qui ne marche plus. Vous êtes capable de nous arranger ça, vous. Vous êtes très fort, vous. Vous en profiterez pour réparer le clou de la baignoire, ça fait trois mois qu'il fuit… oui, c'est le boulot du plombier, mais vous n'allez pas me dire que ça vous pose un problème, doué comme vous l'êtes… est-ce que vous pouvez venir tout de suite ? Merci, vous êtes génial ! »

Malgré ces précautions, l'univers technique s'obstinait contre eux, comme s'il cherchait, par ses persécutions, à les confronter au déséquilibre de leur organisation domestique.

Le niveau d'alerte maximum fut atteint lorsque, une semaine avant un départ en vacances, la maison, sur le point d'être désertée, fit un syndrome d'abandon. Tous les appareils tombèrent en panne les uns après les autres. Puis il y eut une fuite d'eau dans les toilettes, et la moquette fut inondée. Enfin les lumières s'éteignirent.

C'était grave. Il fallait faire appel aux hommes de l'art. Hélas ! Thomas partait lui-même en vacances ce jour-là. M. Mimouni était absent pour le moment, mais vous pouvez laisser votre message, il vous rappellera dès son retour. M. Cherkaoui était leur dernière chance. « Sauvez-nous ! implorait Victor au téléphone. C'est une catastrophe, plus rien ne marche ! On n'a plus d'eau chaude, la glace fond dans le congélateur, les données gèlent dans l'ordinateur ! quand on va aux cabinets, on patauge dans une mare d'eau, et ce soir, on dînera aux chandelles. » « Et les enfants qui rentrent demain soir » ajoutait Ety en faux-bourdon. « Je sais bien, répondait M.Cherkaoui. Je vous assure M.Glouk, je voudrais vous aider tout de suite si j'avais la solution tout de suite je viendrais vous êtes un bon client mais là je vous assure M.Glouk on ne s'en sort pas on a un chantier toute la journée M. Glouk et demain et avec les travaux dans Paris la camionnette n'avance pas coincée dans les embouteillages je passe demain promis en fin de journée dès que j'ai fini le chantier ou après-demain pas plus tard promis. Bonjour à Mme Glouk ! »

Le soleil avait peu à peu escaladé le ciel d'été et la lumière, entrant par la fenêtre, éclairait maintenant le salon où Victor et Ety étaient assis, prostrés. Dehors la vie continuait. Un bruit de circulation montait de la rue. Les gens s'affairaient vers leur travail, leurs loisirs, tandis qu'eux faisaient face au désastre : pas d'eau, pas d'électricité, pas de réparateur.

Un coup de sonnette les arracha à leur sombre rumination. Victor ouvrit la porte. Il y avait sur le palier un SDF en bermuda, avec un anneau dans l'oreille et des tongs en plastique aux pieds qui lui adressait un grand sourire vide de toute dent. Il tenait une mallette à la main. Nul doute qu'il voulait leur fourguer un calendrier en braille ou un recueil de poèmes composé par des délinquants hémiplégiques dans un atelier de réhabilitation. Ah, non ! ce n'était pas le moment ! Il allait refermer la porte lorsque l'autre, élargissant un peu plus son sourire sans dent, lui tendit la main et se présenta. C'est M.Cherkaoui qui m'envoie. Je suis Béchir, un cousin à lui, de passage à Paris. Béchir, toutes réparations !

Après une rapide inspection des lieux, Béchir avait diagnostiqué sobrement un court-circuit, à cause de la fuite qui avait grillé les câbles. Y a qu'un joint à changer. Ils opinèrent du bonnet, ravis. On se sentait en de bonnes mains, tout compte fait. La providence avait envoyé un sauveur.

Il se mit au travail. Dans les toilettes, il arracha la moquette.

— C'est obligé ?

— Obligé parce que la fuite, elle passe en dessous.

Ety contemplait avec effroi sa moquette éventrée. Enfin, s'il le fallait... D'ailleurs, Béchir avait trouvé la fuite. Bon, pensait-elle, ça va vite, dans une heure on est sorti d'affaire. Ce soir, j'aurai ma douche chaude... Voilà, il change le joint... facile... vraiment, je devrais apprendre... j'apprendrais, si je n'étais pas si maladroite... Maintenant, il va s'occuper des plombs...

En fait, non. C'était l'heure de la prière. Traînant ses tongs, Béchir se retira dans un coin avec un petit tapis. On avait donc le droit de prier en bermuda ? Quand il revint, il avait faim. C'était l'heure du repas. Est-ce qu'il voulait un sandwich ? Non merci, dit-il en montrant sa mâchoire édentée. Mais si vous pouviez aller me chercher un soda et quelque chose de mou... Ety passa chez le charcutier et revint avec une barquette de brandade de morue. Rien pour eux, ils n'avaient pas faim. Ils mangeraient tout à l'heure, quand tout serait fini. En attendant, Béchir profitait de la pause pour leur raconter sa vie. Il était algérien. Il vivait en Belgique. Il était venu à Paris voir sa mère qui se faisait opérer à l'hôpital Lariboisière. Discrètement, Ety consulta sa montre. Déjà deux heures ! Monsieur Béchir, si on s'occupait de l'électricité ? On y va... on y va...

Devant le tableau électrique, Monsieur Béchir s'était gratté la tête. Là, y avait du boulot. Pourquoi ? Et bien, en somme, la chaleur avait fait fondre le disjoncteur, du coup, le fil trop court tirait sur les peignes qui sortaient du bornier, d'où le problème avec l'interrupteur différentiel. Tu vois ?

Victor, par complaisance, fit mine de contempler la superposition de boîtes, d'osselets et de ficelles que Béchir lui désignait. « Ah ! oui, les boutons noirs, plein de boutons noirs ! » dit-il.

— Combien de temps ? demanda Ety, un peu nerveuse.

— Oh ! pas trop longtemps, inch'Allah ! Je ne suis pas pressé. Les visites à l'hôpital, c'est à partir de six heures.

En effet, il n'était pas pressé, Béchir. Le récit de sa vie palpitante interrompait régulièrement son travail. Il tirait un câble, s'arrêtait, leur apprenait qu'il avait perdu ses dents à cause d'une leucémie. Il attrapait une pince, suspendait son mouvement pour évoquer son sida. Il avait été contaminé au cours d'une transfusion. On l'avait opéré huit fois. Je suis un survivant, rigolait-il à pleine bouche. Ma femme a divorcé, obligé, elle est retournée en Algérie. Ma fille elle est avocate à Bruxelles. Tu veux voir sa photo ? Victor jeta un coup d'œil à la photo de Selima. « Ah ! oui, les boutons noirs, plein de boutons noirs ! » « Excusez-le dit Ety, c'est la fatigue. Il y en a encore pour longtemps ? »

— C'est presque fini, inch'Allah.

— Alléluia !

— Mais maintenant, c'est la prière.

— Encore ?

— Ah, oui, à cinq heures, obligé.

Après la prière, Béchir donna un dernier tour de vis. Et voilà ! Ety actionna l'interrupteur. La lumière s'alluma. Ils étaient si contents qu'ils faillirent l'embrasser.

Attends, je remets le coffrage. Tu sais, j'ai un élevage de pintades en Belgique. Ça t'intéresse les photos ? J'ai toute la collection.

Ils admirèrent des volailles picorant dans un pré.

— Elles ont l'air bien aimables...

— Celle-ci ressemble à Kadhafi, non ?

— Obligé, c'est un mâle.

Sentant qu'on allait s'embarquer dans une discussion sur les pintades mâles et femelles, et que, de là, une jonction avec la prière du soir devenait possible, Ety avait poussé l'ouvrier vers la sortie. Madame Béchir attendait son fils à l'hôpital, on n'allait pas la faire languir. Pour la facture, on réglerait ça avec M. Cherkaoui. Pour le coffrage, on se débrouillerait. Ce n'était pas si compliqué, juste une boîte qu'on referme. On y arriverait.

— Ouf ! souffla Ety, quand elle eut refermé la porte.

— Tu t'occupes du coffrage ?

— Pourquoi moi ?

— Il y faut de la précision, c'est un travail de femme.

— Quelle mauvaise foi ! Il y faut de l'adresse, c'est un boulot d'homme.

— Ce que tu peux être vieux jeu ! Un homme ne se réduit pas à son stéréotype.

— Ah bon ! Et c'est quoi un homme ?

— Un homme, c'est... un homme.

Et ça n'est pas une femme.

La vie amoureuse de nos enfants

Petits enfants, petits soucis, grands enfants, grands soucis.

Un dimanche matin où il avait croisé Jeremy sortant de sa chambre en pyjacourt, Victor s'était aperçu que les jambes de son fils étaient couvertes de poils. Il avait jeté un coup d'œil au visage du gamin : encore imberbe, mais plus pour très longtemps. Bref, les ennuis commençaient. « Je devrais avoir une discussion avec lui, tu ne crois pas ? » « À propos de quoi ? répondit Ety. Des crèmes à raser ? » Et pourquoi pas ? Les crèmes à raser, et aussi les préservatifs, les femmes, comment les séduire, leurs ruses, la place du couple dans le judaïsme, les soins du visage, car les hommes aussi y ont droit. Entre autres.

Cependant, Jeremy semblait vouloir se débrouiller tout seul. Il avait sournoisement essayé d'obtenir un lit double, sous prétexte qu'il mesurait maintenant un mètre quatre-vingt. « Paraît qu'il y en a en promo chez Ikea. » Ses parents avaient refusé, naturellement, et Victor en avait profité pour mettre les choses au point, lui répétant presque mot pour mot ce qu'Ety avait déjà dit en leur temps à Lou et à Coraline : quand nous sommes à la maison, il n'en est pas question ; pour le reste, je ne veux pas le savoir. Il ne fallait pas tout mélanger, n'est-ce pas, la sexualité des parents et celle des enfants. Et il aurait mieux fait de se taire, encore une fois, car ce genre de mot, *sexualité*, Jeremy n'aurait pour rien au monde souhaité l'entendre mêler à une conversation avec ses parents. Papa, ça va... j'avais compris. T'es lourd. Et ce matin-là, dans son pyjacourt top court, de sa voix un peu chevrotante de jeune homme en mue, il avait à nouveau repoussé les avances de son père. Non, il n'avait pas envie de parler de « certains sujets » avec Victor. Techniquement, il était au point. En maternelle, il avait appris tout ce qu'il fallait savoir sur la reproduction humaine, que le zizi – on dit aussi pénis – du papa gonfle – beurk pour entrer dans la – zézette-vagin de la maman – beurk, beurk. Plus tard, au collège, dans le cadre des actions ministérielles de prévention des maladies vénériennes, on leur avait montré, au milieu des ricanements, comment enfiler un préservatif, et il y en avait toujours un pour afficher un air faraud, faire comprendre qu'il était au courant, qu'il s'en était déjà servi, peut-être. « J'ai pas besoin de parler. T'es gentil, mais ça me gave, papa. » Alors, malheureusement, Victor s'était un peu énervé, tu prends un autre ton avec moi s'il te plaît, et Jeremy était parti dans sa chambre en claquant la porte et en criant « c'est pas moi qui suis venu te chercher ! » Plus tard dans la matinée, Victor avait frappé à la porte de son fils, et ils avaient fait la paix. « Excuse-moi », avait-il dit. « Excuse-moi moi », avait répondu Jeremy, assis en tailleur sur son lit de 0,90 m x 1, 90 m. Peut-être – supputait-il – était-ce le moment de faire remarquer que ce lit était garni d'un drap et d'une housse de couette représentant les aventures de *Babar l'éléphant*, et plus exactement l'épisode où Babar encore éléphanteau, la trompe en l'air, se promène dans la forêt avec sa maman, juste avant que celle-ci ne soit tuée par les chasseurs ? Peut-être comprendrait-on enfin dans cette maison qu'il avait droit à un décor plus adulte ? Allez, laisse tomber. Papa irait se plaindre à Lou, qui irait se plaindre à maman qui n'avait jamais le temps d'aller chez Ikea et lui proposerait de commander une horreur sur le catalogue de la CAMIF.

Jeremy avait attendu la suite de la scène de réconciliation. Son père allait reconnaître que oui, c'est vrai, il était maladroit avec ses enfants, avec sa femme aussi parfois, avec beaucoup de monde souvent, avec tout le monde en fait mais pas vraiment non plus, qu'il fallait être indulgent, ce n'était pas facile pour lui, il avait dû faire à lui tout seul *le travail de deux générations*, à cause des camps, et on voulait qu'il aille bien ? Là, Jeremy n'interromprait pas Victor pour lui demander ce qu'il voulait dire par ce *travail de deux générations*. Il y avait bien un sens, mais il avait sans doute zappé le jour où son vieux avait expliqué. Et il venait encore de zapper une partie du discours paternel puisque apparemment celui-ci entrait dans la phase de la péroraison, avec une histoire de sagesse matrimoniale transmise de père en fils chez les Glouk depuis des générations. « C'est très important, dans la vie, Jeremy, de trouver une femme avec qui tu t'entends bien. Retiens bien cette leçon, elle m'a été transmise par mon père, qui la tenait de son père. »

Ou quelque chose d'approchant, en moins ampoulé, quand même. L'amusant était que papy Salomon avait attendu que son fils se sépare de Michelle, sa première compagne, pour lui confier cette formule magique. Quel à-propos ! En tout cas, merci papa. Ce n'était pas vraiment à l'ordre du jour, on verrait plus tard, on avait bien le temps, mais Jeremy gardait le précieux conseil en réserve, promis. Par contre, du côté de la couette Babar, il y avait une vraie urgence, et si ses parents pouvaient...

Victor hochait la tête d'un air douloureux.

— Ce n'est pas simple, crois-moi.

— Quoi ? Le changement de couette ?

— Non. Le choix du conjoint. Qu'est-ce que tu m'encombres avec ta couette ? T'as qu'à aller chez Ikea avec ta mère.

— Oui, papa.

— Je te parle d'un sujet grave.

— Je sais papa.

— Je m'inquiète pour mes enfants.

— T'en fais pas pour moi, papa.

— Je pense à ta sœur, en particulier.

— Ah oui ? Laquelle ?

— Les deux.

— T'en fais pas.

— Ta mère aussi s'inquiète.

— Ça va aller.

Mais non, ça n'allait pas du tout ! Victor et Ety se faisaient des soucis pour les filles.

Lou, par exemple. Pendant sa période révolutionnaire, elle s'était tenue éloignée des garçons. Chasteté et clandestinité. La révolution ne se fait pas sous l'édredon. Et ainsi de suite. Maintenant qu'elle avait quitté le parti de Reinette Lagrillée, Lou, toujours rebelle, s'était amourachée d'un moniteur d'auto-école.

— Il est dans la vraie vie, lui, au moins, prétendait-elle. Il rencontre des vraies gens.

— Rouler tous les jours du boulevard Barbès à la porte de Clichy, en quoi c'est la vraie vie ?

— Vous ne vous rendez pas compte. Y a tout le quartier qui monte dans sa voiture. Le chômeur, la mère de famille, le trader, le dealer, le hacker. Il pourrait être romancier, tellement il en entend, des confidences. Il capte la réalité sociale, mais à fond il la capte.

— Alors, pourquoi il n'est pas romancier ? De toute manière, il est trop vieux pour toi.

— Vous êtes bourrés de préjugés. J'en étais sûre.

Des préjugés, eux, les Glouk ? Pas du tout ! Ils avaient insisté pour rencontrer Xavier, même si avec un prénom pareil on ne pouvait pas espérer grand-chose, ni d'un côté, ni de l'autre. La soirée ne s'était pas bien passée, n'en parlons plus.

À la suite de cette soirée ratée, Victor et Ety s'étaient posé bien des questions. Ils s'étaient demandé, entre autres, s'ils attendaient des choses précises de leurs enfants.

À leur grand étonnement, la réponse avait été : oui, ils attendaient des choses plutôt que d'autres. Ils n'exigeaient pas, ne suppliaient pas, ne demandaient pas. Non, ils ne faisaient rien de tout cela. Mais au fond, il fallait bien le reconnaître, les choix amoureux de leurs enfants ne leur étaient pas indifférents. Pourtant, ils s'étaient bien juré de ne pas répéter les erreurs de leurs propres parents.

Victor avait proposé de faire une liste. « On va classer nos vœux » « D'accord. On appellera cela : Vœux concernant les choix amoureux de nos enfants — D'accord. Qu'est-ce que tu mettrais en premier ? »

Après réflexion, après discussion, ils étaient arrivés au classement suivant :

1° vœu : Que notre enfant soit heureux dans sa vie amoureuse. 2° vœu : Que le conjoint soit quelqu'un de bien. 3° vœu : Eventuellement, que le conjoint soit quelqu'un de juif.

Sur ce, Victor, ou Ety, avait fait remarquer que les trois souhaits n'étaient pas forcément compatibles, dans la mesure où on pouvait être heureux avec un con. Ou malheureux avec un juif. Ou un non-juif. Cela dit quelqu'un de juif pouvait être quelqu'un de bien. Certes, et un non juif était parfois quelqu'un de non bien. Cela n'empêchait pas d'être heureux avec, hélas ! Ou malheureux, *oï vaï* !

Finalement, ils avaient laissé tomber leur classement.

À quelque temps de là, Coraline leur avait annoncé qu'elle venait d'emménager avec son nouvel ami. Par la même occasion, elle leur apprenait qu'elle avait un nouvel ami. Et il s'appelait comment ? – Simon... – Et Simon quoi ? – Le Coennec... Et c'était quoi dans la vie, son occupation, à Simon ? – Créer des start-up... Et il gagnait sa vie avec ses start-up, Simon ? Et il avait quel âge ? Et ils s'étaient rencontrés où ? Et il avait des frères et sœurs ? Et il avait fait quel genre d'études ?

— Une école d'ingénieur.

— Viens dîner avec lui.

— Simon comment, déjà ?

— Le Coennec.

— C'est breton ?

— Y a des chances...

Il valait mieux oublier le vœu n° 3. Quoique. On pouvait imaginer des Cohen réfugiés pendant la guerre en Bretagne et changeant leur nom en Coennec, Le Coennec, c'était crédible pour des faux papiers ? Bon, allez, cela n'avait pas vraiment d'importance. L'important, n'est-ce pas, c'était le vœu n° 1 et le vœu n° 2. On allait voir si ce Simon était un *mensh*.

Le dîner avait eu lieu la semaine suivante. Coraline et Simon étaient arrivés ensemble, et le fiancé avait commencé par marquer plusieurs points, surtout auprès d'Ety, d'abord parce qu'il était plutôt joli garçon, un brun avec des yeux noisette et une fossette au menton, et puis parce qu'il avait offert des fleurs, ce qui surprend agréablement de la part d'un jeune d'aujourd'hui. Victor, lui, était resté sur son quant-à-soi. Il se méfiait des *jolis cœurs*. À l'apéritif, On avait essayé de tâter le terrain au sujet de ce patronyme. D'où venait-il ? Du Morbihan. Une déformation de Cochennec. C'est parfait, j'ai invité un cochon à ma table, avait pensé Victor. Puis on avait demandé à Simon quelles étaient ses passions dans la vie et il avait répondu le sport, l'informatique et les animaux.

— Génial, avait dit Jeremy. Quels sports ?

— Quels animaux ? avait enchaîné Lou

— Savez-vous ce que c'est que le yiddish ?

— Que penses-tu du dernier logiciel de Microsoup ?

— Et vous aimez lire ?

Ma foi, oui, il aimait lire. Malheureusement, il négligeait un peu ce secteur, faute de temps... mais si Ety voulait l'aider à combler ses lacunes... Ni une ni deux, Ety s'était précipitée vers la bibliothèque pour en rapporter quelques chefs-d'œuvre du roman moderne, *Aurélien*, *Les Frères Karamazov*, tandis que dans son coin Victor continuait à bougonner contre le *joli cœur* qui non seulement posait son œil de velours sur la mère mais avait pris la main de la fille dans la sienne et ne la lâchait plus. Il aurait pu attendre d'être dans sa chambre, quand même ! Puisqu'ils venaient de se mettre en ménage, ils avaient bien une chambre, non ?

Comme on était sur le chapitre de la lecture, Coraline s'était souvenue, alors qu'on passait à table, d'un conférencier à l'école de commerce qui était venu leur parler de stratégies de maximisation des retours sur investissements intellectuels. D'après ce quidam, point n'était besoin de lire un livre en entier, il fallait sélectionner les quelques passages contenant l'information utile. « Un auteur dit tout ce qu'il a à dire en une page, la première, la dernière ou celle du milieu. Le reste ne sert à rien, ça vous fait perdre votre temps et en plus, ça gaspille du papier ». La méthode valait pour Proust autant que pour les mémoires de Lady D. ! Par jeu, Ety avait proposé qu'on applique cela à tout, aux repas, par exemple, un haricot sur dix et le grain riz du milieu. Tout le monde avait ri et chacun avait ajouté son grain de sel, dans la conversation, pas la peine de faire des phrases, le premier mot suffisait : « passe » et on comprenait que cela voulait dire « passe-moi le sel ». « Elle est drôle, ta mère » avait remarqué Simon en se tournant vers Coraline. C'était très gai. Dans son coin, à présent, Victor broyait du noir. Qu'est-ce que sa fille faisait avec un type pareil ? Elle méritait quand même mieux qu'un petit ingénieur breton, sportif et zoophile, non ? Il jeta un coup d'œil à Coraline. Le regard brillant, celle-ci semblait en proie à l'imbécile ravissement de l'amour.

— Quel con, ce Simon !

— Mais non. Il est très sympathique.

Ety pensait qu'il était trop pour juger. D'après Jeremy, on n'avait pas le droit de juger. Lou était d'accord : tout jugement est fasciste. En plus, Simon avait l'air politiquement correct. « Je peux me tromper » reconnut Victor.

Il y eut donc un second repas, dans un restaurant chinois du boulevard des Italiens, en terrain neutre, pour ainsi dire. Ils avaient commandé un canard à la pékinoise.

Le personnel, affable et distant, servait et desservait, apportant le bouillon, les crêpes, la peau croustillante, la viande, les légumes, encore un peu de thé au jasmin, un autre bol de riz. Ils s'étaient installés, à six, autour d'une table ronde, dont le plateau tournait, distribuant les plats. Chacun picorait ici et là, c'était festif et convivial. Des bouddhas souriaient ; une fontaine murmurait. Dans cette atmosphère feutrée, tout le monde s'était détendu. Victor avait évoqué son enquête sur les witz yiddish. Simon l'avait écouté avec attention et lui avait fait répéter le mot. On disait *vitz* ? Il croyait qu'on prononçait *ouitz*. Comme Waterloo. Sautant sur l'occasion, Ety avait essayé de raconter sa fameuse blague sur le Belge en *ouacances* à Waterloo, mais Victor et les enfants avaient crié « non ! » en faisant mine de se boucher les oreilles. Maman est la plus mauvaise conteuse de *ouitz* du monde, avait expliqué Jeremy à Simon. On avait ri.

Qui à ce moment avait pris l'initiative d'interroger Simon sur ses propres projets professionnels ? Était-ce Ety ? Était-ce Lou ? Peu importe. Toujours est-il qu'afin de réaliser ses rêves et de vivre ses passions, Simon venait de fonder une start-up spécialisée dans l'électronique animale. La tablée avait ouvert des yeux ronds.

— C'est quoi, ça ?

Simon avait sorti de sa poche un objet plat ressemblant à un étui de cigarettes et, tel un joueur abaissant son carré d'as, l'avait l'abattu sur son assiette. La tablée s'était penchée en avant. C'était quoi, ça ?

Ça, c'était un téléphone portable pour chien. Il y avait deux larges touches sur le clavier, l'une représentant un homme en pardessus muni d'une laisse et d'un large sourire, l'autre figurant un os à moelle.

— Et à quoi ça sert ?

— Cela permet au chien d'appeler son maître, bien sûr. Une pression de la patte sur la touche gauche, s'il veut sortir ; sur la touche droite, s'il veut manger. Plus besoin d'aboyer. Si ce produit marche, nous espérons étendre la gamme. Bientôt, le casque à musique canin. Pendant la promenade, ou le jogging matinal, le maître et l'animal écoutent leur musique préférée...

— Ça existe déjà, non ?

— Astucieux !

— Ridicule !

— Vous n'aimez pas les bêtes, Victor ?

Non, non et non, Victor n'aimait pas les bêtes. Il lui était arrivé d'accorder son affection à tel chat, à tel chien sympathique, sans que cela devienne une maxime universelle. Le Cohen du Morbihan commençait à lui chauffer la tête, avec ses cyberniaiseries !

En plus, il n'arrêtait pas de tripatouiller Coraline, de la baisoter, de l'enlacer. Ça l'horripilait ! Ils avaient une chambre, ou pas ? Mais qu'est-ce qu'elle lui trouvait, à ce type ?

— Et voilà. Je m'inquiète pour Coraline. Elle se fourvoie avec son Simon. Cela me fait beaucoup de peine.

— T'en fais pas, papa.

— L'électronique animale, c'est de la foutaise, quand même.

— Pourquoi tu dis ça, papa ? C'est hypercréatif, au contraire. Tu sais que le téléchien de Simon va être commercialisé au Brésil ? En plus, il a eu droit à un article dans le *Young Manager Journal*. Cora me l'a montré.

— Qu'est-ce que t'en penses, toi, Jeremy, honnêtement, c'est un con, non, ce Simon ?

— CALME-TOI, PAPA.

Le sac

Ety avait claqué la porte du taxi, et voilà qu'en se redressant, elle avait senti une absence au côté droit. Son sac ! Elle avait oublié son sac à l'intérieur ! Et dans son sac il y avait non seulement son passeport et son argent, mais les billets d'avion. Elle fit un geste dérisoire pour rattraper la Mercedes grise ; celle-ci filait déjà vers l'autoroute, fondue dans le trafic qui, en ce jour de grand départ, affluait sur la desserte de l'aéroport.

L'image de son sac à main s'imprimait avec une précision cruelle dans cette zone confuse, derrière les yeux et entre les tempes, où se forme le double hallucinatoire des objets absents. De tous les sacs que sa mère lui avait offerts, celui-ci était son préféré. Il était d'un beau cuir brun, souple et velouté au toucher. Elle pouvait le porter en bandoulière, grâce à sa lanière ajustable à l'aide d'un anneau métallique. Il comportait de nombreuses poches extérieures et intérieures où il était facile de ranger les cartes, les clefs, les billets de train, les chéquiers, et divers accessoires d'hygiène ou de maquillage tels que le tube de rouge à lèvres, la pince à épiler, le flacon de déodorant. Bref, il joignait le confort pratique à l'agrément esthétique. Hélas ! se lamentait Ety. S'il n'avait pas été si pratique, on n'aurait pas rangé les billets dedans. Et elle restait là, paralysée, tandis que les enfants levaient vers elle un regard interrogateur et que Victor, qui avait en un éclair compris la dimension désastreuse de la situation, commençait à grincer des dents.

Comme Lou lui saisissait la main, une âcre odeur de vomi l'avait rappelée à la réalité. Oui. Ce départ en vacances avait été très bousculé.

Oui. Il avait fallu se lever à cinq heures du matin avec, dans la gorge, la nausée d'une nuit trop courte. On avait pris une tasse de café, une douche, et un peu plus tard on avait réveillé les enfants. Les yeux dilatés de sommeil, suçant leur doudou, Lou et Jeremy avaient attendu sur le canapé du salon que leurs parents aient achevé leurs derniers préparatifs. Au moment où, les bagages enfin rassemblés, tout le monde était prêt à franchir le seuil de l'appartement, Ety s'était mis en tête de faire lâcher son bout de chiffon à sa fille. Elle aurait six ans à la rentrée, la grande école, et elle avait promis qu'elle se séparerait du doudou pendant les vacances. Les beaux yeux noirs de la petite s'étaient immédiatement remplis de larmes, et elle avait expliqué, tordant la bouche vers le bas comme un masque de théâtre antique, que c'était trop dur, qu'elle partait pour un mois et qu'au retour, le doudou l'aurait oubliée. Sur quoi Victor, excédé, était intervenu. Ce n'était vraiment pas le moment d'ouvrir un débat parlementaire. Que Loulou emmène son doudou et qu'elles arrêtent d'emmerder le monde, elle et sa mère. À six heures du matin.

En bas, le taxi était déjà là, une Mercedes grise, ou une Peugeot beige. Le chauffeur, un vieil Africain, avait râlé quand Victor lui avait signalé qu'avant Orly, il fallait passer rue de la Glacière, dans le XIIIè, prendre Coraline, leur fille aînée, chez sa grand-mère. « Parce que j'ai droit à trois passagers, et là vous êtes déjà quatre, et maintenant ça va faire cinq... »

Bien entendu, rue de la Glacière, Coraline n'attendait pas, comme convenu, devant l'immeuble. Il avait fallu sonner à l'interphone, et on avait encore perdu dix minutes, avant que finalement elle apparaisse, Gisèle à ses côtés, traînant une valise rouge trop lourde pour ses huit ans. Évidemment ! avait pensé Victor. Elle n'a pas pu s'empêcher de mettre en scène son abandon. Je ne vais quand même pas emmener ma belle-mère en vacances ! Le chauffeur avait râlé à nouveau parce qu'avec cette grosse valise rouge, il devait « réorganiser son coffre ». Maintenant, c'était la poussette de Jeremy qui gênait la fermeture du hayon. Le compteur tournait, bien entendu. Enfin, on était reparti, Victor assis à l'avant, à côté du chauffeur, Ety à l'arrière, avec les trois enfants. Par une vitre ouverte, l'air du petit matin entrait dans la voiture. Ety frissonnait, mais tant mieux : les enfants étaient sujets au mal des transports, surtout Lou ; or un peu de fraîcheur combat les nausées, tandis qu'une atmosphère confinée les favorise.

À la porte Brancion, le taxi avait plongé vers le périphérique. Le trafic était déjà dense. L'atmosphère s'était brutalement réchauffée. Les particules d'essence s'envolaient vers le ciel grisâtre. Au-dessus de leurs têtes, un nuage de pollution et une brume de chaleur opéraient leur jonction. On venait de s'engager sur l'autoroute du Sud, direction Lyon.

Encore dix minutes, avait calculé Ety, entre impatience et soulagement. Sur ses genoux, Jeremy ne se contenait plus. Son corps de bébé, exaspéré par la contrainte, débordait de toute part. Griffant et grattant, il avait cherché à desserrer les mains de sa mère croisées sur son petit ventre. Il avait essayé, par des torsions, des contorsions, des reptations, de se glisser sous la barrière des bras qui l'enserraient. Ety avait tenu bon. Elle n'avait pas relâché son étreinte, s'efforçant de le distraire par des historiettes, des devinettes, des bouts de chansons, mêlées à de courtes mais fermes réprimandes. En voiture, on ne gigote pas. « Parce que si on gigote, on attrape un accident ! » avait expliqué Lou. Mais Coraline l'avait reprise : On n'attrape pas un accident. Si ! non ! si ! non ! T'es bête ! C'est toi qu'es bête ! C'est toi qu'es bête ! Arrête de répéter tout ce que je dis. Arrête de répéter tout ce que je dis. Lou, elle arrête pas de répéter tout ce que je dis. Lou, elle arrête pas de répéter tout ce que je dis. Arrête ! Arrête ! Papa !

Victor s'était retourné et avait ordonné le silence, parce que si ça continuait on allait attraper un accident. Lou avait agrippé son doudou et Coraline s'était concentrée sur son tee-shirt, qu'elle s'était mis à froisser puis défroisser. Mais Jeremy, qui l'instant auparavant suivait avec intérêt, voire une pointe de passion, l'échange verbal de ses sœurs, effrayé par la grosse voix de son père, avait recommencé à pleurnicher et à battre des jambes. Son chagrin s'exprimait à présent par de brèves explosions acoustiques qui évoquaient un moteur de mobylette refusant de démarrer.

Il y avait dans l'air une tension palpable entre les époux Glouk, et, c'est sûr, les enfants réagissaient à cela. Mais c'était la faute d'Ety, aussi. Elle cédait toujours aux caprices de sa mère. Quand Gisèle avait proposé d'emmener Coraline avec elle à Megève, Victor n'y avait vu aucune objection, bien au contraire. Il trouvait même cela plutôt gentil de sa part. Pour une fois… Les choses s'étaient gâtées quand elle leur avait annoncé qu'elle rentrerait le mardi 13 juillet dans la soirée, pile la veille de leur départ à eux. Ça serait bousculé, pour sûr. Enfin, bon, le taxi n'avait qu'à faire un crochet par le XVIIIè et Gisèle pourrait déposer Coraline chez ses parents. Et pourquoi ainsi ? avait demandé la grand-mère. Pourquoi *leur* taxi ne ferait pas un crochet par le XIIIè arrondissement et pourquoi *eux* ne *ramasseraient* pas leur fille mercredi matin ? Surtout qu'*elle*, elle prenait le bus, elle en avait un direct depuis Orly qui s'arrêtait pratiquement devant sa porte. Moins cher qu'un taxi, quand même. Et puis, ma chérie, s'il te plaît, laisse-moi Coraline encore un soir ! Je ne la verrai plus pendant un mois, ni Lou, ni Jeremy, ni toi. « Voilà ! ruminait Victor. À cause d'elles, le départ en vacances est gâché. » Et il ressassait ses griefs contre celles qu'il appelait, *in petto*, madame Mère et la Dauphine. Si ce couple souverain n'avait pas, une fois encore, imposé sa loi, on se serait réveillés plus tard. On aurait été moins fatigués, on aurait été moins énervés. Alors que là… avec ce stupide arrêt dans le treizième arrondissement… ce « ramassage », ce rituel des adieux… on avait perdu au moins vingt minutes…

Enfin on était arrivé à l'aéroport d'Orly. Des taxis, des cars, des véhicules particuliers s'arrêtaient et redémarraient dans des claquements de portières, des ronflements de moteur, des crissements de pneus. Penché vers le chauffeur africain, Victor s'apprêtait à régler la course. Du côté gauche, Coraline avait ouvert la portière et, impatiente de mettre pied à terre, se trémoussait sur la banquette, en attendant que son père ou sa mère se décident à donner le signal du débarquement général. De son côté, Ety avait resserré l'étreinte de son bras gauche sur Jeremy, et, de sa main libre, cherchait en tâtonnant la poignée sur sa droite. C'est alors que le petit, projeté en avant par un spasme profond, avait vomi. Saisie par le démon de l'analogie, Lou avait vomi à son tour. Tandis que Coraline se tâtait sur la conduite à suivre, le chauffeur de taxi avait lâché un juron et Victor avait crié à Ety : « Pourquoi tu ne leur as pas donné un sac en plastique ? » Comme Ety hésitait entre deux répliques (« Je ne leur ai pas donné leur petit-déjeuner ce matin » ou : « Pourquoi tu ne leur as pas donné toi un sac en plastique ? ») elle n'avait rien répondu. Affectant un calme maîtrisé, elle avait poussé les enfants dehors. Tout le monde s'était retrouvé, les Glouk contrits, le chauffeur furieux, devant le coffre à bagages, qu'on avait déchargé rapidement. Le chauffeur n'arrêtait pas de râler. Maintenant il était obligé d'aller à la station-service pour le nettoyage, vu que le vomi, comme odeur, c'était ce qu'il y avait de plus dur à faire partir ; il perdait sa matinée, une demi-journée de travail foutue. « Pourvu, se disait Ety, qu'il ne nous demande pas une indemnité ! » Le budget des vacances était déjà tellement serré... Mais le chauffeur n'avait pris que le montant de la course, plus un pourboire. Malgré cela ou à cause de cela, Ety était retournée dans la voiture et avait commencé à essuyer la banquette et le tapis souillés avec un bavoir de Jeremy. C'est là qu'elle avait posé son sac sur le siège avant, à côté de la place du conducteur. Elle les revoyait parfaitement maintenant, dans une sorte de halo magique, le beau sac en cuir et le mouvement qu'elle faisait pour le poser. Puis Victor était venu la tirer de là, en lui disant qu'elle était grotesque. Elle avait claqué la porte du taxi, et en se redressant, elle avait senti une absence au côté droit. Elle avait oublié son sac à l'intérieur ! Et dans son sac il y avait non seulement son passeport et son argent, mais les billets d'avion.

Pris d'une démence froide, gesticulant, allant et venant à grands pas erratiques entre sa femme immobilisée sur le trottoir et la file de voitures en stationnement où quelques secondes plus tôt leur taxi se trouvait encore, Victor grognait. Tu veux vraiment nous pourrir les vacances, c'est ça ? Tu veux tous nous punir à cause de ta mère ? Tu voulais l'emmener, c'est ça ? Et bien, débrouille-toi pour le récupérer, ton sac ! On ne bougera pas d'ici, je te le jure, même si on doit passer la nuit dans l'aéroport !

Les enfants étaient abandonnés dans un coin, Jeremy dans sa poussette, Lou et Coraline lui tournant le dos et s'amusant à compter les Twingo qui passaient. Sans leur jeter un coup d'œil, Ety se précipita dans l'aérogare à la recherche d'une cabine téléphonique. À cette époque, le téléphone portable n'existait pas. Au bout du fil, l'employée de la compagnie des Taxis gris lui répondit que non, on ne pouvait rien faire pour elle. Le chauffeur ne rentrerait au dépôt que ce soir. Au comptoir d'enregistrement, on ne pouvait rien faire pour eux non plus. Bien sûr, les Glouk figuraient sur la liste des passagers, mais sans billets, non, il n'y avait pas moyen de les laisser embarquer. Acheter d'autres billets ? hélas ! l'avion était complet. Oui. Mais puisque c'était leurs propres places qu'ils allaient racheter, en quelque sorte, elles étaient libres. Eh bien non, car, voyez-vous, il n'était pas possible de délivrer des billets pour ce vol car, justement, il était complet. Comme on venait de leur dire. Oui, mais puisque nous allons le rater, nous pouvons le prendre... justement... Non. Oui, mais de toute manière, comme ça, au dernier moment, ça leur coûterait beaucoup plus cher. « Écoutez. Pourquoi ne rentrez-vous pas tranquillement chez vous ? Vous récupérerez votre sac dans la soirée et vous prendrez le même avion demain matin. Un jour de vacances en moins, ce n'est pas si grave ».

Non, ce n'était pas si grave. Malgré tout Victor continuait à grincer des dents et répétait que personne ne l'empêcherait de partir en vacances. Ils restaient là, plantés devant le comptoir, Jeremy toujours dans sa poussette, et les filles s'amusant maintenant à compter les valises rouges qui passaient devant elles. La file d'attente s'étiolait. Les derniers passagers se présentaient à l'enregistrement. Quelques retardataires affolés arrivaient en poussant des chariots remplis de bagages. Les hôtesses avaient consulté leur montre à plusieurs reprises. Elles allaient fermer le comptoir, quand tout à coup Ety avait aperçu son sac. Elle avait cru d'abord à un rêve, car il semblait cheminer vers elle par ses propres moyens. Mais il était en fait porté par un motard de la police, qui, en tant qu'homme, ne savait quel maintien adopter avec un sac à main, sinon le tenir à bout de bras comme un enfant tout juste sauvé d'une maison en flammes. « Camain ! » avait jubilé Jeremy.

Le CRS leur expliqua que le chauffeur, à peine entré sur l'autoroute, avait aperçu le sac oublié sur le siège à côté de lui. Il avait fait demi-tour et l'avait confié à la sécurité de l'aéroport. Et voilà.

On s'était précipité vers la salle d'embarquement. L'avion avait un peu de retard. Les passagers attendaient calmement, rangés dans les fauteuils en plastique bleus et verts. Les Glouk ne trouvèrent pas de place où s'asseoir, mais tant pis, on était bien debout, on était déjà content d'être là. Ety savourait l'heureux retournement de situation, se répétant que, finalement, ça finissait bien, quel cauchemar, quand Victor, débordé par on ne sait quel flux d'agressivité primale, lui saisit la main et y planta sauvagement ses dents. Ety hurla. Dans la salle d'embarquement un silence tomba, dans lequel s'élevèrent bientôt les pleurs effrayés de Jeremy. Lou et Coraline se regardèrent d'un air consterné. Ety songea au divorce, encore une fois. Une hôtesse vint demander à Victor de se calmer. Victor lui dit qu'il allait se calmer. Puis on embarqua, on décolla, on atterrit. On prit un autre taxi. Victor demanda pardon. On arriva au lieu de la villégiature, un charmant triplex en bord de mer, qui plut à tout le monde, et où chacun trouva sa place.

Bien sûr, pendant le séjour, le sac avait fait encore des siennes. Sa lanière avait cassé, et on avait dû le donner à réparer. Il avait basculé du comptoir d'un bistrot et tout son contenu s'était répandu par terre.

Surtout, une nuit, il avait été dérobé par un cambrioleur qui s'était introduit dans l'appartement. On l'avait récupéré, penaud, au commissariat, délesté de son chéquier et de sa carte bleue. Il avait fallu faire opposition. Cela dit, dans l'ensemble, on avait passé d'excellentes vacances.

À la rentrée, en septembre, Ety voulut aborder cette suite d'incidents avec Mme Boisrobert, sa psychanalyste. Après s'être déchaussée, elle s'était allongée sur le divan. Premièrement, l'oubli dans le taxi était un acte manqué. Deuxièmement, le voleur de sac lui avait, pour ainsi dire, livré une interprétation à domicile : il lui avait vidé son sac.

Le silence satisfait qui accueillit ses conjectures encouragea Ety à continuer.

Il y avait toute une histoire avec les sacs du côté de sa mère. Gisèle raffolait des sacs. Tout l'enchantait dans cette catégorie et il ne s'écoulait pas six mois sans qu'elle achète un sac à main, un sac à provisions, un sac de voyage, un sac à dos, une gibecière ou une besace, pour son usage personnel ou pour l'offrir. Ainsi, Ety ne s'était jamais payé un sac. Toute sa collection provenait de sa mère.

Or, la légende disait que Gisèle elle-même avait, autrefois, perdu un sac, dans des circonstances qui auraient pu être lourdes de conséquences. Alors qu'elle était enceinte d'Ety, elle avait oublié son sac sur la banquette du métro, avec sa carte du parti communiste à l'intérieur. Antoine Bel, son mari, l'avait traitée de folle, de bécasse, de criminelle. Avec la guerre d'Algérie, l'appel du contingent, les grèves, les communistes en prison, le maccarthysme aux Etats-Unis, que sais-je encore, la discrétion était de rigueur, non ? et la prudence ! Et elle ! Elle les mettait en danger tous les deux ! et dire qu'elle venait de trouver une bonne place dans les bureaux parisiens de la Lufthansa, maintenant, avec ses conneries et sa tête de linotte, elle allait la perdre, cette bonne place, c'était couru d'avance. Il l'avait giflée, un aller-retour. Gisèle avait retrouvé son sac rue des Morillons, aux objets perdus. L'affaire n'avait jamais eu de suite.

Soit.

Ety connaissait cette histoire depuis toujours. Elle l'avait tournée dans tous les sens, jusqu'à l'écœurement. Le sac perdu la conduisait jusqu'à la poche de sa mère, cet utérus qui la contenait. Et puis après ? Est-ce que cela signifiait que Gisèle, inconsciemment, voulait se débarrasser d'elle ? Cela lui semblait tellement trivial, cette interprétation… de l'analyse à deux sous… l'acte manqué pour les nuls…

« Associez ! » réclamait sa psychanalyste !

Elle associa.

Je ne peux plus te saquer. Vider son sac. Mise à sac. Nuit de cristal. Est-ce que mémé Marx ne lui avait pas raconté que le magasin de meubles de son frère, à Sarrelouis, avait été mis à sac ? Sac à patates. *Sacco et Vanzetti. Les Rosenberg ne doivent pas mourir.* C'était deux pièces qu'elle avait vues, dans son enfance, avec sa mère, dans un théâtre décentralisé de la région parisienne. Ethel et Julius Rosenberg. Ethel, son prénom à elle, Ety.

« Cherchez du côté de l'allemand ! Faites travailler les signifiants. »

Tasche. Tâche. Tache. Hache. Steak haché. Les Mexicains n'aiment pas les hamburgers. Pourquoi ?

parce que ce sont des Aztèques hachés. Ou ils les aiment, au contraire... Foie haché. Pastrami.

« Bien. Nous allons arrêter là la séance. »

Dépitée, Ety avait demandé à sa mère de lui conter à nouveau l'épisode du sac perdu. Qui sait ? un détail lui avait peut-être échappé ?

Gisèle avait ri en secouant la tête. Ton sac ? Celui avec toi dedans ? Ce n'est rien, ça ! à côté de... Figure-toi que ta grand-mère...

Mémé Marx avait oublié son sac, elle aussi, à Grenoble, pendant la guerre, dans un café.

— Dans un café ? À Grenoble ? Pendant la guerre ? C'est de la folie ! Qu'est-ce qu'elle faisait là ?

— Elle faisait des courses. Elle avait besoin d'acheter des lunettes et je ne sais plus quoi d'autre. Après les rafles d'août 42, où ton grand-père a été pris, il y a eu une accalmie. Le département était sous administration italienne. Donc, au beau milieu de ses courses, Mémé a été prise d'un besoin pressant, comme on dit. Elle est entrée dans un café pour utiliser les toilettes, *à la turque*, tu penses bien. Et là elle a oublié son sac à main, qu'elle avait posé sur une petite étagère au-dessus de la chasse d'eau. Il faut dire qu'elle était chargée, un cabas plein de tout ce qu'elle avait pu trouver dans les étals, alors, en sortant, elle n'avait pas senti qu'il lui manquait quelque chose. Quand elle s'en est aperçue, quelques minutes plus tard, elle a fait demi-tour jusqu'au café et s'est précipitée au comptoir. La patronne avait récupéré son sac et le lui a rendu, avec un drôle de sourire.

— Pourquoi ?

— On ne sait pas. C'était peut-être juste une impression. Tu sais, on avait peur de tout à l'époque.

Dans le sac, figure-toi, il y avait sa carte d'identité, fausse naturellement, au nom de Florence Schmidt, et, tu ne vas pas me croire, sa Ketouba.

— Son acte de mariage en hébreu ?

— Oui !

— Elle sortait avec sa ketouba dans son sac ? En pleine Occupation ?

— Elle ne voulait pas s'en séparer. Elle se projetait dans l'après-guerre, où la vie recommencerait : ses enfants se marieraient à la synagogue, elle serait enterrée dans le cimetière juif. Mais sans Ketouba, elle ne pourrait pas prouver sa judaïté, et alors, adieu mariage juif ! Adieu kaddish et enterrement !

— Tout le monde cherchait à prouver sa *non*-judaïté, et elle, au contraire...

— C'était comme ça, avec mémé Marx...

— C'est insensé ! Et alors ? Il y a eu des conséquences ?

— Je ne crois pas. Je te l'ai dit, mon père avait déjà été déporté. D'ailleurs il était déjà mort, mais on ne le savait pas.

— Et oncle Armand ?

— Hermann ? Il a été pris en janvier 1944. Il a été dénoncé par le fils du fermier. Le gars lui-même s'en est vanté. Cela n'a aucun rapport avec ce sac. Mais c'est vrai que...

— Quoi ?

— Ta grand-mère s'en est toujours voulu. Elle se sentait coupable de la déportation de son fils. Au fond, oui. Cette histoire de sac, elle l'a portée jusqu'à la fin de sa vie, comme un fardeau. Mais pourquoi tu me demandes tout ça ?

En séance

Mme Boisrobert ouvre largement la fenêtre. C'est toujours comme cela avec ce patient. Il transpire tellement pendant sa séance qu'elle doit aérer la pièce après son départ. La petite Mme Glouk va encore grelotter tout à l'heure. Tant pis.

Pendant que l'air froid s'engouffre dans le cabinet de consultation, Mme Boisrobert se réfugie dans les toilettes au bout du couloir. Puis elle passe à la cuisine se préparer une tasse de thé. Quand elle revient, les mauvaises odeurs se sont dissipées, chassées par le vent d'hiver. Elle referme la fenêtre et tire le rideau de cretonne beige qu'elle a dû faire installer il y a deux ans, quand elle s'est aperçue que le voisin d'en face épiait ses patients avec des jumelles. Il n'y a pourtant pas grand-chose à voir.

Mme Glouk est arrivée depuis cinq minutes au moins, elle le sait, elle a entendu le coup de sonnette. Pedro, qui ne travaille pas cet après-midi, est allé lui ouvrir. Mais elle n'a pas envie de la recevoir tout de suite. Elle s'accorde encore un instant de répit. La séance qui vient de s'achever a été éprouvante, comme toujours avec Philippe M. Non seulement ce patient transpire beaucoup, mais il ressasse. Toutes ses séances se déroulent selon le même scénario. Il entre en trombe dans le cabinet, salue à peine, se jette sur le divan et déclare : « Je sais ce qui ne va pas chez moi. J'ai un complexe de claustration. » Ensuite, il se tait. Et il transpire. Malgré l'écoute attentive qu'elle lui prodigue, il est incapable d'élaborer autre chose que ce ressassement. Au lieu de cela, c'est elle qui commet des lapsus. « Je ne vous ai pas entendu sauna » lui a-t-elle dit la semaine dernière.

Machinalement, Mme Boisrobert passe la main sur le velours du divan. Non, dieu merci, il n'est pas mouillé. Il faudra songer, malgré tout, à le recouvrir d'un tissu protecteur, ou d'une housse. C'est quand même un Chesterfield. Elle parcourt encore une fois la pièce du regard. Oui, décidément, elle en a bien réussi la décoration. Elle a bien fait de choisir ce parquet en bois blond, plutôt que de la moquette. Même avec le rideau fermé, l'impression de clarté domine. Bien sûr, il faut allumer la lampe, mais qui s'en plaindra ? La lumière tamisée filtrant sous l'ocre de l'abat-jour accentue l'impression de rigueur et de bienveillance caractéristique des lieux. Dans le coin droit, face au divan, un bureau Louis-Philippe, déniché au village Suisse, coupe l'angle du mur. Sur le bureau reposent un téléphone et un agenda ouvert.

Elle se dirige vers la salle d'attente et, d'un signe de tête, elle invite Mme Glouk à passer dans le cabinet. La patiente se lève, l'air un peu affolé, comme toujours. Elle a du mal à rassembler ses affaires, qu'elle a éparpillées autour d'elle pendant sa brève attente. Elle attrape son cartable d'une main, plie son manteau sur son bras, saisit, de sa main libre, le livre qu'elle était en train de lire, dont un crayon s'échappe et tombe à terre. Quand elle se penche pour le ramasser, le manteau glisse. « Quelle Schlemiel ! » pense Mme Boisrobert qui l'observe, les bras croisés. Elle a découvert ce mot, Schlemiel, en lisant Freud. Depuis, elle a cherché à se documenter. Elle a même lu l'ouvrage de Chamisso.

La petite Mme Glouk a enfin réussi à s'allonger sur le divan. La psychanalyste a pris place derrière elle, dans la bergère Empire achetée chez un antiquaire de la rue de Rennes. C'est un fauteuil recouvert d'un tissu rose qui s'harmonise délicatement avec les tons pastel de la tenture murale. En outre, le coussinnage en plume et duvet offre une assise moelleuse, tandis que le dossier, plus rigide, maintient le buste dans une position droite. C'est, professionnellement parlant, la position idéale, celle qui permet de maintenir cette « attention flottante » dont parle Freud.

Les bras sur les accoudoirs en hêtre sculpté, son calepin sur les genoux, elle prononce la phrase rituelle qui inaugure la séance :

— « Je vous écoute ».

Elle remarque alors que la patiente a mis son tailleur vert. C'est donc qu'elle va parler de sa mère, encore une fois ! Mme Boisrobert soupire intérieurement.

Mais Ety Glouk, aujourd'hui, paraît décidée à la surprendre. « J'ai fait un rêve que j'ai noté. » Elle fouille un peu dans son sac, qu'elle garde généralement sur son ventre pendant la séance, et en sort un petit carnet vert. La psychanalyste ne dit mot. Les patients lui apportent leurs rêves comme des trophées. Malheureusement, il n'y a parfois rien à en tirer. L'inconscient ne s'attrape pas comme du gibier. Tiens ! La formule n'est pas mal. Elle pourrait s'en resservir dans un article. Elle griffonne furtivement sur son calepin : « l'inconscient ne s'attrape pas comme du gibier ». Pendant ce temps, l'analysante a commencé sa lecture.

« Mon rêve russe. J'habite dans une grande maison en Russie. Mon père, menuisier, coupe et range des planches au grenier. Je l'aide, tout en apprenant mes verbes irréguliers russes. Il faut aller à l'école. Je pars dans la neige, mais je reviens à la maison car j'ai oublié mes lunettes. Ma mère me dit : ils ont tué le bébé dans sa merde. Je regarde le berceau : oui, le bébé est dans sa merde, mais il se réveille, il n'est pas mort, il dormait. Les bébés dorment toujours dans leur merde, dis-je à ma mère (une jeune femme aux cheveux blond gris tirés en arrière). Je repars à l'école. J'entre dans l'amphithéâtre, mais je ne sais où m'asseoir car j'ignore le russe et je ne connais pas mes verbes irréguliers. J'ai appris sans comprendre. À ce moment, un jeune garçon, un adolescent en blouse de moujik, se révolte et insulte les maîtres. Le maître vient le punir. Il lui applique un bâton sur la joue, qui doit être un tisonnier, car le garçon a la peau poinçonnée. Le reste de la punition est à venir. Il doit s'enfermer dans une salle avec un pistolet et jouer à la roulette russe. Tout le monde attend la détonation avec angoisse, mais au moment où on croit l'entendre, la tempête éclate et le tonnerre recouvre tout. Je me vautre dans la neige qui est un mélange de flocon et de papier guirlande. »

La lecture est terminée. Un silence s'installe. Bien qu'elle ait besoin de déglutir, Mme Boisrobert s'efforce à la plus totale discrétion. Au bout d'un moment, toutefois, elle se décide à encourager sa patiente. « Bon, dit-elle avec un léger rire de gorge qui lui permet, en douce, d'avaler sa salive, voilà du matériau qui va alimenter plusieurs séances ».

Elle a bien fait d'intervenir. Apparemment, Ety G. n'attendait que ce signal pour se mettre au travail. Elle enserre plus étroitement son sac dans ses bras, signe qu'elle cherche à se protéger de la fraîcheur de la pièce, et se lance.

« D'abord la Russie. Pourquoi la Russie ? La Russie m'amène au couple parental. Mon couple parental est présent dans mon rêve. Mes parents étaient communistes. Admirateurs fervents de la Russie soviétique. Ma naissance... Mon prénom a été surdéterminé par l'Union soviétique, en quelque sorte, puisque je m'appelle Ety d'après Ethel Rosenberg accusée, avec son mari Julius, d'espionnage au profit de l'Union soviétique. J'aurais pu m'appeler Julius. Ou mon frère. Notez que mon frère, justement, a un prénom Russe, Vladimir, d'après Lénine. J'en conclus donc que le bébé dans la merde, c'est moi. Si ce n'est moi, c'est mon frère, accessoirement. Cela me rappelle la blague, vous connaissez ? On a toujours un Russe dans sa famille. Pourquoi ? Parce que six Russes, c'est six Slaves, si s'lave, c'est qu'i s'nettoie, et si s'nettoie, c'est donc ton frère. S'il se nettoie, c'est donc mon frère. Donc, finalement, non, le bébé dans la merde, ce n'est pas Vlady. C'est bien moi. Cela dit, les bébés naissent dans la merde, pas métaphoriquement, réellement, j'ai testé. Où en étais-je ? Oui. Par ailleurs,

Russie consonne avec roussie. Ma naissance sentait donc le roussi. Ou bien, qu'est-ce qui sentait le roussi, autour de ma naissance ? Peut-être que ça sentait le roussi entre mon père et ma mère ? À cause de quoi ? À cause de la Russie ? En tout cas, comme bébé, j'étais vraiment dans la merde, ça se confirme, on y revient, ça tourne autour de ça, c'est ça que le rêve évoque, ce qui ne signifie pas que c'était vrai, objectivement... Par ailleurs, russe consonne avec rousse. Or, rousse, ma mère l'est. D'ailleurs, ma mère l'est consonne avec ma mère l'oie. L'oie, un plat de l'Est. L'Est la Russie la Pologne l'Allemagne. Cou d'oie farcie. Un plat typiquement ashkénaze. On en trouve encore chez Goldenberg. Faut se dépêcher d'y aller, il paraît qu'ils vont fermer. Goldenberg, la montagne d'or. L'or, substitut de l'excrément dans l'imaginaire symbolique... toujours ce bébé dans la merde... Il n'en sort pas... Par ailleurs, la oie consonne avec la loi. Euh... en fait, l'oie et loi sont parfaitement homophones. Bref. Ma mère est rousse. L'était. La rousseur comme trait identitaire. La rousseur de ma mère se confondait pour moi avec sa judéité. Dans le rêve, ma mère « russe » apparaît, et elle dit qu'ils ont tué le bébé dans sa merde. De quel bébé parle-t-elle ? De moi bien sûr. Et le « ils » la désigne, elle. Vous me suivez ? Ma mère en perdant son sac quand elle était enceinte de moi... on a déjà analysé cet épisode, vous vous rappelez... ? »

Et voila ! Mme Boisrobert gémit en silence. Elle parle de sa mère. Je l'avais deviné, quand elle met son tailleur vert, cela ne rate pas, elle parle de sa mère.

L'analyste, en effet, n'ignore rien de cette association entre le vert et la mère, qui remonte à l'enfance d'Ety G., quand sa mère, Gisèle B., habillait sa fille en vert sous le prétexte, assez stéréotypé, que le vert sied aux rousses. Or c'est elle, la mère, qui est rousse, pas sa fille. Depuis des années que dure cette thérapie, la situation a été mille fois évoquée. On l'a retournée dans tous les sens. On l'a sondée en long, en large et en travers. On en a tiré une foule de conclusions lumineuses. Mme Boisrobert se souvient du jour où, à l'issue d'une séance particulièrement dense, E.G. était, d'elle-même, parvenue à cette formulation : porter du vert, c'est porter ma mère. Ce sont des moments qui marquent la vie d'un analyste, des moments où quelque chose arrive, de l'ordre de l'événement, où quelque chose se dit, de l'ordre de l'évidence, et ce quelque chose, qui est infime, qui n'est presque rien, est capable de déplacer les montagnes. Oui, cet énoncé faisait interprétation. Et pourtant, il n'a pas produit l'effet attendu. Au lieu d'aider la patiente à se débarrasser de son symptôme, il l'a pour ainsi dire, attachée plus étroitement à lui. Mme G, à présent, utilise le vert comme une syntaxe. C'est ainsi que le tailleur printanier sert de titre, indiquant le thème de la séance. Aujourd'hui, semble-t-il annoncer, il sera question du CONFLIT MÈRE-FILLE. L'analyste sent une certaine lassitude la gagner. Elle a l'impression que cette patiente n'avance plus.

Au début, la thérapie a progressé très rapidement, au point qu'après seulement quelques semaines, E.G. s'était allongée, sans réticence. Sur le divan, les choses avaient encore évolué à vive allure. Cet épisode du sac perdu au moment du départ en vacances avait fourni un très riche réseau associatif. On avait eu du grain à moudre pendant un an et plus. De fil en aiguille, des bribes du roman familial avaient surgi, des séquences s'étaient reconstituées. Petit à petit, on avait pu établir qu'on avait affaire à une histoire gigogne, où les scénarios de sacs perdus (celui de la fille, puis de la mère et enfin de la grand-mère) s'emboîtaient les uns dans les autres, alimentant des fantasmes infantiles au sujet de la sexualité parentale qui allaient être réactivés à l'occasion de naissance du petit frère et de la disparition du père.

Mme Boisrobert se demandait, à ce stade, si le sac n'était pas un objet petit a qu'on se refilait de mère en fille dans la forclusion du grand Autre. Elle songeait à présenter une communication en ce sens au colloque de l'Entente Thérapeutique, assez bien disposée à l'égard des théories lacaniennes. Elle avait déjà envisagé plusieurs titres : *Le cas Gl.* Ou *L'objet petit a est dans le sac*. C'est alors que la patiente avait commencé à se rétracter et à serrer son sac de plus en plus fortement sur son ventre. Elle s'était tellement repliée, le volume qu'elle occupait sur le divan paraissait s'être tellement contracté, que la psychanalyste avait pris l'habitude de l'appeler « la petite Mme Gl », alors qu'elle n'était pas précisément menue, plutôt de taille et de corpulence moyenne. Depuis ce jour, en tout cas, la thérapie était au point mort. La patiente ressassait. L'inconscient s'était refermé comme une huître. Mme Boisrobert s'était dépêchée de griffonner la formule sur son carnet : ressassement = l'inconscient se referme comme une huître. En tout cas, c'était toujours les mêmes histoires, le papa, la maman, le frère ennemi, le mari et ses colères, les enfants qu'on aime trop, qu'on aime mal, les collègues pas gentils, les aspirations inassouvies...

« Elle m'ennuie... soupire Mme Boisrobert... si elle savait comme elle m'ennuie... Moi aussi j'ai mes problèmes, qu'est-ce qu'elle croit ? Tintin va rentrer du lycée tout à l'heure, il va falloir que je lui dise de ranger sa chambre, que ce n'est plus possible ce bordel, ça va être l'affrontement encore : « Je t'interdis d'entrer dans ma chambre quand je ne suis pas là ! » « Excuse-moi, mais tant que tu habites ici, il y a des règles à respecter et c'est moi qui les fixe. » Tout ça entre deux patients... Depuis le divorce, il s'imagine que la place est libre... il prétend jouer les petits machos avec moi, quelle horreur ! Et qu'est-ce qu'elle raconte, là, la patiente ? Encore sa mère ! Quel ennui, non ! mais, quel ennui ! Qu'est-ce que je me disais ? Ah oui ! Martin... ce qui lui ferait du bien... ce qui lui ferait du bien... c'est une autorité masculine, voilà. Mais là, faut pas compter sur Pedro... celui-là ! du moment qu'il a le gîte et le couvert... et le pieu... qu'est-ce qu'elle raconte ? J'ai perdu le fil. Le pieu. Finalement ce rideau de cretonne beige, ce n'est pas une réussite. Je devrais le changer. Ou l'enlever... Après tout, que le mateur mate ! Il se lassera, à force... C'est marrant comme ça les excite, les gens, un cabinet de psychanalyste... Ils s'imaginent quoi ? Que c'est un sexodrome ? Qu'on y voit Œdipe et Jocaste s'enfiler en direct ? Excusez-moi, je deviens grossière. À ce propos, l'autre jour, au groupe de contrôle, Diloya a raconté une histoire un peu semblable... un de ses patients qui se tordait le cou pendant les séances... à se le dévisser... en fait, il essayait de mater la voisine d'en face à poil dans sa salle de bains. Lui aussi a dû mettre un rideau… ou peut-être un store vénitien… Un peu castrateur, non ? il y a eu une petite discussion, entre collègues, Janvier a demandé pourquoi baisser le rideau ? Pourquoi barrer la route aux fantasmes ? Et Aurélie Bannière a ajouté que la psychanalyse, ben ! c'était pas la répression des pulsions désirantes ou alors, ben ! elle allait faire un autre métier, mais Diloya a répliqué que ça bloquait le travail psychique de son patient, de regarder ailleurs… je ne l'aime pas Diloya, encore un de ces psychiatres qui nous mangent la laine sur le dos… ils n'ont qu'à rester avec leurs fous et leurs psychotropes au lieu de venir nous piquer la clientèle… c'est facile, quand on fait des ordonnances… Qu'est-ce qu'elle raconte ? Elle pourrait pas parler de son père des fois pour changer ? Ben non ! Justement ! elle a rien à dire sur son père et c'est ça qui coince ! qui la coince… Ouais, elle est coincée cette patiente. Peut-être qu'un jour elle s'en rendra compte ! et alors là, *lux erit*, comme aurait dit mon père à moi…

Mme Boisrobert jette un discret coup d'œil à sa montre. Seize heures cinquante. Il reste dix minutes. Elle décide de se concentrer.

Ety Gl. poursuit l'analyse de son rêve. Elle semble vouloir donner tort, encore une fois, à son analyste, car elle aborde, à présent, la question du père.

Elle observe que son père est menuisier et coupe des planches. Couper menuisier. Couper menu. La castration est nettement évoquée, d'autant qu'on trouve plus loin toute une thématique de la violence associée au signifiant paternel, la punition infligée par le maître au jeune garçon, d'abord une gifle sanglante, puis la mort, à quoi s'ajoutent la tempête et le tonnerre, c'est Jupiter Tonnant, le Dieu des Dieux, c'est le tétragramme grondant sur le Sinaï. En face de cela les figures filiales, « moi » ou l'adolescent, manifestent des signes de défaillance, « je » ne sais pas « mes » verbes irréguliers, l'adolescent porte une blouse de moujik, dans moujik on entend mou... et jik...jik... Qu'est-ce qu'un jik ? Rien, sauf que ça consonne avec chique. Couper la chique, chique molle. Revlà le manque la défaillance la castration. Avoir le jik mou. Qui est ce moujik avec son jik mou ? Telle est la question. Elle ? son frère sa mère ? Ou bien son père ? À la fin du rêve, la neige se transforme en coton et en papier guirlande, la glace fond, le dur le tranchant le froid devient du mou du doux du mièvre, du coton, pire, ça devient du papier guirlande du toc le papier guirlande ça gondole, ça pendouille, ça se déchire, ça ne tient pas, c'est une débandade absolue vous avez déjà essayé de décorer un arbre de Noël avec du papier guirlande ? Ou un rideau ? Tiens, ce rideau beige là, il est bien moche, ça l'égaierait une guirlande verte...

Il n'a pas échappé à la Mme Boisrobert que la patiente, en voulant lui coller sa guirlande, l'associe à la débandade. Elle l'enguirlande, en quelque sorte. On est en plein contre-transfert. Finalement, il se passe peut-être quelque chose, aujourd'hui. On n'aura pas perdu entièrement son temps. Elle consulte à nouveau sa montre. Seize heures cinquante-sept. Il reste trois minutes. Elle sent que la patiente est disposée à élaborer d'autres associations. Elle n'a pas encore analysé, par exemple, le fait qu'elle se vautre dans le coton maternel et le papier guirlande de la débandade. Mais cela les entraînerait trop loin. On va s'arrêter là. La guirlande sur le rideau du psy, c'est une bonne scansion. Et d'ailleurs Tintin vient de rentrer, elle a entendu sa clef tourner dans la serrure.

« Bien », dit-elle « Nous allons en rester là. »

Elle se lève et attend que Mme Gl. réussisse à s'extraire du divan. L'opération soulève autant de difficultés que tout à l'heure dans la salle d'attente. La voici prête enfin, cartable à la main et sac en bandoulière. De la poche de son manteau, elle sort un chèque, qu'elle avait pris la précaution de remplir avant de venir, et le remet à son analyste, qui la remercie. Mme Boisrobert ne tient pas particulièrement à ce qu'on la paie en liquide. Elle déclare presque tous ses revenus au fisc.

Il lui reste dix minutes avant le prochain patient. Elle a le temps de se préparer un thé. Elle se dirige vers la cuisine, où elle tombe nez à nez avec son fils, Martin, en train de vider un paquet de chips. Il mange encore n'importe quoi, et visiblement, il ne s'est pas lavé les mains ! Elle sent l'irritation la gagner. Mais elle remet à plus tard ses remarques et ses réprimandes. Elle a juste envie de boire son thé tranquillement.

Le monologue de Vlady Bel

Elle m'emmerde ma sœur. C'est de la bigoterie. Chaque année un peu plus. Chaque année elle invente autre chose avec son Victor. Que soi-disant ils se rapprochent du judaïsme. Ça commence par « on ne mange plus de porc ». Et après on apprend l'hébreu. Et après Jeremy il fait sa bar-mitsva. C'est ridicule. Moi pas question que je mette les pieds dans une synagogue. Le pire c'est quand elle a voulu que je dise le kaddish à l'enterrement de maman. Maman elle s'en foutait d'avoir un enterrement juif ou bouddhiste. D'ailleurs elle ne voulait pas être enterrée, maman. Elle voulait être incinérée. Elle voulait pas pourrir sous terre. Elle n'a même pas respecté ses volontés. Que soi-disant les Juifs ont déjà trop brûlé en ce siècle, que c'est insupportable l'incinération, d'ailleurs interdit par la religion, la tradition, quand elle veut noyer le poisson elle dit avec ses grands airs d'intellectuelle que la religion et la tradition se confondent dans l'histoire du peuple juif, tu parles, c'est de la religion, de la croyance pure, de l'obscurantisme, de la bigoterie.

Du coup, je n'y suis pas allé, à l'enterrement de ma mère, ni ma femme, ni mes enfants. J'étais écœuré. Quelle manipulation ! Si j'avais le courage, je déterrerais ses os et j'irais les faire brûler je ne sais où. Chez moi, tout le monde était d'accord. De toute manière les enfants étaient trop petits. Qu'est-ce qu'on comprend à la mort à cet âge-là ? Ça les aurait traumatisés, c'est tout. D'ailleurs ils n'en parlent jamais de leur grand-mère. Ils ont oublié. Normal. C'est comme ces histoires de juifs. Qu'est-ce qu'ils peuvent y comprendre ? Elle m'emmerde, ma sœur, toujours à me harceler, avec ses airs de conscience universelle, dépositaire de la sagesse des nations, dis-leur que tu es juif ; comment ? ils ne savent pas que leur père est juif ? Ils ne connaissent pas leur histoire, leurs racines, et blabla ? Moi, j'avais mon idée, pour rendre les choses vivantes, imagées, parce que, juif, comme ça, c'est abstrait. J'attendais le moment de croiser un juif orthodoxe revenant de la synagogue, dans notre quartier, on en voit, avec la barbe, la redingote, le chapeau, les papillotes, et tout, et alors « les enfants, regardez, ça, c'est un juif ». Je ne sais pas pourquoi elle m'a ri au nez, Ety. Bah ! de toute manière, j'ai renoncé à le faire. Pourquoi traumatiser les enfants avec ces vieilleries ? Ils vont se dire quoi ? Que leur père n'est pas normal, qu'il n'est pas comme les autres ?

Je ne comprends pas qu'elle soit attachée comme ça à ses origines juives, Ety. Ça n'a plus de sens aujourd'hui. Tout le monde se mélange, de nos jours. Les frontières, les identités, c'est dépassé. On est citoyen du monde. Par exemple ma belle-sœur, Luce, la sœur de Jeanne-Marie, elle a failli épouser un beur, un gars très bien, un avocat, finalement, ça ne s'est pas fait, ils ne s'entendaient plus, faut dire que ma belle-sœur par certains aspects elle est un peu trop franchouillarde, pas très ouverte à la culture des autres, comme les parents de Jeanne-Marie, d'ailleurs, eux aussi ils sont un peu trop franchouillards, mais bon, ils avaient bien accueilli Mourad, ils l'invitaient à dîner, par contre, ma belle-mère ne supportait pas qu'il ne mange pas de porc, ni saucisson, ni quiche lorraine, ni frisée aux lardons, ça la vexait énormément quand il refusait les petits plats qu'elle avait préparés ; quant à René, mon beau-père, lui, il s'énervait parce que Mourad ne voulait pas boire de vin, il remettait ça à chaque fois, allez, un petit verre, Mourad, le prophète vous en voudra pas pour ça ! Mourad n'a jamais transigé et un jour René, mon beau-père, a dit à Luce qu'il ne comprenait pas qu'un garçon moderne comme Mourad se soumette encore à toutes ces prescriptions rétrogrades, que les interdits alimentaires de l'Islam, c'était de la comédie, que les musulmans qu'il connaissait à son travail se privaient pas de boire une bière ou un verre de pinard quand ça leur plaisait et même en plein ramadan ils bouffaient du saucisson... Ça a fait une brouille... C'était raciste, faut dire... Même qu'elle se faisait un sang d'encre, Solange, ma belle-mère, à l'idée que Luce épouse un musulman, un Arabe enfin, un arabo-musulman, quoi. « Ils n'ont pas la même culture, faut l'admettre. À terme, ça peut poser des problèmes ».

Les musulmans ont le droit de rester attachés à leurs coutumes, moi je respecte toutes les cultures, bien sûr la religion c'est l'opium du peuple, c'est une aliénation, mais il faut leur laisser le temps, aux musulmans, aux Arabes, enfin, je veux dire, aux arabo-musulmans, un jour ils rejetteront leurs chaînes, comme on dit, mais Ety, ce n'est pas pareil. C'est du plaqué, c'est du toc. À la maison, je me souviens, on ne faisait presque rien. Maman s'en foutait. On allait juste de temps en temps chercher des cornichons et du pikelfleish chez Goldenberg, et on mangeait ça avec des airs de communier dans quelque chose d'ineffable qui nous appartenait à nous seuls, qu'on ne partageait pas avec les autres, et ça s'arrêtait là, notre judaïsme. À Pâques (Pessah comme elle dit maintenant) mémé Marx mangeait sa matza toute seule dans son coin et toute seule dans son coin elle jeûnait à Kippour. Voilà. Alors elle m'emmerde Ety.

C'est lui, c'est son mari, Victor, j'en suis sûr, qui l'influence. Avec la famille qu'il a. Ce frère, Abel, qui est ultraorthodoxe, vous vous rendez compte ? Il a fait onze enfants à sa femme. D'ailleurs, elle porte une perruque, sa femme, ça devrait être interdit. Paraît qu'on leur rase la tête. Quand je pense que les musulmanes, on les persécute à cause de la burqa. Mais là, les juifs ultras, c'est marrant, personne ne dénonce... pas un politicien. Pourtant c'est aussi des pratiques attentatoires à la dignité de la femme, de lui raser le crâne, non ? Vous me ferez pas croire qu'il y a pas deux poids deux mesures...

Et puis, qu'est-ce qu'elle fait des Bel, Ety ? Ils n'existent pas, les Bel ? Elle n'a pas eu un père ? Elle est née par parthénogenèse, Ety ? Elle ne s'appelait pas Ety Bel, Ety, avant de s'appeler Mme Glouk ? Moi, je m'excuse, j'ai eu un père, je m'en souviens, même si j'étais plus jeune qu'elle, je n'avais que huit ans quand il a disparu, un Français, mon père, un Résistant, un communiste, un athée. Un montagnard. Un homme du peuple. Et bien, moi, jc m'cxcusc, j'hérite de lui, autant que de ma mère. Plus que de ma mère. La preuve, j'adore la montagne, la montagne, c'est ma passion. Mes fils tiennent de moi, eux aussi. Claire, elle préfère la mer. Jeanne-Marie est plutôt campagne... pour les vacances, on a parfois du mal à se mettre d'accord, c'est sûr ! Chacun fait des compromis, normal ! Il y a deux ans, on avait loué un gîte dans les Pyrénées-Orientales, tout le monde était content, la mer à Perpignan, les montagnes à côté, et le jardin pour Jeanne-Marie. L'inconvénient, c'était qu'on devait tout le temps prendre la bagnole. Cela dit, les inconvénients, y en a partout, les avantages aussi, remarquez, faut pas faire la fine bouche. C'était nos dernières vacances tous ensemble, ce gîte. Depuis, Claire part de son côté. Bientôt ce sera le tour de Philippe, puis de Frédéric...

Peut-être qu'on devrait partir entre hommes, moi et les garçons, se faire un sommet, le Mont-Blanc... Après le départ de papa, moi je suis retourné presque tous les étés à Livron chez mémère Bel. J'adorais y aller. Je m'occupais des poules. J'avais un lit avec un édredon et une bouillotte. Après, j'ai fait les foins. Maintenant, c'est fini, on ne fait plus les foins, tout est automatisé, je ne sais même plus si la ferme existe encore, j'imagine qu'on l'a reconvertie en gîte rural et les champs en pistes de ski, je ne sais pas, à la mort de mémère sa fille a tout vendu, et elle nous a donné notre part puisque papa avait disparu, je ne sais pas si c'était légal, enfin elle s'est arrangée, oh ! ça ne valait pas grand-chose, une ferme, à cette époque, j'ai pu malgré tout payer une partie de mes études de médecine ou peut-être juste les fauteuils de ma salle d'attente en tout cas ça prouve que mon père ne m'avait pas laissé tomber comme le prétend Ety.

Elle venait au début avec moi chez mémère et puis vers douze-treize ans elle a commencé à dire qu'elle ne voulait plus y aller, que mémère lui faisait peur. Elle préférait mémé Marx qui l'emmenait visiter Rome et Londres et Israël. C'est vrai que mémère avait son franc-parler et ses petites formules : « pleure, tu pisseras moins », « si t'as faim, mange ton poing », etc. Elle se moquait d'Ety parce qu'elle portait des lunettes et qu'elle avait toujours le nez plongé dans un bouquin. Elle l'appelait la rouquine, pourtant elle n'est pas rousse ma sœur, ma mère oui, la belle rousse les gens l'appelaient, Ety avait juste des taches de rousseur qui sortaient au soleil, ça me fait penser, une nuit à Livron on regardait les étoiles et j'ai dit : « Tiens ! le ciel a des taches de rousseurs ! » Mémère avait rigolé, oh là là ! si elle avait rigolé ! Mais quoi ! C'était une femme du peuple. Une femme simple. Elle n'aimait pas les simagrées, les sentiments qui dégoulinent. Elle masquait son bon cœur derrière sa rudesse et son ton bourru. Les pauvres se protègent de la vacherie du monde, c'est leur manière d'être. La vie ne leur fait pas de cadeau, il vaut mieux se blinder. Elle parlait beaucoup contre maman, il faut le reconnaître, mémère. Elle avait même parfois des arguments antisémites. Pourtant, elle avait caché des juifs pendant la guerre, une famille de Lille. « Chez vous », elle disait, « on fait les coups par en dessous. » « Il a eu tort, l'Antoine, de se marier avec votre mère. Il faut rester entre soi. Les gens comme vous, ils finissent toujours par partir. »

C'était papa pourtant qui nous avait quittés, mais c'était la faute de maman, si papa était parti. Elle le trompait, à ce qu'il paraît, enfin, moi, je ne suis pas au courant. Ety, ça la faisait souffrir, ces accusations, elle défendait sa mère. Mais ce n'était pas une raison pour la laisser tomber, mémère. Mémère aussi souffrait. Elle souffrait de la disparition de son fils, évidemment. Les premiers temps, comme nous, elle a reçu quelques cartes postales, d'Egypte, de Zagreb, « Je vais bien. Ne t'inquiète pas. Je reviendrai bientôt et j'expliquerai tout. » Et puis, plus rien.

Dès fois je me demande comment réagiraient ma femme et mes enfants si je disparaissais comme ça. Non pas que j'envisage de disparaître. Mais des fois, c'est vrai, j'en ai marre. Philippe, il me déçoit, toujours à traîner avec sa bande, filles et garçons, rien ne les intéresse, sinon acheter le dernier MP3 ceci ou le dernier MX4 cela, des appareils auxquels je ne comprends rien, qui les rendra sourds, j'ai lu une étude dans une revue médicale là-dessus, le son est tellement compressé qu'il faut le monter au maximum pour récupérer les contrastes, mais il s'en fiche, acheter, acheter, il n'a que ce mot-là à la bouche, et même acheter, c'est trop pas cool, comme il dit, il faut du gratuit, que du gratuit, pirater, piquer, chourer, voilà son idéal, tout avoir sans rien donner, remarquez, la société leur donne le bon exemple à ces jeunes, quand ils cherchent un travail, qu'est-ce qu'on leur propose sinon un stage gratuit suivi d'un stage non rémunéré, ça n'empêche, il me déprime, Philippe, quand je le vois sortir avec son casque à musique sur les oreilles, ce n'est pas lui seulement, les gens dans la rue, tous avec des casques, des portables, des fils qui pendouillent de partout, on dirait qu'ils cherchent à boucher un trou, leur trou intérieur, surtout ne pas rester seul un instant face à son vide intérieur, remplir, remplir, les commerçants l'ont bien compris, maintenant tous les lieux publics sont sonorisés, on ne peut plus attendre son train, prendre un café ou acheter une paire de chaussettes à Monoprix sans se farcir la musique des haut-parleurs, enfin, de la musique ! ce qu'ils appellent de la musique ! des chansons, toujours les mêmes, le pire c'est quand ils recyclent une valse de Chopin en musique d'ambiance, c'est à se flinguer, ou à les flinguer, et Philippe qui trouve que Chopin, c'est de la musique de vieux, « une musique de Dieu, oui ! » je lui ai dit, il m'a ri au nez, non, j'exagère, rire c'est trop de dépense musculaire, il a eu un léger rictus plein de commisération, du coup je me suis senti blessé, furieux, j'ai crié que toute sa musique de merde ne valait pas une demi croche de Chopin. Quelle musique de merde ? Tu n'y connais rien ! ça ne t'intéresse pas, tu ne cherches même pas à savoir ce que j'écoute, tu t'en fous de ce que j'aime ! Il tremblait, il pleurait presque, alors je lui ai demandé quels étaient ses chanteurs préférés, j'allais noter et me renseigner, faire un effort, mais il m'a cité des noms de groupes et des noms de chanteurs auxquels je n'ai rien compris, Birggle, Briggle, aussi j'ai rangé mon carnet et j'ai remis ça à une autre fois.

Ah ! les multinationales peuvent dormir tranquillement sur leurs deux oreilles ! Elles ont réussi leur coup, y a pas photo ! Ah ! Elles s'y entendent pour décerveler les gens. La télé, les émissions débiles, les chansons débiles, tout ça, ça fabrique des consommateurs bien dociles qui vont acheter bien gentiment en file indienne leurs yaourts frelatés, leur forfait téléphone et puis leur téléviseur à écran plat, bien sûr. Y a plus personne pour penser, plus personne pour réfléchir ou contester l'ordre du monde ! *Le meilleur des mondes* ? ça fait longtemps qu'on y est. Philippe me méprise parce que je ne gagne pas assez d'argent. « Pourquoi tu soignes les sans-papiers, papa ? Ils n'ont qu'à aller à l'hôpital. » Lui parler de solidarité ? de fraternité ? d'idéal ? évoquer le docteur Schweitzer, ce héros douteux de mon enfance ? À quoi bon ? Les bras m'en tombent. Un type qui a fait huit ans d'études pour rouler en Twingo, c'est un raté et c'est tout. Lui, il ne foutra rien et il gagnera de la thune, il est doué pour le dessin, il sortira un album BD qui se vendra un max et il touchera un max. D'accord mon pote ! Après ton bac, si par miracle tu arrives à le décrocher, moi, j'arrête de te subventionner. Tu verras bien si la « thune » tombe des arbres.

Remarque, les enfants, c'est pas facile pour eux aujourd'hui. Ety aussi, elle a du souci à se faire. Pas avec Jeremy, je sais, je sais. Ce qu'elle m'emmerde Ety, avec son *Wunderkind* ! Et qu'il a sauté une classe en primaire, et qu'ils ne l'avaient même pas demandé, c'est la maîtresse qui les a convoqués, et que maintenant au lycée il est brillant, premier partout, aussi bon en mathématiques qu'en français, mention très bien au bac assurée... on verra la suite, moi je dis, attendons, on verra... Je ne le vois pas souvent mon neveu, en fait presque jamais, depuis ces histoires d'enterrement et de Bar-Mitsva, on se fait un peu la gueule, les Glouk et les Bel, on est même carrément brouillés, ah ! elle a vraiment foutu sa merde,

Ety ! On mange ensemble au restaurant maintenant, deux, trois fois par an, rien que nous deux, c'est elle qui y tient, sans les familles...Bref, la dernière fois que j'ai vu Jeremy, c'était juste avant cette histoire de Bar-Mitzva, j'étais passé en coup de vent chez eux, je crois qu'ils m'avaient prêté leur voiture parce que la Twingo était en panne et je devais conduire Claire en province chez des amis, et au retour, ils m'ont retenu à dîner, et bien, il m'a paru un brin surexcité, un tantinet prétentieux le *Wunderkind*, une vraie tête à claques, en fait, et que j'adore Zola, et que j'ai déjà lu Proust à douze ans, et que j'hésite entre Normale Sup sciences et Normale Sup lettres... Non, j'exagère... il hésitait juste entre Henri IV et le lycée du quartier... alors qu'il avait même pas fini sa quatrième... naturellement, ses parents le poussaient vers Henri IV, ils le suppliaient presque...

Moi j'ai pas été à Henri IV, j'ai même pas fait de classe préparatoire, je suis resté dans mon lycée de banlieue, j'ai quand même décroché le concours de médecine, pourtant je passais mon temps à militer chez les trotskistes, pas le parti de Rirette, celui d'à côté, qu'est-ce qu'on se tapait dessus à l'époque, les frères ennemis, eux pour s'abstenir au deuxième tour de la présidentielle, parce que Mitterrand était un agent du grand capital, nous pour le soutenir malgré tout, il ne fallait pas se couper de la base ouvrière, qui, massivement, quoique sans illusion excessive, avait misé sur l'union de la gauche... etc. Aujourd'hui, Besancenot, il ne m'attire pas trop, son côté mollusque, grosses joues, le manque de construction idéologique, j'ai voté pour lui quand même aux dernières élections, je ne me renie pas, non, Ety, elle, oui, parfois c'est à se demander si elle n'a pas viré de bord, genre Finkielkraut, à deux doigts de voter Sarko. J'ai eu cette impression, la dernière fois, au restaurant, rien ne la choquait, au fond, molle sur tout, les sans-papiers, les clandestins : « C'est un sujet délicat. On risque d'encourager les ghettos, les trafics humains », les suppressions de postes dans les lycées : « dans mon lycée, cela n'aura pratiquement aucune conséquence... », ce qu'elle m'énerve, avec son air raisonnable, revenu de tout, affranchi des idéologies, comme elle dit, elle devrait venir voir ce qui se passe dans mon cabinet, la misère du monde, elle défile chez moi en consultation, des Africaines, des Afghans, des Chinois, ils viennent avec la carte vitale de la sœur, du cousin, je ferme les yeux, je les soigne gratuitement, sans rien leur demander, même les médicaments, ils le savent, ils se refilent mon adresse entre eux, si je me fais pincer, je risque quoi ? Elle ne se rend pas compte, Ety, sont prêts à tout pour ne pas retourner dans leur pays ! Ils se jettent dans la Seine, ils sautent par la fenêtre, ils se tuent plutôt que d'être attrapés et renvoyés chez eux ! D'après elle, il ne faut pas parler de rafles, madame trouve l'emploi de ce mot abusif. Je m'excuse, quand on cueille les grands-pères à la sortie des écoles, quand on ratisse Belleville, ça s'appelle une rafle et rien d'autre. On s'est engueulés, évidemment. Je la connais, les rafles, pour elle, le mot « rafle », c'est réservé aux juifs. On ne peut pas comparer le sort des juifs pendant la deuxième guerre mondiale et celui des clandestins arrêtés. Si ! Justement ! Y en a qui risquent la mort en rentrant chez eux ! Pas tous, mais certains ! y en a beaucoup qui risquent de crever de faim, avec leurs enfants ! C'est peut-être pas un programme d'extermination, mais au bout du compte, si.

Quand je pense qu'elle a passé huit ou neuf ans chez un psychanalyste, cela ne l'a pas arrangée, apparemment, remarque, ça ne m'étonne pas, à quoi ça sert, on se regarde le nombril, on s'écoute pleurer, moi moi, moi, on oublie les luttes, on ne se dévoue plus à l'humanité, c'est le triomphe de l'égoïsme bourgeois. À mon avis, c'est à cause de sa psychanalyse qu'elle a commencé à s'obséder avec son identité juive. Qui suis-je ? D'où viens-je ? Et dans quel état j'erre ? Comme on blaguait au lycée. Qui suis-je ? Qui suis-je ? Elle m'emmerde, ma sœur, avec son identité. Moi, je ne suis pas juif.

Revenir du peuple

Quand Lou les traitait de bourgeois, Ety et Victor se récriaient.

— Moins bourgeois que toi, ma fille. Mon père était tailleur, j'ai grandi dans un atelier.

— Ma mère était secrétaire, j'ai grandi dans une cité.

— Je sais cela. N'empêche. Papa, encore, lui, ça va, il est resté simple. Mais toi, maman, tu n'aimes plus le peuple. Tu préfères ton confort.

Ety baissait le nez.

Sa femme de ménage n'était pas sa meilleure amie. Le SDF roumain titulaire du poste devant la boulangerie ne lui inspirait pas de sympathie particulière. Au lycée, elle n'avait rien de spécial à dire aux dames de la cantine. Lors de son séjour à l'hôpital, elle n'avait pas sympathisé avec les aides-soignants. Notons, pour sa défense, qu'elle n'avait pas sympathisé avec les médecins non plus. N'empêche. Les gens, en général, se débrouillaient mieux qu'elle. Ils pratiquaient avec aisance l'agenouillement compassionnel devant le réfugié afghan, réclamaient sans hésiter la régularisation de tous les sans-papiers, papotaient pendant des heures avec la secrétaire du proviseur, et, envisageaient sérieusement, pour leurs vacances en Croatie, de prendre une chambre chez l'habitant, tellement plus authentique qu'un hôtel trois étoiles.

Pourtant, comme elle venait de le rappeler à sa fille, Ety n'avait pas été élevée dans l'opulence. Peu après la naissance de Vlady, la famille Bel avait obtenu un appartement dans une HLM neuve de la banlieue parisienne, à Boneuil, entre Nanterre et Sartrouville. Comme tant d'autres à l'époque, ils avaient quitté un logis vétuste, insalubre, étroit du centre de Paris, sans toilettes ni salle de bains, pour un trois-pièces avec balcon qui, comparativement, leur avait semblé un palais spacieux et inondé de lumière. Lorsqu'ils avaient emménagé, l'immeuble était encore entouré de chantiers boueux et la plupart des appartements étaient vides. Rapidement cependant, la cité s'était édifiée, un centre commercial s'était construit à proximité, la nationale reliant Nanterre à Paris s'était allongée sous leurs fenêtres, et les voisins étaient arrivés.

La cité des Rossignols était constituée de deux barres de six étages qui se faisaient face, séparées par une aire de jeu, un bac à sable et une allée goudronnée. Chaque barre était divisée en trois bâtiments, et chaque bâtiment comportait trois appartements par étage. Aujourd'hui encore, Ety était capable de réciter par cœur, étage par étage, appartement par appartement le nom des habitants de son immeuble, et même de celui d'en face. Au-dessus d'eux vivaient les Blanchard. Le père Blanchard travaillait chez Renault, et, à seize ans, son fils, Louis, l'avait rejoint sur la chaîne de montage. L'appartement voisin était occupé par les Massoulier, des ouvriers eux aussi, l'homme tourneur dans une chaudronnerie, elle bobineuse dans une fabrique de carton. Des gens peu aimables, ces Massoulier, des racistes, des misanthropes. Ils vouaient un culte idolâtre à leur automobile, une luxueuse Panhard CT, un modèle dernier cri, dont M.Massoulier passait ses dimanches à laver la carrosserie et faire briller les chromes, et que le reste du temps il surveillait jalousement du haut de son balcon, hurlant des menaces dès qu'un enfant avec son vélo la frôlait, ou qu'un jeune, venu retrouver ses copains dans l'allée et griller une Gauloise dans la douceur du soir, s'avisait de poser ses fesses sur le capot. Et il descendait, en charentaises, M.Massoulier, jurant qu'on la lui avait rayée, sa voiture, tournant autour du véhicule, l'œil rétréci, à la recherche du défaut, du dommage, pour finir par remonter chez lui bougonnant et bredouille, frustré de n'avoir pu constater aucun dégât. Il y avait aussi M.Ferrari, qui travaillait chez Citroën, ce qui faisait rire tout le monde. Un sauvage, cet Italien. Comme il faisait les trois-huit, il dormait parfois pendant la journée et les enfants, qui oubliaient toujours qu'il fallait faire attention, le réveillaient en jouant bruyamment dans la cour. Il surgissait alors en pyjama à sa fenêtre et les insultait en dialecte lombard, ce qui, d'effroi, les immobilisait dans leur pose, celui-ci le pied en avant, celui-là, les bras en l'air, comme des nains auxquels on aurait jeté un sort. Au premier étage habitaient les Mezoued, des Kabyles, sept enfants, et au rez-de-chaussée les Mougrabi, une autre famille d'Algériens, six enfants. En face il y avait les Fernandez, des Espagnols, et Mme Dudic, une Yougoslave qui élevait seule ses garçons, Pavel et Ivan. Dans la cité, les Bel faisaient presque figure de bourgeois, Madame, secrétaire à la Lufthansa, Monsieur, dessinateur industriel. Ils avaient sympathisé avec quelques autres représentants de la petite classe moyenne qui, comme eux, avaient bénéficié du 1 % patronal, les Gâche, instituteurs, troisième étage, Bâtiment C, les Andropov, lui, électronicien, elle, préparatrice en pharmacie, cinquième étage, Bâtiment F. Surtout ils s'étaient liés d'amitié avec leurs voisins de palier, les Chapuis. Il faut dire que les Chapuis étaient des Savoyards, comme Antoine et Gisèle, ça aide. Et quand Gisèle, afin d'éviter les malentendus, avait tenu à leur préciser qu'elle n'était en fait qu'une judéo-savoyarde née en Sarre juste avant la fin du mandat français, ils n'avaient pas cillé. Elle avait passé son enfance à Livron, non ? Et épousé un Savoyard pur jus, non ? De toute manière, tous les hommes étaient frères, pas vrai, et on avait assez souffert comme ça de toutes ces distinctions idiotes de races, de religions, de nations... Vive le prolétariat international ! s'écriait Roland Chapuis, qui avait fait les grèves de 36. Vive l'Union soviétique, enchaînait Antoine, qui n'oubliait jamais la ligne officielle. Vive le peuple français ! renchérissait Gisèle, alourdissant l'atmosphère d'une émotion incongrue. Quant à Jeanne Chapuis, elle haussait les épaules et ne disait rien... Paroles...paroles... pensait-elle sans doute en son for intérieur ou encore : ah ! leur politique ! et si chacun déchiffrait du scepticisme derrière son silence chacun le lui pardonnait car elle incarnait à ce moment-là à la perfection le personnage de la femme du peuple, rude d'allure mais bonne de cœur. Quand ils allaient chez les Chapuis, Ety et Vlady admiraient sur la commode de la chambre à coucher unc photographie de Jeanne le jour de son mariage. Blonde, le visage pur, elle avait été très belle. Aujourd'hui encore, alors qu'elle avait dépassé la quarantaine, ses traits fatigués gardaient une certaine noblesse, un je-ne-sais-quoi d'intimidant. Elle avait exercé le métier d'infirmière, qu'elle avait lâché pour se consacrer à son ménage et à sa famille. Tous les matins elle se levait avant cinq heures afin de préparer, dans une boîte en fer, la gamelle que son mari emportait à l'usine. C'est ainsi qu'elle commençait sa journée, revêtue d'une blouse de travail et traînant de la cuisine au salon sa démarche un peu claudicante de femme qui avait dû porter trop d'enfants, trop de sacs à provisions, et trop de paniers à linge. Après le départ de ses deux fils aînés, il lui restait encore trois enfants à élever. Le plus jeune, une fille, avait l'âge d'Ety. Aussi les enfants étaient-ils toujours fourrés les uns chez les autres, les petits Bel chez les Chapuis, et Martine Chapuis chez les Bel. On faisait d'interminables parties de Monopoly, de Mille Bornes. Ou bien on jouait au docteur, Ety était le docteur, Martine la maman, Vlady son enfant malade, à qui il ne restait plus, hélas Madame, que quelques mois à vivre. Quand Antoine les avait quittés, Jeanne Chapuis s'était emparée du ménage de Gisèle. La pauvre petite madame ne s'en sortait pas, pensez-vous, avec ses airs délicats, elle ne savait même pas faire cuire un steak, c'était le mari, rendez-vous compte, qui mettait la soupe au pot et allait aux commissions. Elle passait, le matin, de son appartement à celui des Bel, faisait les lits, donnait un coup de balai, repartait chez elle en emportant au passage le linge à repasser, les boutons à recoudre, filait au supermarché chercher du ravitaillement pour les deux familles. Le matin, Gisèle lui donnait l'argent des courses, les deux femmes discutaient du menu sur le pas de la porte, et le soir, un repas l'attendait, elle et ses enfants : épinards à la crème avec des œufs durs, ou hachis Parmentier, ou gratin dauphinois, il suffisait de réchauffer. Ah ! On n'y perdait pas au change, Mme Chapuis était une excellente cuisinière. Elle avait convaincu Gisèle de retirer ses enfants du centre aéré, et les accueillait maintenant le jeudi, jour sans école. Elle les accueillait aussi quand mémé Marx venait dormir chez sa fille et qu'Ety ou Vlady à tour de rôle devaient lui laisser leur lit. Quelle fête c'était alors ! Ils se battaient pour avoir le privilège de coucher dans le lit d'appoint, une fausse armoire qu'on basculait comme un pont-levis et qui découvrait un sommier surmonté d'un matelas. Ainsi peu à peu les deux enfants avaient migré chez leurs voisins. Ils retrouvaient là, sur les genoux de M.Chapuis, sous la main ferme de Mme Chapuis, ce qui leur manquait dans leur propre foyer depuis le départ d'Antoine, ce mélange d'autorité et de bienveillance qui définit le savoir-faire des bons parents.

Ô combien son enfance avait été différente de celle de ses propres enfants, élevés en centre-ville dans un Paris qui s'embourgeoisait, se *gentryfiait* tous les jours un peu plus ! À la cité des Rossignols, elle avait pris un bon bain de peuple français, elle avait vécu en immersion dans le peuple français, dans cette France de Français moyens que fabriquaient alors les Trente glorieuses. Les enfants jouaient ensemble, vivaient en bande, couraient en meute. Quand on se réunissait dans les caves, c'était autour d'un grand projet, toujours le même, baisser la culotte des filles, tirer sur le pantalon des garçons, pour essayer de voir leur... On avait rarement le cran d'aller jusqu'au bout. Sauf avec Colette, la fille un peu demeurée des Ferrari, qui servait justement à ça. Et une fois sortis des caves, c'étaient des parties déchaînées de cow-boys sur patins à roulettes, pas des rollers, non, des ferrailles montées sur des roues en gomme, qu'on attachait tant bien que mal avec des courroies en cuir et qui faisaient un vacarme de tous les diables. On se rassemblait sur le « terrain vague », une friche au bout de la cité aussi mystérieuse et profonde qu'une jungle, malgré sa pauvre végétation et son béton troué. Ou bien on allait rendre visite au chantier où s'édifiait la troisième barre. Là Ety avait fait connaissance d'un ouvrier Espagnol qui l'appelait « camarade » parce qu'elle lui avait déclaré fièrement qu'elle était communiste. Il se prénommait Antonio, « Antoine », en français. « Oh, comme mon père ! » s'était-elle écriée toute excitée de la coïncidence, et l'Espagnol l'avait regardée avec des yeux infiniment tristes. Quand on revenait du chantier, on organisait des parties terribles dans la cage d'escalier, des concours de saut, pas cap' que tu sautes quatre marches d'un coup, pas cap' que t'en sautes cinq, pas cap' que t'en sautes six, saucisse ! Il y avait sept marches en tout, une belle hauteur pour un enfant de huit neuf ans, un défi redoutable et un exploit qui pour beaucoup demeurait hors d'atteinte. Un jour Vlady les avait sautées toutes les sept, sans réfléchir, sans prendre le temps de penser autre chose que « j'y vais, aujourd'hui c'est mon tour ». Arrivé en bas, il avait ressenti un choc dans le talon, rien de plus.

Voilà, c'était fait, et plus à faire. Les autres l'avaient regardé avec respect, même sa sœur, pour une fois. Il faut dire que la gloire de son frère allait la nimber, elle aussi, puisqu'elle allait devenir, dans la saga des Rossignols, la sœur de celui qui avait sauté les sept. Les congratulations et versets épiques s'étaient terminés, ce jour-là comme tant d'autres, dans le bac à sable, vers lequel la troupe avait reflué après que M.Ferrari, qui était de nuit cette semaine et que leurs commentaires bruyants, leurs encouragements sportifs et le choc de leurs corps en bas des marches avaient tiré de son sommeil précaire, eut surgi, furieux et en pyjama, sur le palier du premier étage et les eut chassés de l'immeuble en hurlant des invectives.

Au CM1, à l'école, Ety s'était retrouvée dans la même classe que Leila, la plus jeune des filles Mezoued, une enfant très timide, au teint doré, dont la chevelure brune était impeccablement tressée dans une natte épaisse et lourde qui faisait l'admiration de toutes les filles de la classe. Bon, à part ça, il faut bien dire les choses, Ety caracolait en tête du classement, alors que la petite Leila s'attardait plutôt dans les profondeurs du même classement. Inspirée par la comtesse de Ségur, à moins que ce ne fût par une « vie du docteur Shweitzer » ou tout autre récit édifiant que ses parents lui avaient offert, elle avait décidé de prendre les choses en main. Tous les soirs après la classe, ainsi que le jeudi et le samedi après-midi, elle filait chez les Mezoued faire travailler Leila. Sa mère débarrassait un coin de la table dans la salle à manger, son grand-père tirait son tapis de prière dans un angle et son petit frère Abdelkrim, celui qu'on appelait « Krimo » et qui venait de se faire circoncire, promenait son sexe emmailloté d'une pièce à l'autre en pleurnichant. Ety jouait à la maîtresse pour de vrai, punissant, félicitant, corrigeant, notant Leila, mettant du rouge sur ses cahiers, la disputant d'un ton sévère quand la conjugaison n'était pas sue, lui dispensant de chaleureux encouragements quand le résultat de la division était juste. Que ce jeu était passionnant ! N'empêche que Leila avait fini le mois 7° au classement général. La vocation pédagogique d'Ety datait sans doute de ce moment-là. Sans doute fallait-il deviner dans cette posture éducative la mise en scène enfantine de tout ce qui séparait Ety du peuple et les éléments annonciateurs d'une rupture. Mais l'été, pendant les vacances chez mémère Bel, elle reprenait un bon bain de peuple, version rurale, parmi les villageois et les animaux de la ferme. De la banlieue au bourg montagnard elle observait, à son grand étonnement, une certaine continuité linguistique. Dans la bouche de sa grand-mère paternelle, elle retrouvait le langage de Jeanne Chapuis. Était-ce la commune origine savoyarde ? Mémère et Mme Chapuis déroulaient, à l'usage des enfants, tout un répertoire d'expressions identiques : « tu pleures et tu dis qu'y pleut », « pleure et tu pisseras moins », « les caresses de chien, ça donne des puces », reflets d'un monde où les principes pédagogiques se confondaient avec l'art du dressage, où on était persuadé que le rudoiement de l'enfance constituait à la fois le gage d'une éducation efficace et le témoignage d'une affection authentique, et où, en conséquence, on ne haïssait rient tant que les mioches dorlotés. Familier et dur, ce langage n'était pourtant jamais vulgaire. Les grossièretés étaient bannies. Mer... credi. Et lorsque les enfants, par bravade, s'essayaient aux gros mots, ils étaient sévèrement repris. Si Vlady demandait : « Qu'est-ce qu'on bouffe ? », mémère le corrigeait : « On ne bouffe pas, on mange ». Et alors mémé Marx, qui rejoignait souvent ses petits-enfants et sa fille à Livron, où elle avait gardé de nombreux amis, répétait en écho : « *On ne pouffe pas, on manche* ».

Quand tout cela s'était-il gâté ? Quand les poules s'étaient-elles mises à sentir mauvais ? Quand Ety s'était-elle aperçue qu'il y avait de la merde séchée sur la coquille des œufs qu'elle allait ramasser sous la paille froide du poulailler ? Et quand les bavardages de mémère et de Mme Chapuis étaient-ils devenus des radotages incultes ?

L'entrée au lycée avait été une rupture. Le lycée, presque aucun des rejetons de la cité n'y accédait. Leila en collège d'enseignement ménager, Martine au collège d'enseignement général, Ety avait été séparée de sa bande d'enfants, comme Valdy le serait quelques années plus tard. Le matin, le car de ramassage scolaire, qui s'arrêtait devant le centre commercial, l'amenait sur les hauteurs de la commune au lycée d'Etat mixte où elle étudiait le latin, l'anglais, l'allemand, l'histoire, la littérature et les mathématiques, et la ramenait le soir aux Rossignols. Finis les jeux dans la cour, finis les jeudis chez Mme Chapuis. La sélection sociale avait fait son œuvre ; elle se traduisait très concrètement par une séparation des corps et des esprits. Ety découvrit que la majorité des habitants de la cité n'allaient jamais au musée, n'allaient jamais à Paris, et s'en vantaient. Peu à peu, elle prit ses distances. Elle s'éloigna du monde des Chapuis pour se rapprocher des jugements de Gisèle, sa mère. Celle-ci avait toujours trouvé vulgaires les soirées devant *Intervilles*, les opérettes de Luis Mariano, les films avec Josélito (« L'Enfant à la voix d'or »), les bandes dessinées, la télévision allumée en permanence, *France soir*, et les gens qui saucent les plats. Maintenant, Ety jugeait sévèrement la queue qui s'allongeait devant le PMU du centre commercial et les romans-photos qu'elle dévorait auparavant, à plat ventre sur le lit de Martine. Là-dessus, mai 1968 arriva, et l'Union de la gauche. Elle s'inscrivit plus ou moins à l'Union des étudiants communistes. La classe ouvrière cessa d'être un milieu naturel où elle évoluait sans le savoir ; elle devint vaguement une cause, un idéal.

C'est au lycée aussi qu'elle avait fait l'expérience de sa solitude juive et que sa sortie du peuple avait pris une dimension ethnique, en plus de la dimension sociale.

Un jour de mai, en sixième, ils s'étaient retrouvés à trois dans la classe : Lévy, Bensimon et elle, Ety Bel, fille de Gisèle Bel, née Marx. Tous les autres élèves, une trentaine, étaient partis en « retraite » avant leur communion solennelle. Honteux d'être ainsi dévoilés, mis à nu dans leur minorité et leur commune singularité, les trois juifs ne s'étaient pas adressé la parole. Chacun avait gardé la place qu'il occupait d'habitude : Ety au premier rang, Bensimon au dernier, Lévy au milieu. Boudeurs eux aussi, pestant en secret contre ces trois marginaux qui les privaient d'une journée d'école buissonnière, les professeurs les avaient laissés mariner dans leur coin. « Occupez-vous » leur avait enjoint Mme Pelu, avant de se plonger dans un paquet de copies. Les heures s'étaient étirées dans un mortel ennui. Ety pensait à sa cité, au tapis de prière du grand-père de Leila, à la ménorah que mémé Marx avait offerte à ses petits-enfants et que Gisèle cachait dans un placard. Si tous les Rossignols étaient partis en retraite, il serait resté qui dans la cité ? Les Mezoued, les Mougrabi, les Gâche, deux ou trois familles de laïques militants, et puis eux, Gisèle Marx et ses enfants, qui étaient les seuls juifs des deux bâtiments. Où était le peuple français ? Où se fabriquait-il ? Au lycée ? Dans la cité ? Et que faire du tapis de prière et de la ménorah ? Ety, qui s'était toujours sentie semblable aux autres, commençait à se poser des questions.

Elle s'en posait toujours et les banderilles que Lou plantait dans sa conscience réveillaient à présent le malaise de sa jeunesse. Plutôt que de se lancer dans une pesante évocation autobiographique, elle avait décidé d'emmener sa fille, un dimanche pendant les vacances de Pâques, visiter la cité des Rossignols. Un pèlerinage, en quelque sorte.

Elles avaient pris le RER jusqu'à Boneuil. Elles avaient suivi, le long de la nationale la contre-allée qui reliait la gare au centre-ville. Autrefois bordée de tilleuls et de pavillons, c'était maintenant un vaste continuum de bureaux et d'immeubles résidentiels. Perdue dans cet acier, la cité des Rossignols paraissait avoir rétréci. Ce qui avait représenté pour Ety le monde dans sa totalité était désormais réduit à des proportions ridiculement petites. Pourtant, les bâtiments n'avaient pas changé. Ils avaient simplement été enjolivés. Sur les façades, fraîchement ravalées, alternaient à chaque étage l'ocre et le gris. Le contraste apportait de la gaîté au décor. Le bac à sable était devenu un parc pour enfants, avec toboggan, portiques, colimaçon. Des petits y gambadaient, surveillés par leurs mères qui bavardaient paisiblement entre elles. C'était des Africaines en boubou, des Turques en fichu noir et blouse grise. Elles sourirent aux deux visiteuses qui s'étaient approchées. Un groupe d'adolescents stationnait en bas des immeubles, l'oreille coincée sous le casque à musique, gesticulant et commentant avec des rires bêtasses les images d'eux-mêmes qu'ils venaient de capter sur leur téléphone portable. Dans le hall de l'immeuble, Ety jeta un coup d'œil aux noms sur les boîtes aux lettres : Ben Arfa, Sana... Où étaient passés les Fernandez, les Dudic, les Ferrari, les Fabre ? Le creuset républicain était devenu un ghetto. L'appartement où elle avait vécu, au troisième droite, était aujourd'hui occupé par une famille Naceri. Elle hésita à sonner à leur porte, puis craignant de déranger, quitta le bâtiment sans avoir rien tenté. Dehors, les adolescents continuaient à blaguer, à gesticuler et à jouer avec leurs téléphones portables. Ety se souvint qu'à l'époque, sa famille était longtemps restée la seule à posséder un téléphone. Les voisins venaient chez eux quand ils avaient un appel important à émettre, ou à recevoir. C'est ainsi qu'un beau jour la mère Blanchard, tout essoufflée et s'excusant du dérangement, avait fait irruption : « Je peux téléphoner, s'il vous plaît ? Le père Blanchard vient de mourir. »

Lou était songeuse. Sa mère n'était pas la bourgeoise qu'elle croyait. Elle s'était trompée. Ety venait du peuple. Elle était prête à réviser son jugement, à s'excuser, même, mais sa mère la retint. Non, à l'époque, le peuple était différent et je n'en étais pas.

Comment Ety ne devint pas écrivain

Comme un autre, elle avait voulu devenir écrivain.

À l'école, elle avait toujours la meilleure note en rédaction. Puis au lycée, toujours la première place en composition française. « Tu as du style », lui disait sa mère. « Avec votre talent », lui disaient ses professeurs. Gisèle relisait tous ses brouillons. Ety les écrivait un peu pour lui plaire, sans oublier, bien sûr, qu'il fallait plaire aussi à la maîtresse. Les deux n'étaient pas toujours conciliables. Gisèle voulait des récits piquants et pathétiques, des sentiments non-conformistes, et si possible, que l'on parle d'elle. La maîtresse avait d'autres exigences. Ses tables de la loi se ramenaient a trois impératifs : Ne pas répéter le même Mot, Ne pas utiliser les Adjectifs bon et beau, Ne pas utiliser les Verbes avoir ou être – autrement que comme auxiliaires, évidemment, mes petites filles, que vous êtes sottes, qui ne sait pas encore ce qu'est un auxiliaire ? Par exemple, on ne devait pas dire « j'ai un beau chapeau » mais « je *possède* un élégant chapeau », on devait dire « la tarte *appétissante repose* sur la table » et non pas « le strudel *est* sur le canapé ». Écartelée entre les codes, Ety avait essuyé quelques échecs cuisants. En cinquième, elle avait obtenu une note passable au dernier devoir du premier trimestre, un affront pour elle, alors que sa réputation de crack en français était déjà bien établie. Pourtant, le sujet l'avait enthousiasmée : « Vous avez rencontré, dans votre entourage familier, un personnage particulièrement original. Décrivez-le. » Un sujet *vachement* bien avait-elle affirmé à sa mère en rentrant à la maison. Je vais faire le portrait de tante Selma. C'est un personnage original de mon entourage familier.

Elle s'était appliquée tout le dimanche, dans un état d'exaltation fiévreuse, interdisant à Vlady d'entrer dans sa chambre, et pourtant c'était aussi la sienne, de chambre. Elle allait pondre un chef-d'œuvre ! Elle le sentait. Elle était inspirée.

La rédaction commençait ainsi : « La cousine de ma mère s'appelle Selma. Dans la rue, on la remarque tout de suite, à cause de sa forte corpulence. Avant la guerre, elle habitait en Allemagne, mais elle a été chassée de son pays natal à l'âge de dix ans. Elle a émigré aux Etats-Unis d'Amérique. Là, à force de manger des hamburgers et de boire du lait, elle est devenue relativement obèse. Cet été, elle est venue nous rendre visite avec son mari et ses deux enfants. C'est vraiment une personne originale. Laissez-moi vous la présenter. »

Puis, se déroulaient une foule de petites anecdotes attestant le pittoresque du personnage. Comment Selma volait les petites cuillers dans les restaurants. Le rire généreux de Selma. Ses yeux noisette. Comment Selma, voulant visiter le château de la Malmaison à Rueil-Malmaison, et confrontée en deux mots à la plupart des difficultés majeures de la prononciation française, avait demandé au guichet de la gare quatre billets pour *Où est ma maison,* s'il vous plaît ? À peine le point final posé, elle avait foncé au salon soumettre son texte à sa mère, et, sûre de son effet, mais un peu anxieuse quand même (et si c'était raté ?) elle était restée auprès d'elle pendant la lecture, guettant les réactions de sa juge, essayant de deviner, au mouvement de ses lèvres, au plissement de ses yeux, à quel passage croustillant elle en était, quel morceau de bravoure. Le petit récit avait tellement plu à Gisèle qu'elle en avait tapé deux exemplaires au carbone sur sa petite Olivetti. Une copie avait été expédiée à la famille Levin, à Chicago tandis que l'autre était glissée entre les pages de son journal intime, où Ety devait la retrouver, longtemps après, à la mort de sa mère. Malgré son français rudimentaire, Selma avait pleuré d'émotion en lisant son portrait par Ety Bel, futur grand écrivain. Tout différemment avait réagi Mme Pelu, le professeur de français. Alors qu'Ety, le cœur battant, attendait une nouvelle consécration (Mademoiselle Bel, 16 sur 20, la meilleure note, comme d'habitude), elle avait annoncé à toute la classe, après avoir sorti le paquet de copies de son cartable et l'avoir laissé tomber d'un air maussade sur son bureau, qu'elle était très déçue, que le devoir n'était pas bon, que la plupart des élèves avaient confondu « familier » et « familial », même vous Mademoiselle Bel, avait-elle ajouté en haussant les sourcils, et d'ailleurs, avait-elle continué en haussant toujours plus les sourcils, si bien qu'ils semblaient maintenant posés au milieu du front, et d'ailleurs, nous avons assez de types intéressants en

France pour ne pas aller en chercher je ne sais où. La moitié de la classe, ignorant le sens savant du mot « type », avait rigolé parce que la prof avait employé un terme vulgaire. Horriblement déçue, Ety avait retenu la leçon de cette humiliation publique. Par la suite, elle préférerait raconter ses vacances à la ferme de mémère Bel (où désormais, pourtant, elle refusait de se rendre), chanter la majesté des cimes alpestres, plutôt que ses voyages en Israël avec mémé Marx et les palmiers de la rue Dizengoff. Gisèle trouverait qu'elle baissait, qu'elle devenait pompier, oui, mais elle aurait retrouvé sa place de première. Un jour, elle serait écrivain.

En attendant, dès la fin de la troisième, on avait commencé à faire des dissertations. Qu'est-ce qu'un héros cornélien ? Une situation cornélienne ? Et aussi : « J'avais vingt ans et je ne laisserai personne dire que c'est le plus bel âge de la vie. Commentez. » Car on était après mai 1968. Elle avait trouvé dans cet exercice un nouveau terrain d'exploits et oublié peu à peu l'art du récit. Malgré tout, comme une autre, elle avait tenu son journal. Puis, à 17 ans, théâtralement, elle avait jeté ses cahiers à la poubelle, parce qu'on venait d'étudier Pascal en classe qui avait dit que le moi était haïssable. Peu après, elle découvrait les Surréalistes. Leur condamnation aristocratique du roman la frappa comme la marque suprême d'un esprit distingué. Elle aussi cracherait sa révolte à la face de ce monde cruel. Pendant six mois, elle ne lut plus que des poèmes. Elle en écrivit quelques-uns, rimés quand même, qui furent publiés dans le journal du lycée. Elle passa son bac, s'inscrivit en classes préparatoires, rata Normal'Sup (c'était prévisible, elle n'avait pas assez travaillé), partit faire sa licence à la fac de Nanterre. Là, comme elle s'ennuyait, et que le travail universitaire lui laissait pas mal de loisir, elle se dit que c'était le moment ou jamais de commencer son œuvre. Elle habitait alors à Paris, comme tant d'autres, une chambre de bonne dont mémé Marx réglait le loyer, avec l'argent des Allemands. Un joli papier fleuri recouvrait les murs. Elle s'y sentait bien, indépendante pour la première fois de sa vie, loin de sa mère et de son frère. Assise à sa table, un cahier ouvert devant elle, elle fixait le joli papier mural, en détaillait les nuances de mauve et de lilas. Elle allait écrire. Il fallait écrire. Mais quoi ? Le Nouveau Roman était en train de passer de mode. Tel Quel ne se portait pas très bien non plus. Pourtant il n'était pas question de retourner au récit classique, une histoire avec des personnages. On n'avait pas fait la révolution en littérature pour finalement capituler en rase campagne ! Les premiers romans sociologiques d'Annie Ernaux avaient suscité, chez les critiques en vogue, une certaine ironie. C'était un peu niais, non ? Ce qu'il fallait, en fait, c'était faire mieux que Tel Quel. Frapper plus fort. Elle avait dévissé le bouchon de son Parker et tracé sur la première page de son cahier le mot *sexualité*. Puis elle l'avait barré et remplacé par *sursexuel*. Cela n'allait pas non plus et elle avait barré de nouveau. Maintenant il y avait deux ratures sur la première page et elle ne pouvait pas continuer, car elle avait, comme beaucoup, l'angoisse de la première page raturée. Elle ouvrit un autre cahier vierge et écrivit, d'un jet de plume, *les phalanges sexuelles sont en marche* et tout de suite après, sans réfléchir, *la bibliothèque des enfants ouvre* à *cinq heures*. Pas mal, pour un début. Elle allait faire sa version latine, et elle s'y remettrait ensuite. Allez, hop ! Le petit cahier fut fermé, rangé dans un tiroir, d'où il ne bougea plus. Plus tard, il fut perdu lors d'un déménagement. La préparation de l'agrégation, les premières années d'enseignement l'avaient contrainte ensuite à mettre provisoirement son projet en sourdine. Elle n'avait vraiment pas le temps. Pas la tête à ça, non plus. Mais elle n'avait pas renoncé, elle s'était même fixé un objectif : écrire son premier roman avant trente ans. Oui, elle s'en faisait le serment solennel, à trente ans, elle aurait écrit son premier roman. Pourquoi trente ans ? Sans doute parce que c'était pour elle, à l'époque, l'antichambre de la vieillesse. Et sereinement elle se laissa porter jusqu'aux abords de la trentaine. Elle ne prenait aucune note, ne tenait aucun journal, ne noircissait aucun carnet, n'entassait pas les brouillons, n'accumulait pas les esquisses. Il ne lui effleurait pas l'esprit qu'on ne s'improvise pas écrivain, qu'on le devient, non seulement en écrivant, mais aussi en s'inscrivant. Elle lisait peu la littérature contemporaine. Elle n'avait, parmi ses relations, aucun écrivain vivant. Pendant toutes ses années d'études, on lui avait inculqué une mythologie du grand auteur, qu'à présent elle transmettait à ses élèves : après quelques œuvres de jeunesse qui ne comptaient pas mais qui annonçaient paradoxalement son génie, le grand auteur pondait un ou plusieurs chefs-d'œuvre ; du jour au lendemain il était reconnu, apprécié, applaudi, sauf s'il était un artiste maudit, auquel cas il devait attendre la fin de sa vie voire après sa mort. Voila. C'était simple. On naissait écrivain. On écrivait. On était publié. On était lu. Il n'y avait ni apprentissage, ni accumulation de techniques, ni élaboration de savoir-faire, ni stratégie, ni réseaux de sociabilité, ni logique éditoriale. Et toute l'institution littéraire reprenait cette légende. Et, naïvement, Ety y adhérait. C'était l'époque où, à la télévision, triomphait *Point Virgule*, l'émission littéraire de Gérard Prunot. Chaque semaine, le journaliste présentait, les yeux écarquillés, un nouveau phénomène. Un soir qu'elle passait chez des amis, Ety, qui n'avait pas la télévision, avait pu regarder le fameux magazine. Cette semaine-là était invité un jeune prodige qui venait de publier son premier roman. Le visage poupin, assez laid, le garçon avait revêtu pour la circonstance une parure qui symbolisait tout à la fois sa jeunesse, sa fraîcheur, son noviciat et son impertinence : un jeans, une veste en velours, une chemise blanche largement ouverte sur une absence de poil toute adolescente. Il écartait les jambes en parlant. Gérard Prunot était entré dans le vif du sujet.

« Un premier roman à dix-huit ans, c'est formidable, dites donc, comment avez-vous fait ?

– Ben je l'ai envoyé par la poste chez Grassouille

- Et il l'a pris tout de suite comme ça ! C'est formidable, dites donc, vous vous rendez compte ? la chance que vous avez ! y en a qui paieraient !

Et l'autre arrogant : Ce n'est pas une question de chance, Grassouille a trouvé que mon bouquin était bon (disant *bouquin*, pas livre). Et Gérard Prunot, perspicace : Mais que votre papa (*papa*) soit un auteur maison ça n'a pas un petit peu aidé ? Et le jeune romancier tombant des nues : Mais pas du tout. Papa ne savait même pas que j'avais écrit un roman ! Et Gerard Prunot : Ah bon. C'est formidable dites donc.

Et faisant son boulot de journaliste littéraire : Alors votre roman, je résume pour les téléspectateurs, c'est l'histoire d'un jeune homme qui fait son éducation sentimentale. Et figurez-vous qu'il s'appelle Olivier, comme vous. Ce personnage, c'est votre double ? Et le jeune écrivain, maussade : Un peu, forcement, mais en fait, non, pas du tout. Et Gérard Prunot, enthousiaste : Ah bon. C'est fascinant, dites donc, cette ambiguïté. En tout cas, il est rigolo, votre bonhomme. Il aime les vieilles, enfin disons, les femmes mûres. Pourquoi ? Et le jeune écrivain, agressif : et pourquoi pas ? Quand c'est chez Stendhal, personne ne se demande si c'est normal que Fabrice aime Gina. Et Gérard Prunot, se soulevant de son fauteuil, brandissant le livre comme un prédicateur son missel : Oui mais là vous n'y allez pas de main morte, vous écrivez, tenez c'est à la page 70, « la dame était du genre à avoir des flatulences au lit ». Et tenant ses lunettes à la main, sans lire cette fois, répétant « la dame était du genre à avoir des flatulences au lit ». C'est grossier, non ? Et le jeune écrivain, ahuri : Ben quoi ? Y a des femmes qui pètent au lit. Elles ont le droit.

D'une certaine manière, Ety avait cru à cette farce. *Si cet idiot a publié son gribouillage, je peux bien en faire autant.* L'été suivant, bien décidée, cette fois, à écrire son roman, elle avait loué, avec une amie, un gîte rural dans la Creuse. Le département était désert, le paysage insipide étalait sans fin des prairies, des près, des collines, des forêts du même vert. Il avait plu tous les jours. L'amie, qui voulait quitter l'enseignement, bachotait divers concours de la fonction publique. Pour travailler, les conditions idéales étaient donc réunies. Assise derechef à sa table, sa machine à écrire posée devant elle, Ety ne laissait pas son regard errer sur le papier mural un peu moisi de la chambre où elle s'était installée. Cette fois-ci, elle savait quoi écrire. Pas une de ces petites confessions nombrilistes, pas un de ces mornes récits intimistes, pas une de ces tièdes compositions minimalistes qui pullulaient alors. Non, quelque chose de différent. Quelque chose qui trancherait. En phase avec l'histoire brûlante de ce dernier quart de siècle. Elle avait été très impressionnée par le livre de Pierre Goldmann, *Souvenirs obscurs d'un juif polonais né en France*. Mélangée à celle de son père, de son frère et du copain avec qui elle venait de rompre, l'histoire de Goldmann devait lui fournir le canevas du grand roman qu'elle avait en tête, où elle peindrait le romantisme révolutionnaire de toute une génération et mettrait en lumière la dimension collective d'un destin individuel. La première page, une description assez réussie de la Butte Montmartre, la remplit d'ardeur. Mais très vite, elle n'eut plus rien à dire. Elle piétinait. Elle finit par recopier les *Souvenirs obscurs*, en changeant les noms. Obstinée, elle envoya pourtant le manuscrit à trois grands éditeurs parisiens. Trois mois plus tard, elle recevait trois lettres de refus. Elle s'y attendait.

Quelque temps après, elle rencontrait Victor. Lui préparait sa thèse, publiait des articles dans des revues spécialisées. Il n'avait jamais rêvé d'écrire un roman ; il ne voyait pas en quoi c'était important, ce que ça allait changer, pour Ety, pour l'humanité. Il n'avait pas ce fantasme-là, non, vraiment, il ne partageait pas cela avec elle. En revanche, si elle pouvait l'aider à corriger ses manuscrits à lui...

Ils se marièrent. Ety à nouveau était occupée. Des repas, des lessives, des courses, des câlins. Et toujours des copies, des copies, des cours, des cours, des réunions de ceci, de cela, profs-parents, parents-profs, profs-élèves, profs-profs, et des conseils de classe...

Elle ne se voyait plus romancière. Le fantasme s'éloignait, la parole de l'oracle devenait floue. Désormais, elle s'arrangeait avec une nouvelle image d'elle-même : elle était une lectrice avant tout, une passeuse de textes. Elle honorait les auteurs. Pourquoi encombrer la terre de ses inutiles bavardages ? D'ailleurs, les chiffres lui donnaient raison. Rien qu'en France, on publiait chaque année 60 000 nouveaux livres. Sûr qu'on ne l'attendait pas ! En plus, elle s'ennuyait elle-même quand elle écrivait. Dans ces conditions, comment pouvait-elle captiver un lecteur ?

Cependant, elle eut un sursaut. La dernière tentative, se promettait-elle. L'année avait été éprouvante, pleine de péripéties, riche en épisodes dramatiques. Le vieux Salomon était mort, le plafond de la salle de bains s'était effondré, et elle, Ety, avait été hospitalisée pour une tumeur qui avait une sale tête – mais finalement, non. Cette fois-ci, elle avait *besoin* et *envie* de raconter. Elle sentait profondément les choses et elle saurait les dire comme personne n'aurait su le faire à sa place. Assise à sa table, elle fixait sans le voir l'écran de son ordinateur. Elle allait écrire, mais comment ? À la première personne ? Aujourd'hui, tout le monde utilisait la première personne. La troisième paraissait totalement démodée. La deuxième ? Trop voyant. Elle voyait déjà les critiques... « E.G reprend un procédé brillamment illustré par Butor et Perec ».

Et le subjonctif imparfait ? Elle aimait bien, mais ça ne passait plus ; le passé simple aussi faisait désuet ; restait l'imparfait, ou le passé composé, mais là aussi, attention : déjà brillamment illustré par Camus ! En outre, comment parler de sa famille sans se fâcher avec tout le monde ? Elle opta pour un habile compromis, une alternance entre un journal intime et une narration à la troisième personne. Comme le journal intime était rédigé par un professeur de lettres classiques, le subjonctif imparfait devenait tout à fait acceptable, on pouvait même penser à un parti pris ironique du narrateur à l'égard de son personnage.

Quoique mené en cachette, son travail fut bientôt découvert par Victor. Il lut les pages déjà composées, trouva cela pas mal, et l'encouragea à continuer. Cela valait un sacre ! Le manuscrit fut achevé dans l'allégresse et adressé à trois grands éditeurs parisiens. Trois mois plus tard, elle recevait trois lettres de refus. L'une d'elle, sans doute écrite par un stagiaire qui n'avait pas encore appris à se servir des formulaires prérédigés, où seul le nom du destinataire est laissé en blanc, précisait les motifs du refus : le personnage central n'était pas assez convaincant et le style était monotone, car trop de phrases débutaient par un pronom personnel.

« Ne te décourage pas disait Victor, tu finiras par y arriver. » Mais Ety en doutait. D'une certaine manière, elle était soulagée. Son livre, s'il avait été publié, aurait fait de la peine à Gisèle. Proust n'avait-il pas attendu la mort de sa mère avant d'entreprendre une œuvre dont la teneur risquait de lui causer bien du chagrin ? C'est ce qu'on disait, en tout cas. Et bien, s'il fallait attendre que tout le monde soit mort pour se mettre à écrire, ce n'était pas demain la veille du jour béni ! Mélancoliquement, elle rangea le manuscrit de *La Tumeur* à côté de celui du *Révolutionnaire*, sur une étagère. Et comme Lou lui avait demandé de relire son devoir de français, elle s'acquitta de sa tâche. La petite racontait une promenade en famille à travers la campagne. Ils s'étaient perdus, évidemment. C'était joliment enlevé, plein de drôlerie et de vivacité. Elle appela sa fille et la félicita. Elle avait du talent, elle avait du style. Plus tard, peut-être... « Mais non, dit Lou, plus tard, tu sais bien, moi, je veux devenir coiffeuse d'animaux. »

Votre livre

Cela faisait un moment que Victor avait terminé *La Sociologie du Witz Yiddish* et qu'il peinait à la faire publier. Il avait envoyé vingt-cinq manuscrits à vingt-cinq éditeurs et, semaine après semaine, les réponses lui parvenaient, toutes négatives : trop long, trop court, trop lourd, hélas, n'entre pas dans le cadre de nos collections, est écrit avec des mots, ne s'accorde pas à notre politique éditoriale, malheureusement, ne correspond pas à l'idée que nous nous faisons de la sociologie française, produit difficile à positionner sur un marché de l'humour juif déjà très encombré, nous regrettons de ne pouvoir faire suite, envoyez-nous deux timbres, ou la somme équivalente par chèque, nous vous renverrons votre manuscrit, hélas, hélas, veuillez agréer, cher Monsieur, etc.

Curieusement, à l'heure d'Internet, ce genre de correspondance passait encore par la poste. Tous les matins, Victor descendait donc à la boîte à lettres, dont il scrutait la fente comme la bouche d'un oracle. Si du papier dépassait, signe qu'il y avait du courrier, il effectuait furtivement, devant les casiers en mélaminé récemment installés par la copropriété, une petite danse rituelle, trois pas en arrière, trois pas sur le côté, les mains sur la tête, histoire d'amadouer, sait-on jamais, le dieu de l'édition. Puis il tournait la clé dans la serrure, dans la crainte d'une nouvelle humiliation.

Les vingt-cinq manuscrits avaient été envoyés en septembre. En décembre, juste avant Hanoukka, il retira de la boîte aux lettres, entre les factures et les dépliants publicitaires, la dernière lettre contenant le vingt-cinquième refus. Alors, il se laissa gagner par le découragement. Trois ans de travail acharné, un matériau d'une richesse inestimable, une documentation iconographique et photographique inédite qui, certes, allait augmenter les coûts de fabrication, mais serait aussi un authentique argument de vente, et ça n'intéressait personne ? Un ouvrage scientifique, certes, parfois austère, certes, partiellement écrit en yiddish, certes. Et bien sûr, il n'était pas sans savoir que tout le monde ne lisait pas le yiddish couramment. Mais au milieu de tout cela, quand même, il y avait une centaine de blagues hilarantes et ça, ça faisait toujours recette, non ? Toujours. Marché de l'humour juif encombré ou pas. Non ?

Il allait, ressassant et se lamentant. Il fatiguait le monde de ses jérémiades. « A cinq cents exemplaires, un petit éditeur de sciences humaines rentre dans ses frais ; à mille, il est bénéficiaire. Or, je suis sûr que mon bouquin se vend au moins à mille. Tu ne crois pas, Ety ? »

— Si, c'est sûr.

— Alors ?

— Alors quoi ?

— Qu'est-ce que tu en penses ? Pourquoi ils ne le publient pas ?

— Ils sont bêtes.

— Il se vendrait à mille, sans problème.

— Au moins.

— Tu crois ? Deux mille ?

— Oh ! Peut-être.

— Quelle bande d'enfoirés !

Ety, d'abord navrée du désarroi de son mari, de ses yeux tristes et de son air défait, finissait par en être excédée. Toujours les mêmes plaintes ! Et qu'y pouvait-elle ? Elle-même n'était jamais parvenue à publier un seul livre. Sa carrière, en ce sens, avait été couronnée d'échec. Elle se sentait bien impuissante. Par hasard elle venait d'écouter, sur France-Culture, une émission sur les mutations de l'industrie du livre. Elle en avait retenu quelques informations éclairantes. Comme elle refusait désormais toute conversation à ce sujet, elle rassembla ses idées dans une petite note qu'elle laissa sur le bureau de Victor, un matin, avant de partir au lycée.

« L'édition est un marché. L'éditeur est un commercial. Le livre est un produit.

L'entreprise éditoriale n'a pas pour vocation de publier des livres et de les vendre mais d'obtenir des rendements financiers optimisés tout en réalisant des gains de productivité. Dans cette perspective, (et c'est bien naturel, on ferait la même chose à leur place) pas d'investissement sans retour sur investissement. Cela nous laisse donc trois types de produits éditoriaux possibles : 1) les produits à fort rendement financier 2) les produits à rendement prévisible 3) les produits à rendement social. Ce qui nous donne trois types d'auteurs publiables : 1) les best-sellers 2) les auteurs déjà publiés 3) les cousincs de ministre. Parfois, parce que, au fond, ils font un métier formidable, les éditeurs publient un bon livre. Moyennant quoi, ta marge de négociation se mesure à la largeur d'un chas d'aiguille. Mais comme tu n'as jamais réussi à localiser la boîte à couture dans l'appartement, je parlerai sans métaphore : pour miser sur un manuscrit comme le tien, il faut un fou. Courage ! On y arrivera. »

Or ce même jour au lycée on fêtait le départ en retraite de Mme Zucchini, l'agent comptable. La salle de réunion avait été décorée de simples guirlandes, car, bien qu'on fût à la veille des vacances de Noël, le proviseur avait renoncé au sapin, pour ne pas heurter nos collègues musulmans, et autres. Comme d'habitude, après les discours, chacun avait rejoint sa catégorie. Les administratifs, parlant peu, s'étaient serrés près de la porte ; les dames de service, par habitude, remplissaient des coupes de mousseux et faisaient passer des cubes de vache qui rit ; au centre de la pièce, les enseignants commentaient les derniers conseils de classe. Seule Delphine, la petite assistante pédagogique, ignorant sans doute la loi non écrite selon laquelle les vacataires non titulaires ne se rendaient pas aux invitations du proviseur, n'avait trouvé de place dans aucun des trois groupes. Avec un sentiment croissant de sa propre incongruité, elle grignotait dans son coin un biscuit apéritif.

Parce qu'elle venait d'étudier en classe de première la scène du cocktail Benedetti dans *Belle du Seigneur*, et parce que, du coup, elle se sentait investie du devoir de réparer les torts que tous les surimportants infligeaient à tous les zéros sociaux et à tous les Jakob Finkelstein dans tous les cocktails Benedetti du monde, Ety décida, seule entre tous, seule contre tous, d'adresser la parole à la petite jeune fille. Ce n'était pas trop dur, ce travail avec les élèves en difficulté ? Non. Cela se passait très bien, plutôt bien, bien. Et puis ajouta Delphine, ses bonnes joues rouges allumées par la gratitude, assistante pédagogique, c'est juste un à-côté, un appoint financier, en attendant que mon activité principale démarre. Et quelle était son activité principale ? Eh bien elle était titulaire d'un master métiers du livre et là elle travaillait en free-lance comme conseillère auprès de plusieurs maisons d'édition. D'ailleurs, elle cherchait des manuscrits à soumettre à ses patrons. Mme Glouk n'avait rien à lui proposer, par hasard ? C'est pas pour dire, mais vous avez une tête d'écrivain, Mme Glouk, et peut-être que vous avez un manuscrit dans votre placard... Non, moi rien, mais mon mari, Victor... Victor Glouk, vous savez, le sociologue du monde yiddish... oui... non... il me semble que j'ai déjà entendu son nom quelque part, mais z'où ? Une sociologie du Witz yiddish, qu'il a écrit ? C'est quoi ça ? Ah ! c'est des mots d'esprit ? des blagues, quoi, genre Woody Allen ? Je vois. C'est drôle alors ? Je pense que ça devrait intéresser M. Toulemonde... Oui ? Enfin, ce n'est pas pour tout le monde... Ah non, ne vous inquiétez pas, M. Toulemonde, c'est son nom, Jean-Justin Toulemonde, il s'appelle, directeur des éditions JJToulemonde. Il cherche des manuscrits ethniques en ce moment, Jean-Justin, justement.

Quel coup de théâtre ! Brûlant d'impatience, Ety avait rapporté la nouvelle à Victor. Dans la fièvre, ils avaient consulté sur Internet le catalogue des éditions JJToulemonde. Ma foi, c'était une bonne petite maison généraliste, avec un fonds d'ouvrages sociologiques tout ce qu'il y avait de plus honorable. D'ailleurs Victor s'en souvenait maintenant, il avait dans sa bibliothèque une enquête sur les vieux immigrés parue aux Editions Toulemonde. Il alla vérifier. C'était bien cela. Rassuré, il envoya une copie de son manuscrit en fichier attaché à Delphine, qui transmettrait.

Un mois passa. « Pas de nouvelles de Toulemonde » disait Victor soir après soir. « Il faut attendre » disait Ety.

Un autre mois passa. « Toujours pas de nouvelle, répétait Victor. Tu vois Delphine, au lycée ? » Pas souvent, car Delphine prenait son service quand Ety avait terminé sa journée. On se croisait en coup de vent. Mais Delphine disait de ne pas s'inquiéter. M.Toulemonde était simplement débordé. *La Sociologie du Witz* trônait sur son bureau, en haut de la pile. Il allait lire le manuscrit incessamment bien sûr. Pas de souci.

Pas de souci. Cette expression nouvelle, apparue dans la syntaxe des Français au début du xxiè siècle (en remplacement du traditionnel « pas de problème »), avait sur Victor une vertu anxiogène, inversement proportionnelle au message d'apaisement qu'elle était chargée de transmettre. Plus on l'assurait que le ciel était sans nuage et l'avenir sans souci, plus il s'inquiétait. « Ce qui t'angoisse, avait analysé Ety, c'est que le syntagme n'a pas de sens. Soit ton interlocuteur t'annonce qu'il n'a pas de souci, et en quoi cela peut-il t'aider ? Soit il t'apprend que toi, tu n'as pas de souci, et qu'est-ce qu'il en sait ? » D'après Jeremy, sa mère se prenait la tête, encore une fois. Pas de souci était tout bêtement une abréviation SMS pour « Ne te fais pas de souci. » D'ailleurs ça s'écrivait « pds » et ça se prononçait « no souci ».

— Dans ce cas, c'est confus.

Confusion ou pas, Victor perdait courage, quand soudain dans sa boîte électronique apparut un message de Delphine : « Tout le monde ADORE votre livre ici. M. Toulemonde va bientôt vous contacter. » Exultant, Victor assena un coup de poing à son ordinateur, qui émit un soupir de décompression, puis afficha un écran gris. Cependant, il lui fallut attendre à nouveau deux semaines avant que ne s'affiche, sur l'écran de son téléphone portable cette fois, un SMS de Delphine : « Toulemonde cherche à vous contacter ! « Mais... je suis là » voulut-il répondre. Malheureusement, il maîtrisait encore mal la technique du Short Message Service, surtout dans l'autobus. Le temps qu'il parvienne à rassembler les lettres, il était rentré chez lui. Là, il courut vers son ordinateur, pour y découvrir un texte comparable au précédent : « JJT cherche à vous contacter. Où êtes-vous ? » C'est alors que retentit la sonnerie du téléphone fixe. À l'autre bout, une jeune femme parlait, joviale et énergique : « Bonjour, je suis Delphine Vigouroux, la collègue d'Ety. Monsieur Glouk, M.Toulemonde essaie de vous joindre. Où étiez-vous ? » « J'étais à la fac... » bredouilla Victor. « Pouvez-vous l'appeler maintenant ? Il est dans son bureau. » Victor se demandait bien pourquoi l'autre ne l'appelait pas lui-même puisqu'il était dans son bureau et apparemment cherchait à le joindre de manière insistante depuis le milieu de l'après-midi. Peut-être qu'il avait un téléphone entrant et pas de combiné sortant, avec la téléphonie moderne maintenant on atteint un niveau de sophistication insoupçonné. Mais bon. Le sort de son manuscrit était en jeu, il n'allait pas chipoter. Il composa le numéro. À la première sonnerie, on décrocha. « Ici Toulemonde » dit une voix grave et grasse. « Ah, Victor Glouk ! Le grand sociologue ! Savez-vous que j'ai ADORÉ votre livre. ADORÉ ADORÉ. Je vous repasse Delphine. » Naturellement, le transfert de ligne n'avait pas fonctionné, et Victor avait dû rappeler Delphine dont le fixe et le portable sonnaient occupés, parce qu'elle-même à ce moment précis essayait de rappeler Victor sur son fixe puis sur son portable. De quoi devenir fou.

Bref, aux alentours des vacances de Pâques, il avait obtenu un rendez-vous avec le directeur des Editions JJ Toulemonde, rue du Cheval, dans le 12° arrondissement, à Paris.

C'était une petite rue sombre, presque une impasse. Annoncées par une plaque en cuivre à côté de la porte cochère, les éditions JJ Toulemonde occupaient au rez-de-chaussée trois ou quatre pièces donnant sur une petite cour pavée où ruisselaient des lierres. Accueilli par un jeune homme au regard bas, Victor avait attendu dans une sorte d'antichambre car « Jean-Justin » était en réunion. Les murs de la pièce étaient nus. Au plafond, la peinture s'écaillait, des taches jaunâtres et des salissures noires témoignaient d'un récent dégât des eaux. Il était inconfortablement assis sur un canapé sans accoudoir. De la pièce voisine lui parvenait le cliquetis feutré d'un clavier d'ordinateur. Soudain, une agitation était devenue perceptible, la porte du secrétariat s'était ouverte, et le jeune homme au regard bas, sans lâcher la poignée, avait crié, tel un premier valet de la chambre du roi à Versailles : « Monsieur Toulemonde va vous recevoir ! » Victor avait alors traversé le secrétariat, un peu étonné de ne pas croiser les personnes avec qui l'éditeur venait de tenir réunion. Quelque escalier dérobé, pensa-t-il.

Toulemonde avait salué Victor depuis son bureau, se soulevant pour lui serrer la main. Petit et rond, il compensait sa calvitie par une importante moustache qui déséquilibrait sa silhouette. « Mon cher Glouk, avait-il commencé, je tiens absolument à publier votre *Witz*, car c'est un bon livre, un grand livre, un beau, fameux, superbe livre, et parce que ça fait un bout de temps que j'ai envie d'investir dans la niche ethnique... J'ai en ce moment un manuscrit sur les tournantes dans les cités, vous savez ? Les viols dans les caves... mais ce n'est pas ça, sinistre, déprimant, tandis que votre texte, votre sujet, à la fois drôle et grave, j'y crois. Je pense que je pourrai l'aider à trouver son public. »

Victor, aux anges, avait remercié, du fond de sa niche ethnique.

« Je peux me flatter, avait continué l'éditeur, de quelques beaux succès. *Du tapioca dans la baignoire*, vous vous souvenez ? Un classique. Et bien, c'est moi, quand j'étais chez Grassouille. Et pourtant, mes collègues m'avaient dit, t'es fou, tu vas te planter, qui ça intéresse le tapioca dans la salle de bains ? Et voilà, trente rééditions, des traductions dans le monde entier, et maintenant, un film, avec Leonardo di Caprio dans le rôle du fabricant de tapioca. »

Bien sûr, Victor avait entendu parler du *Tapioca dans la baignoire*. Toutefois, il ne voyait pas le rapport avec son ouvrage à lui.

« Évidemment. Qu'est-ce que je disais ? Ah oui. Mon cher Victor, je ne vais pas y aller par quatre chemins, un livre comme le vôtre coûte cher à fabriquer et ne va pas rapporter grand-chose... Bref, est-ce que vous pourriez... mettre un peu d'argent dans l'affaire ? »

S'il avait été là à la place de son fils, le vieux Salomon Glouk aurait sans doute ricané, fait mine de se fouiller les poches, et proposé au *schnorrer* d'en face un ticket-restaurant, ou un euro pour l'aider à se tenir propre. Les murs lézardés, l'unique employé, le mobilier vétuste, auraient éveillé sa méfiance. Il se serait *vraiment* demandé pourquoi il n'avait vu personne sortir du bureau, et n'aurait pas imaginé un seul instant que les visiteurs s'étaient éclipsés par un *escalier dérobé*. Il se serait étonné de n'avoir pas une seule fois entendu les téléphones sonner durant leur entretien. Son instinct de petit artisan lui aurait conseillé de ne pas signer avec cet éditeur, shméditeur, qui avait une tête de dépôt de bilan, et il aurait écouté son instinct.

Au lieu de cela Victor avait juste répondu qu'il n'avait pas d'argent, désolé, et l'autre avait dit, tant pis, qu'il se débrouillerait, et Victor était rentré à la maison en exultant parce qu'il avait un contrat et la promesse que son livre paraîtrait en septembre. Et, quel âne ! il avait sorti le champagne.

Fin juin, n'ayant pas encore reçu les épreuves, il s'inquiéta. Il laissa quantité de messages sur les fixes et les portables, sur les ordinateurs, sur les murs, sur les ondes. Partout, des répondeurs lui assuraient que, pas de souci, son correspondant le rappellerait « dès que possible ». Fin juillet, cela fut possible, et l'éditeur l'informa, par mail, que la *Sociologie du Witz*, « cette œuvre dont nous rêvons », sortirait en décembre, sans délai. Ainsi, on éviterait la bousculade de la rentrée, en septembre, et l'hystérie des prix littéraire, en novembre.

Victor et Ety partirent en vacances, en Grèce. En novembre, Victor réclama ses épreuves. En décembre, Toulemonde s'incarna fugitivement et lui fit savoir que, « en raison d'un calendrier très chargé », la publication tant espérée se ferait en mars, sans faute. Puis, il disparut complètement.

Ce fut un effacement, une évaporation, un vide sidéral. Chaque soir, en rentrant, Victor interrogeait Jeremy. « Personne n'a appelé ? » Non, personne n'avait appelé. En tout cas, pas Toulemonde. Que faisait-il alors ? Où était-il ? Que voulait-il ? Et s'il avait été enlevé par le Hezbollah ?

Au lycée, Delphine n'avait pas repris son poste. Ety avait essayé de la joindre. En vain : toutes ses boîtes étaient pleines, la vocale, l'électronique, la postale, et recrachaient le courrier comme un fruit pourri. Par une belle matinée de mars, Victor était retourné rue du Cheval. Le rez-de-chaussée était désormais occupé par une société d'infographie. Les éditions Toulemonde avaient déménagé sans laisser d'adresse. Leur site Internet ne donnait plus signe de vie.

Paniqué, Victor avait examiné son contrat. Quel âne ! Mais quel âne ! Il avait signé les yeux fermés. Et maintenant que, pour la première fois, il lisait attentivement ce à quoi il s'était engagé, il découvrait qu'il avait cédé ses droits pour une durée de 24 mois. Il avait compté sur ses doigts. On était en mai, il avait signé en mars de l'année précédente. Encore dix mois, et il serait libre de porter son manuscrit chez un autre éditeur. C'était supportable. Mais alors Ety, le nez sur le contrat, lui avait fait remarquer que non, dans dix mois, il pourrait faire une mise en demeure, et à partir de là, oui, douze mois plus tard, il récupérait ses droits. En tout, donc, il avait encore 22 mois à attendre. C'était insupportable.

Que faire ? Une lettre recommandée, où Victor demandait à l'éditeur qu'il le libère de son contrat sous peine de poursuites, était évidemment restée sans réponse.

Que faire ? Oui, que faire ? Les griefs revenaient en boucle : Je me suis fait avoir ou quel enfoiré ou je vais prendre un avocat ou s'il n'a pas les moyens pourquoi il ne me rend pas mes droits ou je m'en fous je vais chercher un autre éditeur quand même...

Ety haussait les épaules.

— De toute manière, tu as déjà fait le tour des éditeurs. Accroche-toi à celui-là. Il finira bien par sortir de son trou.

— C'est tout ce que tu trouves à me dire ? Merci pour les encouragements !

Elle filait à la cuisine terminer sa soupe de potiron-courgette. Le mixer, poussé à plein régime, la dispensait d'entendre la suite des récriminations de son mari. Jeremy, lui, vivait retranché sous le casque de son Ipod. Les Glouk payaient un lourd tribut à la crise de l'édition.

Or, un jour, on était déjà en septembre de l'année d'après, alors que Victor venait de décrocher machinalement son téléphone fixe, la voix grave et grasse avait résonné à ses oreilles, suscitant en lui contradictoirement et simultanément une attente délicieuse et un féroce désir de vengeance. Jean-Justin Toulemonde s'excusait de ses silences et de son absence. Il avait traversé une mauvaise passe. Il s'en était sorti, avait réorganisé sa maison, était prêt à repartir sur de bonnes bases, avec une petite structure solide, lui, sa femme et le comptable, avec, pour commencer, des ambitions modestes, cinq, six livres par an, dans des créneaux bien ciblés. Victor Glouk était-il d'accord pour tenter l'aventure à nouveau ? La niche ethnique lui était toujours réservée. Elle l'attendait. S'il lui accordait cet honneur, *La Sociologie du Witz yiddish* serait son premier titre, son titre inaugural, en quelque sorte.

Bah ! Victor avait-il le choix ? Il avait fait semblant d'hésiter, dit qu'il préférait réfléchir. Puis il avait appelé pour donner son accord. Tous les téléphones étaient sur répondeur. Il pouvait laisser son message, on le rappellerait dès que possible.

Les YAA

Chers frères, chères sœurs, *brothers and sisters*, je suis heureux d'accueillir ce soir dans notre cercle de jeunes AA un nouveau membre, Jeremy Glouk, qui nous a rejoints. Lève-toi Jeremy que chacun te voie et t'applaudisse. Voilà, il est debout, on l'applaudit, oui, Jonathan... en tapant dans tes mains. Comme ça, oui. C'est bien. Bravo ! Merci pour Jeremy. Assis tous ! À présent, comme il est de coutume, Jeremy va se présenter à nous, nous dire qui tu es, Jeremy, et plus si affinités. Vas-y, Jeremy. À toi la parole, Jeremy. Et rappelle-toi Jeremy, on n'est pas là pour te juger, on est là pour t'écouter. Quoi que tu aies fait.

— Je m'appelle Jeremy Glouk. Mes parents fréquentent un cercle AA senior. J'ai eu une enfance normale, heureuse même. Je suis toujours parti en vacances, et j'ai toujours eu des copains. À six ans, j'ai eu une bicyclette, à sept ans, une game boy, un portable à douze ans et un ordinateur à quinze. Mais quand j'ai demandé un scooter, à seize ans, mes parents ont dit non. Ils ont toujours su me donner des repères, poser des limites. J'ai fréquenté le Talmud Torah. J'ai fait ma bar-mitsva et maintenant je fais médecine, comme mon oncle, qui s'est fâché avec ma mère à cause de ma bar-mitsva. Je sais qui je suis, je sais ce que je dois faire. Enfin, je le crois... Je le croyais... Il y a des choses qui m'ont toujours un peu chiffonné. Mes grands-parents, par exemple, c'était paquet fragile. Quand on y allait, les recommandations pleuvaient. Soyez pas méchants avec papi et mami, ils ont beaucoup souffert. Et l'histoire que nous connaissions par cœur. Papi Salomon Auschwitz, Mami Malka Bergen-Belsen, grand-mère Gisèle enfant cachée, tremblant d'effroi sous le faux plancher d'une grange. J'allais chez eux le front soucieux. Et puis. À l'âge de huit ans, peut-être un peu moins, mes parents m'ont emmené avec mes sœurs visiter le musée de l'Holocauste à Washington. Oui. The Holocaust Museum, c'est ça. Un ami nous avait obtenu des entrées gratuites, quelle chance ! Pourtant, la visite était déconseillée aux enfants de moins de douze ans, c'était écrit au-dessus des caisses, mais papa et maman ont pensé qu'avec des grands-parents rescapés des camps, j'avais pris de l'avance... Je me souviens qu'à l'entrée, on devait piocher au hasard dans une boîte la carte d'identité d'une des victimes et, selon les instructions, parcourir les étapes de la solution finale du point de vue de cette personne, en se mettant à sa place, quoi. Sarkozy a eu une idée de ce genre, il n'y a pas longtemps, quand il a voulu que chaque écolier français adopte un écolier juif mort en déportation. Je peux vous dire que ce n'est pas une bonne idée. Mes sœurs avaient tiré des cartes d'identité assez éloignées de leur réalité, un témoin de Jéhovah pour Lou, et une grand-mère de Kichinev pour Coraline. Mais moi je suis tombé sur mon double, un garçon de huit ans, qui s'appelait Daniel Sholem, qui vivait heureux à Berlin entre ses parents et ses sœurs aînées. Un jour, il n'avait plus eu le droit d'aller à la piscine, au square, à l'école. On lui avait confisqué sa bicyclette. Et puis il avait dû quitter son joli appartement berlinois pour aller dans un ghetto en Pologne où les Sholem partageaient un taudis avec deux autres familles qui étaient mal élevées et qui sentaient mauvais. Et puis Daniel avait été gazé. Totalement identifié à Daniel, j'ai parcouru le musée dans une épouvante muette. Je l'ai accompagné jusque dans la chambre à gaz, que les responsables du musée avaient pris soin de reconstituer à l'identique. Mes parents ne voyaient dans mon silence que de la gravité. La nuit même, j'ai rêvé qu'ils m'emmenaient en camp de concentration parce que je jouais trop avec ma game boy, ce qu'ils me reprochaient souvent à l'époque. À l'entrée un SS, la cravache coincée sous l'aisselle, ricanait : « ah, ah ! il est bien puni maintenant. » Et mes parents et mes sœurs riaient en chœur.

Alors voilà, un jour, j'en ai eu assez. La Shoah, ce n'est pas que je ne veux plus en entendre parler, ce n'est pas que j'en renie l'héritage, mais je ne veux pas en faire une culture, ni un mode de vie, ni le fondement de mon rapport au monde. C'est pourquoi l'ordre du jour de la séance d'aujourd'hui m'intéresse tout particulièrement...

— Oui. Merci Daniel... euh... Jeremy... lapsus révélateur... je n'en crois pas mes propres oreilles ! Cela montre bien combien ton récit nous a captivés. Nous a remués. Nous a émus. Mais y a-t-il des réactions au discours de Daniel ? euh... je veux dire, Jeremy, naturellement... décidément... sacré lapsus, il ne me lâche pas ! Toi, Jonathan, veux-tu réagir ? Non ? Toi Jézabel ? Toi Ezechiel ? Toi Gwénaël ? Jeremy tu veux réagir toi-même à ce que tu as dit ?

— Oui. Excuse-moi, *brother*, je n'avais pas terminé. Dans la salle à manger de mes grands-parents, il y avait au-dessus de la table un grand tableau dont mes sœurs et moi ne pouvions détacher nos yeux tout en avalant les Pépito au chocolat noir que mamie nous avait servis sur une assiette en pyrex avec un verre de coca-cola tiède. Aujourd'hui, je me rends compte que c'était une croûte infâme peinte dans des verts criards et des mauves baveux. Au fond on voyait des pyramides tirées au cordeau et toutes petites parce que le peintre avait raté son effet de perspective, tandis qu'au premier plan, énormes, prêts à sortir du cadre, étaient posés côte à côte un vieillard à barbe blanche et un homme aux sourcils épilés. Derrière ces deux personnages imposants, un peu plus grandes que les minuscules pyramides, des figurines en tunique fouettaient des colonnes d'esclaves. J'ai su depuis que cette croûte infâme représentait la sortie d'Egypte, Moïse et Pharaon, mais pour moi et mes sœurs, c'était une image des camps de concentration, et ça nous terrorisait et nous fascinait en même temps. À moi, dans ma tête d'enfant, cela me semblait normal que papi et mamie aient rapporté un souvenir des camps. En fait, on était juste des enfants qui allaient voir leurs grands-parents. Mais nos parents étaient tellement obsédés par l'idée qu'ils avaient leurs propres parents à réparer qu'ils nous envoyaient là-bas un peu comme des réparateurs auxiliaires. On bricolait comme on pouvait. Une drôle de macédoine, quand même...

— Merci Jeremy. Tu as bien fini cette fois-ci ? Terminado ? Merci Jeremy, merci pour ce magnifique témoignage. À part Jeremy, quelqu'un veut-il réagir au discours de Jeremy ? Toi Gabriel ? Toi Emmanuel ? Toi Valérielle ? Oui ? Vas-y, Valérielle, réagis ! Et n'oublie pas Valérielle : nous sommes là pour t'écouter, pas pour te juger. Quoi que tu aies fait.

— Oui, juste, pour dire, voilà, je trouve que Jeremy a très bien pointé notre problème spécifique à nous les jeunes ashkénazes de la troisième génération. Voilà.

— Oui, Valérielle ? Et quel est-il, selon toi, ce problème spécifique ? Peux-tu le spécifier ?

— Je pense qu'on est des espèces d'offrandes de nos parents à leurs propres parents. Voilà. À cause de la guerre. Mais pas seulement. À cause de la tradition et de la religion et d'Israël aussi. Nos parents étaient, comme qui dirait, des enfants thérapeutes. En naissant, ils devaient soigner papy et mamie. Ils n'y sont pas arrivés, alors, ils nous ont envoyés finir le travail à leur place. Voilà. Il faut qu'on rattrape ce qui a été raté. Voilà.

— Mon père dit toujours qu'il a dû faire le travail de deux générations. Je n'ai jamais bien compris ce qu'il entendait par là, mais est-ce qu'il comprendrait si à mon tour je lui disais que nous devons faire le travail non pas de deux, mais de trois générations ?

— Ouais. On gère trois culpabilités. Nos grands-parents, ils se sentent coupables parce qu'ils ont survécu à la Shoah, nos parents, ils se sentent minables, parce qu'ils n'ont pas vécu la Shoah, et nous… on n'a même pas fait mai 1968 !

— Ouah, ça vole haut chez les jeunes ! J'aime ça. J'en ai des frissons partout. Nonobstant quoi, je distribue la parole à ceux qui la réclament. Jonathan, à toi !

— J'ai lu dans un livre que nous, la troisième génération, on est ceux par qui le dialogue s'est renoué, mais des queues ! Mon papy, il va dans les écoles faire des témoignages. Lui qui avait jamais parlé à ses enfants ni à ses petits-enfants, y s'est mis à parler à tout le monde. Les camps, les rafles, les marches de la mort. On peut plus l'arrêter. Les élèves l'adorent. Il est devenu leur héros. Mon père, il s'est fâché : « Comment ? Tu racontes à tout le monde, mais à nous tu as rien raconté, à nous tu refuses de parler ! »

— Encore une anecdote éclairante. Merci à vous, Jonathan, Jeremy, Valérielle pour cet échange de première catégorie ! Toutefois, je vous trouve… comment dire… limite neurasthéniques. Malgré tout le tragique de notre héritage, l'avenir est à nous, je vous le rappelle. Nous sommes jeunes, n'est-ce pas ? C'est bien d'exorciser ses démons, mais on n'est pas là pour laisser libre cours à nos rancœurs, à nos rancunes, à nos langueurs, à nos lacunes, oh non ! on n'est pas là pour régler nos comptes avec nos *old*. Laissez-moi vous relire la charte des Young Anonymous Ashkenazis : « Le jeune ashkénaze adhérent d'un cercle YAA s'engage à vivre selon les principes d'un judaïsme laïque respectueux des valeurs fondatrices de la France républicaine. À cet effet, il renonce au désir de vengeance et de meurtre suscité par une exposition prolongée aux conduites maniaques ou addictives de la *old generation*, telles que sentiment d'insécurité, ressassement de la Shoah, dépendance au pastrami, et autres judéomanies. » Moyennant quoi, *brothers and sisters*, il est temps de passer à notre exercice n° 1, un exercice de désenvoûtement qui s'applique bien à la situation. Voici la règle : une frère/sœur crie à plein poumons une phrase qui évacue une haine, formule un reproche, exprime un regret, et la frère/sœur suivant lui répond par un syntagme exclamatif qui positive l'objet de la haine qui a été évacuée avant d'évacuer sa haine à lui. C'est clair ? À toi Jeremy ! Honneur au nouveau ! Et n'oubliez pas : nous sommes là pour vous écouter, pas pour vous juger. Quoi que vous ayez fait !

— Moi, mon père ne m'a même pas appris le yiddish !

— Quelle chance !

- Moi, ma mère m'a forcé à regarder *Shoah* quand j'étais dans son ventre !

— Trop cool !

- Moi, ma grand-mère n'a pas voulu me transmettre la recette du gâteau au fromage !

— Elle a bien fait !

— Moi, mon grand-père a laissé sa Singer au fils du voisin !

— Sage décision !

— Moi, je n'aime pas le pastrami !

— C'est ton droit, mon frère !

— Moi, j'ai horreur du gefilte fish !

— Ben... c'est normal !

— Moi, le klezmer m'emmerde !

— Rien à foutre d'Israël !

— Ta gueule Jonathan ! Moi je veux faire mon alya !

— Ah ouais ? Trop de la balle, Ezechiel ! T'auras le choix entre contrôler les Palestiniens aux Check points ou démanteler les colonies en Cisjordanie !

— Calmez-vous *brothers and sisters* ! Calmez-vous ! C'est positif d'exorciser ses passions négatives, mais il faut le faire dans un cadre, il faut une méthode. Là, ça part en cacahuète. En plus, ça devient polémique. On va arrêter. De toute manière, l'heure tourne et nous aussi nous tournons. Il est temps d'aborder le dernier point à notre ordre du jour. Comme vous le savez, chers YAA, nous nous sommes fixé une tâche que j'oserai qualifier d'ambitieuse : LA DÉFINITION D'UN KIT IDENTITAIRE JUIF LAÏQUE...

—...français

—...Oui Jonathan... tu as raison... français... quoique...à mon avis...ça pourrait marcher dans d'autres pays, notre kit. Bref, Jonathan, veux-tu bien reprendre l'exposé des motifs que nous avons rédigé lors de notre dernière réunion ?

— J'y go ?

— Go-z-y Jonathan !

— Alors voilà : Young Ashkénazi, quand tu dis à tes copains que tu es juif, ils te disent alors t'es croyant, tu leur réponds non, alors ils disent, alors t'es pas juif parce que juif c'est une religion t'es d'origine juive, non pas d'origine, tu leur réponds, mes parents non plus ne sont pas croyants le judaïsme c'est une culture et une histoire, quelle culture et quelle histoire, ils demandent. Ton histoire c'est l'histoire de France et ta culture c'est la culture française, alors là tu abandonnes tu te sens fatigué avant même d'avoir commencé à expliquer. Telle est ton expérience, Young Ashkénaze. Et c'est pourquoi il est urgent, reprenant le flambeau de nos parents et de nos grands-parents, de définir un KIT IDENTITAIRE JUIF LAÏQUE.

— Excellent, Jonathan. On commence tout de suite par la cacherout. Qu'est-ce qu'on interdit dans la cacherout laïque ?

— Ben, le porc.

— *Of course*, le porc. Et quoi d'autre ?

— Le lapin, le sanglier, le cerf, le renne.

— Ah non, moi j'aime le renne fumé. J'en ai goûté en Finlande, c'est trop bon et franchement, à mon avis, c'est inoffensif.

— Alors, en option, le renne fumé.

— En option quoi ? Ça ne veut rien dire, en option.

— Ça veut dire que l'abstinence est optionnelle. On n'est pas obligé de ne pas les manger.

— On fait quoi avec les crustacés et les mollusques ?

— Interdits.

— Ben si au final on a la même liste que les religieux, alors c'est pas la peine d'être des laïques.

— Bon alors, qu'est-ce qu'on fait ?

— Ben on établit une *short list* et une *long list*.

— Et on met quoi dans la *short list* ?

— Ben, les aliments interdits par la cacherout laïque.

— Ah, d'accord. Et dans la *long list* ?

— Ben les optionnels.

— Ah d'accord.

— Alors on met quoi dans la *short list* ?

— En fait, le porc.

— Comme les musulmans, en somme.

— Ah oui. C'est intéressant. Ça rapproche cacherout et hallal. Politiquement, c'est valable. Vous trouvez pas, *brothers and sisters* ?

— Ouais, ça nous rapproche de nos *brothers et sisters* musulmans.

— Ça déchire sa race.

— Au fait, est-ce que la viande qu'on met dans la *short list* doit être cachère ?

— Tu te réfères à la question de l'abattage rituel, là ?

— Ben ouais, c'est parce que, comme on a évoqué le hallal...

— On avance ? On a encore les fêtes, le shabbat, les prières, les cérémonies, les langues juives et le mariage.

— N'oublions pas le mariage gay juif laïque.

— Bien sûr. Ni le divorce. Quelqu'un a-t-il des propositions à faire concernant le shabbat laïque ?

— Moi, je vais à la piscine le vendredi soir. C'est comme un bain rituel.

— Le bain rituel, on s'en fout, Gwenaëlle.

— Faut pas confondre l'identité juive avec l'aquagym.

— On avance ?

— Moi je fais shabbat d'ordinateur. Au début, c'était galère, rendez-vous compte : pas de jeux, pas de mails, pas de chat, pas de Facebook, pas de Youtube, pas de Meetic, rien pendant vingt-quatre heures. Le néant sidéral. Maintenant, je peux plus m'en passer du shabbat d'ordinateur.. J'suis trop impatient du jour où je vais tout débrancher.

— Tu débranches aussi ton téléphone portable, Ezéchiel ?

— Ben non, Valérielle, quand même pas !

— Pourtant, Shabbat de portable, ça le ferait aussi.

— Ouais. Ou shabbat de pétard.

— Ou shabbat de...

— Ouh là, ça dérape ! Gabriel, et vous tous, *young* ashkénazes, je vous rappelle la signification spirituelle de shabbat. À l'origine, n'est-ce pas, c'est un jour consacré à Dieu et à la prière.

— Ben, ouais, mais Dieu, il a évolué.

— OK. Sur cette forte parole, nous allons clôturer notre séance, nous poursuivrons nos travaux la prochaine fois. Mais avant de nous séparer, tous en chœur, reprenons la chanson des YAA.

Ni héros ni bourreaux
Ni rescapés ni déportés
Ni juif honteux ni juif heureux
Ni religieux ni convertis
Nous ne suivrons pas la carrière
Que nos aînés nous ont montrée.
Nous glisserons sur la rivière
Où nous entraînent nos canoës.
Nous apprendrons le Bambara
Si tel est notre choix.
Nous sommes les Young Ashkénazes Anonymes
En l'avenir nous avons foi.

Jeremy Glouk se réveilla en sursaut. Il chercha à tâtons son Smartphone sous son oreiller et vit qu'il était l'heure de se lever pour aller au lycée. Dans la cuisine, son père et sa mère finissaient leur petit-déjeuner. Le jeune homme versa du lait dans son bol de Musli.

— J'ai fait un drôle de rêve ce matin. J'allais dans une espèce de club pour Ashkénazes juniors. Un animateur débile nous faisait jouer...

Victor et Ety échangèrent un regard inquiet. Les Ashkénazes Anonymes ! Eux aussi étaient régulièrement visités par ce rêve étrange.

Et maintenant, leur fils...

PONT 9

www.aupont9.com

Imprimé en France
FROC02n1122040917
17745FR00010B/114/P

9 791096 310296